Gritos silenciosos

Paula Zubiaur

Gritos silenciosos

RBA

Pérez Galdós, 36. 08012 Barcelona

Diseño de la cubierta: Estudio Idee

ISBN: 84-473-5163-7
978-84-473-5163-3
Depósito legal: NA-3046-2006

Impresión y encuadernación:
RODESA

Impreso en España – Printed in Spain

A mis hijos

1

Soy muy feliz. O por lo menos soy tan feliz como la mayoría de las personas, con mis problemas cotidianos, las dificultades habituales del día a día. Llevo casi dos décadas disfrutando una vida normal, pero antes viví un auténtico infierno. Fui torturada por mi marido de forma continuada a lo largo de interminables años. Ahora que todo ese sufrimiento queda ya tan lejos me decido a contarlo, a dejar testimonio escrito de lo que ocurrió y de cómo ocurrió.

La idea de sacar a la luz mis terribles experiencias lleva rondándome por la cabeza desde hace muchos años, pero hasta ahora no he tenido el valor para hacerlo. Y digo el valor porque hace falta cierta valentía para enfrentarse a recuerdos como los míos. ¿Por qué lo hago? Yo misma no tengo muy claros los motivos. Hay una voluntad de ayuda, de aportar mi granito de arena en la lucha contra los malos tratos. Quiero que los lectores comprendan cómo se siente una mujer maltratada, que vean cómo con una apariencia de normalidad, incluso con prestigio profesional y personal dentro de su círculo, un hombre puede tener un comportamiento en la intimidad propio de asesinos de la peor calaña. Quiero denunciarlo, prevenir, que la gente no piense que eso no ocurre a su alrededor. Ocurría durante la dictadura de Franco y ocurre ahora. Ocurre entre la clase social más desfavorecida, entre la clase media y entre la clase alta. Mi historia de malos tratos ocurrió en un entorno social muy acomodado. No fue por falta de dinero, ni por falta de cultura (mi marido era licenciado en dos carreras). En definitiva, quiero que se sepa. Porque además no tengo nada de qué avergonzarme. Y esto quiero dejarlo muy claro: quien debe sentir la vergüenza no es la víctima, es el verdugo. Si me perdonáis la vanidad, os diré que me siento orgullosa de mí misma: de haber logrado salir de ello, de resistir, de haber tenido finalmente el valor de denunciarlo. Y éste es otro motivo por el que quiero escribir este libro. Tal vez lo lea alguna mujer con circunstancias parecidas a las mías y le ayude. Me hago la ilusión de que quizá esa mujer que no se había atrevido hasta ahora a denunciarlo lo haga. Quiero que sepa esa mujer que se puede ser feliz después de haber sido maltratada.

Pero si soy sincera, he de reconocer que no sólo me mueve un afán de ayuda. Para mí, el escribir estos hechos supone una liberación. Me demuestro a mí misma que lo tengo superado, que son sólo recuerdos, letras sobre un papel. Ya no duelen, no tienen poder. Escribo, pues, este libro como un exorcismo. Debía haberlo hecho hace tiempo, ya he referido que la idea de escribirlo es antigua. La obstinación de mi hija pequeña, que me ha insistido hasta la tozudez para que emprenda la tarea, así como los tiempos que corren me han facilitado la decisión. Parece ser que en la actualidad los casos de malos tratos van en aumento. Yo no lo creo. Lo que sí creo es que hasta no hace demasiado no se hacían públicos, se ocultaban. La víctima tenía vergüenza. No tengo datos, pero seguramente fui una de las primeras mujeres en España en denunciar a su marido. Afortunadamente cada vez son más los malos tratos que se denuncian y se hacen públicos. Hoy día se habla de ello, el problema es conocido y, por tanto, se buscan soluciones. En la actualidad existen asociaciones de ayuda a mujeres maltratadas. Los políticos, los jueces, la policía, los vecinos, etc., son conscientes de la maldad que subyace en el hecho de maltratar a la pareja.

Con este libro no quiero perjudicar a nadie, no me mueve un afán de venganza. Mi marido falleció hace tiempo. Mis hijos y las personas más allegadas conocen la historia. Una vez pasada, no la he ocultado. Aprendí hace mucho que no hay nada indigno en haber sido maltratada. Sí que lo hay en maltratar. Aun así, he cambiado los nombres de las personas afectadas, incluido el mío: Paula es un seudónimo. No quiero que nadie se moleste porque, de una forma u otra, se le relacione con estos hechos reales. Tampoco quiero identificar la ciudad de donde procedo, que nadie me acuse de dar facilidades para que los personajes reales sean localizados. Sólo diré que estaba en el norte de España, y para facilitar la escritura le pondré el seudótopo de Alnorte. Por lo demás, soy tan fiel a la realidad como mi memoria me lo permite, y si lo sucedido no coincide exactamente con lo que está escrito, si alguna fecha baila un tanto, si algún hecho se ha modificado, se debe únicamente a la incapacidad de precisión total que tienen incluso memorias tan finas como la mía.

2

Comienzo mi historia con mi llegada a Madrid para estudiar en la universidad. Me veo con dieciocho años y una enorme ilusión en el Citroën Pato de mi padre recorriendo la carretera que en 1966 unía (separaba, más bien) Alnorte con Madrid. Me acompaña sólo mi padre, que es quien conduce, a pesar de que entonces tenía chófer. Pertenezco a una familia alnorteña bien situada económicamente. Se podría decir que éramos ricos, aunque parece que la gente tiene cierto pudor en calificarse de ese modo. Diré, para suavizarlo un poco y porque es la verdad, que éramos medianamente ricos y enteramente tradicionales. Mis padres eran muy estrictos en algunas cuestiones, no así en otras, y si por un lado me permitieron trabajar en la contabilidad de un negocio familiar para ganar algún dinero y conducir mi propio coche y accedieron a que estudiara en la universidad, por otro lado no podía llegar a casa más tarde de las ocho y era castigada con severidad por un retraso de apenas cinco minutos, vigilaban muy de cerca mis amistades, hasta el punto de que tuve que ocultar que una de mis amigas era hija de un sastre, y cuestiones de la más elemental biología femenina tuvieron que serme explicadas por la señora de servicio. En ese ambiente riguroso yo no había podido elegir la carrera que me habría gustado, derecho, que fue considerada por mis progenitores como demasiado masculina, y tuve que acceder a matricularme en filosofía y letras, más acorde con mi sexo y posición. Aun así, viajaba hacia Madrid como quien se dirige a la tierra prometida, con la excitante emoción de saber que iba a lograr la libertad. Supongo que una chica de hoy día de dieciocho años se reiría al saber que llamo libertad a un colegio mayor de monjas en el que había que recogerse antes de las diez de la noche, pero todo es relativo. Yo era consciente del cambio que suponía en mi vida el irme a estudiar a Madrid, y mi padre también. Durante el trayecto, que recuerdo lleno de curvas y baches, mi padre me hacía preguntas continuamente sobre lo que yo esperaba de mi vida universitaria en Madrid, como si me estuviera haciendo un último examen para comprobar si tenía la madurez necesaria como para poder dejarme en la gran ciudad. Temerosa de que una mala respuesta pudiera hacer frenar en seco a mi padre y dar la vuelta, yo meditaba mis respuestas y trataba de dar una imagen de formalidad y recato que se oponía completamente a lo que estaba deseando. Debí de hacerlo bien, puesto que llegamos al colegio mayor, un edificio decimonónico del barrio de Salamanca, que era donde debía estar un colegio mayor que se preciara, aunque la ciudad universitaria quedara a kilómetros de allí. Tras prometer a mi padre que llamaría todas las semanas para ponerles al corriente de mis estudios, de mi adaptación a la ciudad, de mis nuevas amistades y de cualquier otra cosa sin omitir un detalle, me despedí de él con un apresurado beso y con una rimbombante frase: «Sabes que no me gustan las despedidas», que sin duda yo había sacado de alguna película o de alguna novela cursi de la época. Pero plagiada o no, el caso es que surtió su efecto y mi padre me dejó sola para que ingresara por mí misma, o tal vez la frase le traía sin cuidado a mi padre y lo que le movió a no acompañarme al interior fue la enorme barahúnda de mujercitas corriendo y chillando por los pasillos, arrastrando sus equipajes algunas, saludándose efusivamente otras que se habían reencontrado después del curso anterior, despistadas las más rodeando en tropel a las monjas en busca de información. En ese alboroto me metí yo como una más del grupo de las despistadas y de las que arrastraban sus equipajes. Mis padres me habían reservado una habitación individual y hasta ella me acompañó una de las madres. Se me pasó el tiempo entre instalarme, deshacer el equipaje, enterarme de los horarios y las normas del colegio, y llegó la hora de la cena. Yo no conocía a ninguna de mis compañeras. Me senté en un lugar discreto y pensé que poco a poco iría haciendo amistades. Una de las madres entró en el comedor y pidió silencio. Existía un grave problema: una de las chicas se había dado de baja en el último momento y como había reservado plaza en una habitación de tres, se habían quedado sólo dos chicas compartiendo el dormitorio, lo cual estaba terminantemente prohibido por las normas del colegio. Yo no alcanzaba a imaginarme el porqué de tan absurda norma, pero vi la oportunidad de integrarme con mayor rapidez, pues antes había observado con cierta envidia cómo las chicas de habitaciones compartidas empezaban ya a congeniar. Levanté la mano, gesto infantil de reminiscencias de la escuela primaria del que nunca me he desprendido del todo, y empecé a hablar cuando me autorizó la madre. Me brindé a abandonar mi habitación individual y compartir la que generaba el conflicto. No lo recuerdo, pero supongo que de este cambio no informé a mi familia, y posiblemente mis padres siguieron pagando el coste extra que suponía una habitación individual. Aquella misma noche trasladé mis enseres y conocí a mis compañeras, Macarena y Rorro, dos andaluzas con las que todavía hoy conservo la amistad. Macarena era malagueña y estudiaba arte y decoración. Rorro era de Sevilla y estudiaba ciencias políticas. La convivencia fue desde el primer momento maravillosa. Supongo que las tres éramos igualmente unas niñas mimadas de provincias con enormes expectativas vitales en la gran ciudad y eso nos unió desde el principio. Protestábamos entre risas por la comida, nos enseñábamos nuestros respectivos vestuarios, que no tardaríamos en intercambiar con frecuencia, acudíamos juntas a estudiar a la biblioteca y empezamos a descubrir los lugares de moda de entonces en la calle Serrano o la cafetería California 47, donde hablábamos, cómo no, de hombres. Allí íbamos en busca de los niños «cuscurritos» (actuales «bollicaos») con su frase favorita: «Me apestan las manos a volante.» Nos intercambiábamos miradas con ellos, seguidas de cuchicheos y risitas, y cuando se atrevían a acercarse a nosotras, salían habitualmente escaldados. Macarena, Rorro y yo éramos tres chicas guapas a las que no nos valía cualquiera.

3

La primera vez que lo vi fue de una manera absurda y ciertamente simbólica. En el colegio había diez escalones de mármol blanco desde la recepción al portal. Siempre que salía, me gustaba saltarlos de golpe. Era una manera de exteriorizar mi alegría por salir a la calle y un juego infantil de quien era por entonces, en gran medida, todavía una niña. Recuerdo cómo iba vestida esa tarde. Llevaba unos vaqueros azules pálidos, una camiseta, un chaleco por los hombros y unos mocasines Kiowa. Debía de parecer una colegiala. Sólo me habría faltado una piruleta. Había quedado con Macarena, que me esperaba en alguno de nuestros sitios habituales. Tras el preceptivo planchado de la melena, bajo a recepción, cojo carrerilla, salto las escaleras y me doy de morros con un señor bajito y calvo prematuro. Me sujeta un instante y me espeta: «¿Te persiguen los grises?» Después me mira a través de los gruesos cristales de sus gafas y me dice en tono confidencial: tengo una foto tuya encima de la cómoda de mi dormitorio. Yo no reacciono. Ante el bochorno de haber chocado con un señor desconocido y haber escuchado una salida suya tan surrealista, permanezco callada y sin saber dónde meterme. Él me pide perdón por si me ha incomodado e insiste en que, aunque yo no lo supiera, él me conoce desde hace tiempo y añade que siempre le he parecido preciosa. Balbuceo algún tipo de excusa y salgo corriendo del colegio. Atónita, estupefacta, caminaba por las calles preguntándome de qué me podía conocer ese hombre y cómo y con qué derecho podía tener una foto mía..., ¡en su dormitorio! Tampoco me explicaba qué hacía en el portal del colegio mayor. ¿Acaso me estaba siguiendo? ¿Se trataba de un perturbado que la había tomado conmigo y esperaba durante horas a que saliera? ¿O simplemente era un gracioso con ingenio que se le había ocurrido decir que me conocía y que tenía una foto mía como quien dice voy a hacerte emperatriz de Lavapiés? Cuando por fin me encontré con Macarena, le conté inmediatamente lo sucedido. Aparte de parecerle gracioso, no le dio mayor importancia. Yo traté de hacer lo mismo durante los siguientes días, pero no pude evitar sentir una comezón de intriga que me mantenía inquieta. Quizá era una premonición. Lo cierto es que el incidente me afectó más de lo que habría sido normal, al fin y al cabo sólo era un estúpido choque fortuito con un desconocido que había tenido una salida un tanto desconcertante. Con el tiempo he reparado en el gran valor simbólico de ese encuentro: la primera vez que lo vi, yo estaba saltando como una niña.

Pocos días más tarde, una compañera del colegio, algo mayor que nosotras, nos invitó a Macarena y a mí a una fiesta que organizaba su novio. Nos sorprendió la invitación, ya que no era una chica a la que tratáramos demasiado. Se llamaba Dolores, pero sus compañeras de habitación la habían motejado como «Lolifán» debido a las fantasías con que se daba aires de grandeza, y por ese apodo la conocíamos todas. Precisamente por ello, porque se rumoreaba que alardeaba de un novio enormemente rico que iba para ministro y a nosotras nos divertía comprobar lo que había de cierto y de fantasía en ello, decidimos aceptar su invitación. Nos pusimos nuestras mejores galas y hacia allí nos dirigimos. Cuál sería mi sorpresa cuando en el elegante piso de la Castellana del novio de Lolifán, nos abre la puerta el señor bajito con el que había chocado. Si Macarena notó mi estupor al principio, enseguida supo a qué se debía, porque el señor apenas hechas las presentaciones y los saludos insistió de nuevo en que tenía una foto mía y en que me conocía desde hacía tiempo. Para completar mi estupor, el señor se dirigió al dormitorio y apareció al poco con una foto mía enmarcada. La reconocí al instante. Se trataba de una foto de mi puesta de largo, costumbre de las niñas bien de la época por la que, cómo no, yo pasé. No me podía explicar qué hacía esa foto en poder de ese señor, y él no parecía dispuesto a revelármelo de inmediato, divertido por mantener la intriga. Fue Manolo, un amigo suyo que nos acababa de ser presentado, el que dio una explicación, atribuyéndose la culpa. «Esa foto se la he dado yo», comenzó a contarnos. Nos explicó que, como yo, ambos eran de Alnorte, aunque residían desde hacía tiempo en Madrid. En uno de sus viajes para ver a sus respectivas familias, se pararon delante del escaparate de una tienda de fotos donde estaba, por lo visto, expuesta mi foto de la puesta de largo. El señor bajito se quedó prendado de esa moza de diecisiete años, elegantemente vestida y maquillada para la ocasión. He de decir que yo era muy guapa de joven, incluso había ganado un par de concursos de belleza en lugares de veraneo siendo todavía adolescente, y en concreto en aquella foto estaba especialmente favorecida. Fue tal la atracción del señor por esa imagen que ambos amigos decidieron buscarme por la ciudad. Después de lo que supongo que sería una absurda e infructuosa búsqueda, Manolo decidió darle una sorpresa a su amigo. Entró en la tienda de fotos y habló con el dueño, quien no sólo le dio mi nombre, apellidos y dirección, sino que tuvo la osadía de venderle mi foto. Presumo que mediaría una buena cantidad. Obvio es decir que ni yo ni, con total seguridad, mi familia estábamos al corriente ni habíamos autorizado que mi foto fuera expuesta en un escaparate. Y así, por la deshonestidad de un fotógrafo, fue determinada mi vida. Ahora no le culpo; sólo cometió una pequeña falta. Ahora tengo muy claro quién fue el culpable, pero durante años he pensado con odio en ese fotógrafo desconocido que le vendió al destino la batuta para dirigir mi vida por derroteros de sufrimiento. Pero como bromea mi hija pequeña: «Sin ese fotógrafo, ni mis hermanos ni yo existiríamos.» Y eso es suficiente consuelo para no lamentar nada.

Pero volvamos a la fiesta, donde no nos quedaremos mucho tiempo, como no nos quedamos Macarena y yo en aquella ocasión. Estaba realmente incómoda en esa fiesta. No sólo por la historia de la foto, que en principio me pareció más una desfachatez que un gesto romántico, sino también por el hecho de que sin ningún escrúpulo el señor mostrara su admiración por mí a escasos metros de su novia Lolifán, que estaba atendiendo a otros invitados, así como porque me contara que había sido él quien le había solicitado que nos invitara, por mucho que la llamara su amiga en lugar de su novia. De modo que al cabo de apenas media hora, inventamos una disculpa y nos fuimos. Es posible que el lector se haya hecho a esta altura una idea errónea sobre la edad del señor. No llegaba entonces a los treinta años, aunque por poco, pero aparentaba bastantes más debido a una avanzada calvicie, a su forma de vestir y a sus maneras. En todo caso, yo tenía bastantes años menos, para mí era un señor y era la forma mental de referirme a él. No voy a revelar su nombre, ni siquiera lo voy a sustituir por otro. Más adelante cambiaré la forma de llamarle, y lo haré varias veces, coincidiendo cada una de ellas con el punto de la historia en que yo le puse otro mote para mis adentros.

4

En los siguientes días, mi nombre estuvo sonando continuamente por los altavoces del colegio mayor para que acudiera a la garita del teléfono. Era el señor, que me llamaba con la intención de quedar conmigo. Tantas veces llamó, tantas le di negativas..., excepto una. Evidentemente, la última. ¿Por qué cometí ese error? Supongo que me cogería en uno de mis muchos momentos tontos, pero supongo también que su perseverancia (sus llamadas se sucedieron prácticamente a diario durante un mes) terminó por erosionar mi resistencia. Por una parte, era una forma de acabar con tan incómodo acoso, y por otra, he de reconocer que mi ego se vio inflamado porque un caballero (seguro que entonces no pensé en él como señor) tuviera tal pasión por mí que guardara celosamente una foto mía y me llamara con semejante insistencia, quizá había leído demasiadas novelas de Corín Tellado. De alguna forma y en alguna medida, lo que en un principio me pareció un ataque inaceptable a mi intimidad, se tornaba ahora en romanticismo. Pedí una voluntaria entre Rorro y Macarena para que acudieran a la cita conmigo. Fue esta última la que se ofreció. Al saber que yo iba acompañada, el señor trajo a un amigo, Arturo, un hombre muy simpático. Como también estuvo muy simpático el señor, que debido a la diferencia de edad y, aunque me pese reconocerlo, a su propia habilidad, tenía tablas y se sabía manejar ante unas jóvenes como nosotras para hacernos la velada agradable y divertida. Por supuesto se portaron como caballeros a la antigua, llevándonos a sitios elegantes y sin permitirnos pagar una sola consumición. Ambos tenían una buena posición social por partida doble, tanto por pertenecer a familias adineradas como por desempeñar trabajos bien retribuidos y de responsabilidad, a pesar de su relativa juventud. El padre del señor era uno de los hombres con más dinero de Alnorte, si bien su fama, como supe más tarde, no era precisamente inmaculada. Además, el señor era abogado y economista, había hecho másters en la Universidad de Columbia y en la Sorbona, amén de hablar correctamente tres idiomas y ocupar un importante cargo en una gran empresa de seguros. Vamos, un auténtico lumbreras. No creo que en aquella primera tarde nos dieran de golpe toda esa información; a nosotras nos habrían parecido unos vanidosos insoportables y probablemente habríamos huido de ellos como de los grises. Y esta comparación me vale para referirme al tema político. Tampoco creo que entonces, ni en las siguientes citas, la política apareciera en nuestras conversaciones. No es que yo fuera una chica revolucionaria y comprometida; venía de una familia católica, apostólica y romana donde el no opinar sobre esos temas era virtud en una joven. Pero desde mi llegada a Madrid y por influencia de Rorro, que estudiaba políticas, me había formado mis propias difusas ideas en contra del régimen de Franco, y en más de una ocasión había acudido a acompañar a mi amiga a actos subversivos universitarios que terminaban en el ya legendario San Fermín con toros de la ganadería «Los Grises». Pero mucho me cuidé yo en esa y en las siguientes citas de revelar mis opiniones en esa materia, de la misma forma que él tampoco me dejó siquiera entrever las suyas, como se puede suponer, absolutamente favorables a la dictadura. Así que la tarde discurrió entre superficiales y divertidas conversaciones, hasta que llegó la hora de regresar al colegio, a cuya puerta nos acompañaron. Allí el señor sugirió que quedáramos al día siguiente a la misma hora. Le contesté que tenía que estudiar y que además él tenía novia. Aclaró que Lolifán no era su novia, que tan sólo era una amiga, y añadió un comentario que no entendí bien: «He salido con ella porque la confundí con una peluquera de mi ciudad con fama de liberal, pero resultó que me había equivocado y ya no me interesa.» La cosa estaba bien clara, pero entonces no entendí el eufemismo, pues estaba tan fuera de contexto y tan separado de la extrema corrección con que se habían comportado hasta el momento él y Arturo, que debí interpretar liberal como referido a la política, y ya estaban dando las diez de la noche y había que entrar al colegio; no había tiempo para pedir explicaciones. Y tampoco se lo conté a Rorro cuando en la cena Macarena y yo nos atropellábamos para referirle cada detalle de la velada; tal vez ella lo habría interpretado correctamente. Una pena, porque aquel comentario grosero y machista (en realidad me estaba diciendo: quedé con Lolifán para ver si me la tiraba porque tenía fama de puta, pero como era otra persona ya no me interesa) fue el primer indicio, que yo no capté, de la personalidad oculta del señor.

Al día siguiente, mi nombre volvió a sonar por los altavoces. El señor insistía en que quedáramos esa misma tarde. No accedí, y entonces propuso invitarnos a Macarena y a mí a cenar al siguiente día, que era viernes. «Imposible del todo», repliqué, «las normas del colegio no nos permiten salir más tarde de las diez de la noche, a menos que...». «¿A menos qué?», preguntó él. «A menos que tengamos una autorización especial de nuestros padres, que nos permitiría volver a las doce y media.» Le aseguré que vería si podía resolverlo y la cosa quedó en suspenso. Era una aventura. ¡Salir por la noche en Madrid! Sólo en señaladísimas ocasiones y en eventos de total confianza me habían permitido mis padres salir de noche. A Macarena le sucedía algo parecido y además estaba entusiasmada con Arturo. Para nosotras salir por la noche era un mito. Macarena estuvo cavilando y al rato me pidió que la acompañara a la garita del teléfono. Con malicia en la expresión y sin adelantarme explicaciones, llamó a sus padres y les dijo que los míos venían a pasar el fin de semana a Madrid y habían sido tan amables que la habían invitado a compartir con ellos y conmigo las excursiones y veladas. Macarena tenía el permiso concedido no sólo para el viernes, sino para todo el fin de semana. «Muy bien, ¿y yo?» «Sólo tienes que hacer lo mismo, pero a la inversa», me sugirió mi amiga, ufana del plan que había urdido. Pero yo no podía utilizar la misma artimaña que ella. Estaba segura de que mis padres no se fiarían. No es que fueran a sospechar que yo mentía, pero sin duda se empeñarían en hablar con los padres de Macarena para comprobar que eran personas respetables. De modo que, desanimada, llamé al señor a su oficina para decirle que lamentablemente sólo podría acudir Macarena a la cena, que yo habría de retirarme a las diez de la noche. Me contestó que no me preocupara, que él lo resolvía. Apenas habían pasado diez minutos y estaba yo elucubrando qué podría hacer el señor para que yo consiguiera el permiso, cuando llamó por teléfono. «¿Las monjas conocen personalmente a tus padres?», me pregunta de sopetón. Pienso durante un instante en la frase «sabes que no me gustan las despedidas» y contesto negativamente. Bien, pues este mediodía pasarán por tu colegio mi secretaria y su marido haciéndose pasar por ellos, me propone con cierto tono imperativo. En un primer momento, la idea, por descabellada, me parece divertida y acepto, pero enseguida me doy cuenta del riesgo que entraña y muestro mis reservas. Él me tranquiliza, lo organiza todo como si fuera el cerebro de un plan de fuga y me indica que debería conocerlos antes de que acudieran al colegio para evitar fallos en la interpretación. Con una especie de pánico preescénico y escoltada por mis dos compañeras de habitación, acudo a una cafetería cercana al colegio, donde el señor me presenta a una pareja de cuarentones muy simpática y que como padres no me habrían disgustado. De cara a las monjas eran perfectamente creíbles y estaban encantados de hacer el favor a su jefe. La farsa fue un éxito y yo obtuve el permiso. Si bien, una vez que pasó todo, Rorro planteó un problema en el que yo no había caído: «¿Qué ocurrirá si alguna vez vienen tus auténticos padres a hablar con las monjas?» Noté en la piel un escalofrío de intranquilidad, pero sólo fue eso, un escalofrío, una ligera sensación pasajera que se fue apenas había llegado. A esas edades, el futuro es algo difuso, casi inexistente, y lo importante era que esa misma noche iba a salir por Madrid.

Pasamos con ellos todo el fin de semana haciendo planes maravillosos. Comenzamos con una cena el viernes en un lujoso restaurante con velas y música clásica en directo. Apuramos hasta el límite la hora de regreso al colegio. Cuando nos despedimos en la puerta, el señor se apartó un tanto conmigo de Macarena y Arturo y comenzó a alabar mi belleza y mi elegancia y a dirigirme otros cumplidos que concluyeron con una especie de declaración de amor, si bien no esperaba respuesta: «Me siento muy bien a tu lado, tengo que hacer todo lo que esté en mis manos, y lo que no esté también, para que seas mía.» En el mismo lugar y de nuevo a punto de cumplirse la hora de entrada, el señor me dio el segundo indicio de su personalidad oculta. Esta vez sí lo capté: «Para que seas mía.» La frase me disgustaba sobremanera, me veía convertida en un objeto, expuesta en un escaparate. Podía ser joven e inexperta, pero también era intuitiva y pensé que esa expresión sólo la podría decir alguien posesivo, que no entiende las relaciones de pareja como relaciones de igualdad, como yo las entendía y deseaba, por mucho que fuera de una familia tradicional, que ya estaban avanzados los años sesenta y ya soplaban aires de feminismo e igualdad entre los sexos. Además, la frase ni siquiera era interrogativa: «Haré todo lo que esté en mi mano, y lo que no esté, para que seas mía.» No contaba con mi opinión, ni con mi colaboración. Parecía querer decirme que me iba a comprar. «Voy a hacer todo lo posible y lo imposible para que ni siquiera tenga que preguntarte si quieres estar conmigo; te vas a ver obligada a entregarte y serás mía.» Disgustada por esa frase desafortunada, por que en el último momento todo se hubiera estropeado, me fui a la cama esa noche y estuve un buen rato dándole vueltas a su significado antes de conseguir dormirme. Pero al día siguiente, Arturo y el señor nos pasaron a recoger a las once de la mañana, en un Triumph deportivo y descapotable, propiedad de este último. Fuimos en él a El Escorial, donde ambos habían estudiado, riendo y disfrutando del viaje. Y entonces el «para que seas mía» perdió importancia, se transformó, se convirtió en una frase hecha que cualquiera podría decir, quizá por los nervios se le olvidó completarla con «y para que yo sea tuyo», que habría equilibrado la cosa y cambiado sus connotaciones. Pasamos el día felices en El Escorial, visitando el monasterio, posando Macarena y yo, cada vez que el señor sacaba su flamante Nikon, en divertidas posturas como si fuéramos modelos de moda, escuchando simpáticos y entrañables recuerdos de los días de estudiantes que el señor y Arturo pasaron allí, probando los platos locales en un buen restaurante. Y cuando avanzada la tarde nos dejaron de nuevo en el colegio con la excusa de descansar un poco antes de la siguiente cena, y con el propósito real de gastar el tiempo de descanso en planchar nuestra melena, Macarena y yo no cabíamos en nosotras mismas del gozo y la emoción. Y en esa especie de estado de éxtasis transcurrió el resto del fin de semana, con nueva cena en restaurante elegante y nueva excursión el domingo en el Triumph con las melenas al viento (inútil el plancharlas) camino de Riaza, para terminar el fin de semana con una guinda que nos entusiasmó: actuación en el Florida Park de uno de nuestros cantantes favoritos. Así que cuando volvimos al colegio el domingo por la noche, pasada la hora límite, de lo que echamos la culpa a mis padres ante la monja de recepción, mi única preocupación era cómo nos las íbamos a arreglar para salir al siguiente fin de semana. La frase de marras, «para que seas mía», no es que ya no me preocupara, es que se me había olvidado por completo. No tardaría demasiado en lamentar este olvido y recordarla con amargura.

El efecto inmediato que tuvo aquel fin de semana fue que me granjeé la enemistad de Lolifán. Desde el mismo lunes y durante los siguientes días y semanas, se dedicó a tratar de hacerme la vida imposible en el colegio, a meterse conmigo en el comedor o dondequiera que nos encontráramos. El señor había insistido en distintas ocasiones en que nunca tuvo ninguna relación sentimental con ella. Sin duda Lolifán no lo interpretó así y consideraba que yo le había robado el novio. No sé quién mentía, si el señor, Lolifán o tal vez ninguno de los dos. Quién sabe si entre ellos no hubo un malentendido y ella se sintiera ya con algún derecho sobre él, y él estuviera convencido de no haber dado pie para ello. En todo caso, estaba claro que Lolifán tenía también un sentido posesivo de las relaciones. El señor era suyo, debía pensar, y si el señor dejaba de quererla y se enamoraba de otra, la culpable era la otra, que se lo había robado, no el señor que se había cansado de ella y tal vez no había sido todo lo correcto que una separación requiere, e insisto, en el caso de que hubiera habido algún tipo de compromiso entre ellos. Además, como poco, Lolifán se había precipitado, pues a esas alturas entre el señor y yo sí que no había compromiso alguno, por mucho que no ocultara pretenderme. Él ya había tratado de agarrarme la mano durante la actuación del Florida Park y yo la había rechazado amablemente, reconozco que no por falta de ganas, sino porque debido a mi educación consideraba que era demasiado pronto para ello y simplemente hacer manitas ya significaba un compromiso. Salvo por la molestia de tener una compañera que me insultaba cada vez que se cruzaba conmigo y que era capaz de agredirme y tirarme de los pelos si le contestaba, como ocurrió en dos o tres ocasiones, Lolifán no me preocupaba. Si algún efecto tuvo su actitud, fue el de caer en desgracia entre el resto de nuestras compañeras, ya que todas se decantaron a mi favor, y lejos de conseguir apartarme del señor, de «su» señor, en alguna medida me empujó más hacia él, por despecho y rabia. ¿Quién era ella para prohibirme a fuerza de tirones de pelo que saliera con alguien que no quería ni verla?

Durante los siguientes días, el señor y Arturo trataron de convencernos de que el próximo fin de semana hiciéramos algo parecido al anterior. A pesar de su insistencia, tanto verbal como no verbal, mediante flores, bombones y peluches acompañados de notitas que trataban de influir en nuestra voluntad, no quisimos idear ninguna nueva treta que nos permitiera salir hasta tarde. No era por falta de ganas, sino porque nos parecía demasiado arriesgado hacerlo tan seguido, y si de verdad estaban tan encantados con nosotras, tendrían que resignarse a salir hasta las diez de la noche. Y así fue. Volvimos a salir los cuatro. El señor, con la complicidad de Arturo, lograba con frecuencia que nos quedáramos a solas. En esos momentos hacía que la conversación abandonara su habitual tono banal y empezaba a conducirla hacia terrenos más personales. Poco a poco se va sincerando y me utiliza de confidente. Me descubre que ha tenido una vida realmente dura. Con tintes dramáticos, aparentemente conmovido de verdad, me relata que su padre era un déspota, que les pegaba a él y a su madre. Estas confesiones, narradas con un estudiado *crescendo* durante ese fin de semana y otras citas posteriores, me producen un sentimiento de compasión, me hacen sentirme útil y querida por algo más que por ser una chica guapa, por mi capacidad de comprender y consolar, me siento halagada porque comparta esos secretos íntimos conmigo, halagada de forma más profunda que por los tópicos piropos a los que me tenía acostumbrada. Y fueron una causa importante de que yo mordiera definitivamente el anzuelo. Es maquiavélico, pero hoy estoy convencida (¡y, cómo no, después de todo lo pasado!) de que esas confesiones fueron hechas con toda premeditación y con sentimiento fingido para lograr el objetivo de que fuera suya cuanto antes. Lo peor de todo es que no se trataba de inventos, no salieron de su imaginación, sino que fueron hechos reales de extrema gravedad que él utilizó haciendo ver que le conmovían, cuando en realidad le traían sin cuidado porque pertenecían al pasado y sus intereses estaban únicamente en el futuro, y había generado una coraza de egoísmo que le convertía en un hombre fuerte y sin sentimientos. Su madre había muerto y su padre se había casado con otra mujer a la que apodaba «la zorra», y eso sí que le importaba: afectaba al futuro, a la herencia. Pero utilizó la memoria de su madre, describiéndome cuánto sufría ella cuando su padre le pegaba, cuánto sufría él también de niño, como parte de una estrategia de conquista, de conquista de una mujer para tenerla en propiedad y poderle pegar de la misma forma que él fingía lamentarse que había hecho su padre. Retorcido, ¿verdad? Pero para juzgar el grado de retorcimiento, hay que saber la dureza de esas narraciones, que, insisto, no me cabía y no me cabe duda de que eran absolutamente reales. Por ejemplo, me contó que de niño, después de una paliza, su padre le había encerrado en un armario durante toda una tarde, y al abrirle, le había mandado a la cama directamente, apareciendo a la mañana siguiente las sábanas empapadas en sangre debido a que le había reventado un oído. Una de las más crueles se refería al accidente de tráfico en el que murió su madre. Agonizando en el hospital, con la columna vertebral partida, su madre confesó al señor, que a la sazón tenía dieciséis años, cómo había sido su vida y cómo le pegaba y la maltrataba su marido y padre del señor, y fue a la única persona a la que reveló que el accidente se debió a que su marido la estaba pegando mientras conducía. Pocos días después murió feliz de que se acabaran tantos sufrimientos. Ahora es sabido que con frecuencia los hijos maltratados se convierten en padres maltratadores, paradojas del ser humano. Pero entonces ni por asomo se me ocurría pensar que esas narraciones entrañaran algún tipo de peligro en una posible relación futura, máxime cuando en ningún momento justificó lo más mínimo el comportamiento de su padre, antes al contrario, le criticaba y se mostraba enormemente compungido por la vida desgraciada que su madre había sufrido.

Pero no quiero adelantar acontecimientos. Como ya he referido, esas confesiones fueron realizadas a lo largo de diversas citas, y aunque no me voy a detener en describir cada una de ellas, sí me parece interesante contar cómo fue la segunda vez que pusimos en práctica una artimaña para poder arañar unas pocas horas nocturnas de libertad. En esta ocasión aprovechamos una oportunidad que se nos brindaba. Venían a visitarme unos amigos de mis padres. Por tanto, disponía de autorización para salir con ellos. Sólo había dos problemas: Macarena no tenía permiso y no era precisamente con los amigos de mis padres con quien queríamos salir. Entre Rorro y yo dimos con la solución. Cuando se la explicamos a Macarena no entendía nada, y no es de extrañar, puesto que el plan era enrevesado. En primer lugar, presentaría al mediodía a Macarena a los amigos de mis padres como mi amiga inseparable y les pediría que la dejaran venir con nosotros. No creía que tuvieran ningún problema con ello, pero tendría que presentarla bajo el nombre de Rorro. Macarena pediría permiso para salir y no tendría ninguna dificultad, incluso podrían sus padres llamar a los míos, que sin duda dirían que sus amigos eran personas responsables de total confianza. Una vez que saliéramos con ellos por la tarde, yo fingiría que me encontraba mal, algo de la tripa me pareció que sería buena excusa. Pediría volver al colegio asegurando que me iba a meter directa a la cama y les suplicaría que no informaran de ello a mis padres, pues no era de mayor importancia y mi madre era propensa a preocuparse demasiado por la salud de sus hijos. De esa forma, Macarena y yo podríamos salir con nuestros amigos. Macarena no entendía por qué había de ser presentada como Rorro a los amigos de mis padres. Ésa era la mejor parte del plan y la que da la medida del nivel de sofisticación al que llegábamos preparando nuestras escapadas. Era de suponer que los amigos de mis padres estarían durante todo el fin de semana preocupados por mí, de forma que llamarían sin duda varias veces por teléfono para que mi amiga les diera el parte médico. Si preguntaban por Macarena, la monja que cogía el teléfono les diría que había salido con los amigos de los padres de Paula. Si preguntaban por Rorro, ésta les informaría de que yo estaba mejor, pero seguía guardando cama y había pedido disculpas por no levantarme a atenderles, dada la lejanía de la garita telefónica. Rorro, la auténtica Rorro, no iba a salir en todo el fin de semana porque tenía que preparar un importante examen para el lunes y estaba encantada de hacer de cómplice. Así lo hicimos y otra vez tuvimos éxito. De nuevo el fin de semana fue excitante. Mientras me divertía, yo iba cayendo poco a poco en la tela de araña del señor, creyéndome cada día más su confidente, la persona comprensiva, sensible, inteligente en la que se confía, quien iba a ayudarle a superar los traumas de una infancia desgraciada. Después de aquel fin de semana seguimos viéndonos los cuatro con regularidad, pero cumpliendo religiosamente los horarios. Creo que una noche más logramos, con alguna otra treta, volver a las doce y media de la noche. Y así llegamos a diciembre y al término del primer período del curso. Habían transcurrido apenas tres maravillosos meses y sólo restaba un fin de semana para las vacaciones de Navidad y nuestro primer regreso a casa. Hasta avanzado enero no volveríamos a ver a nuestros nuevos amigos y Macarena y yo estábamos decididas a despedirnos de ellos como la ocasión merecía, es decir, con una nueva salida hasta tarde. Agotados ya los ardides, me arriesgué a llamar a mi padre para pedirle el permiso diciéndole que todas mis compañeras salían ese último fin de semana, que era una tradición. Una hora de conversación telefónica duró la negociación, que no hubiera dado resultados positivos si no llega a ser por la caritativa intervención de la monja que se ocupaba de los permisos, con la que mi padre solicitó hablar, y que debía estar feliz por la perspectiva cercana de perdernos de vista a todas sus inquilinas durante una temporada. Así que el viernes salimos de nuevo los cuatro, como ya era habitual. Durante la velada, el señor me pidió que el sábado quedáramos para comer únicamente él y yo, y esto ya no era habitual. Hoy en día cualquier chica puede quedar con cualquier chico a solas para comer, para cenar o para cualquier otra cosa, que en principio no significa nada extraordinario, solamente una comida, una cena, ver una película o lo que sea. Pero entonces y en el tipo de sociedad que me rodeaba (aclaro esto porque alguna contemporánea mía puede tacharme de exagerada), se consideraba poco menos que un primer paso hacia el noviazgo. Tanto era así que no accedí al momento y quedé en contestarle el mismo sábado por la mañana. Lo hice afirmativamente, después de consultar con mis amigas.

Tras haber tomado un aperitivo, nos dirigimos al restaurante José Luis, uno de los de mayor prestigio en aquella época. El señor había reservado mesa para dos. Antes de mirar la carta, pidió una botella de champán francés, Moët Chandon, supongo, porque luego supe que era muy aficionado a él, pero yo entonces no distinguía entre marcas. Actualmente decir champán francés es una redundancia, como decir Rioja español, pero entonces llamábamos champán a cualquier vino espumoso. Ahora bien, si llevaba el adjetivo de francés, es decir, auténtico Champagne, era otra bebida, sabíamos que era caro y glamouroso, lo que bebían las estrellas de cine, lo que se bebía, quien se lo pudiera permitir, para celebrar grandes cosas. De modo que dije: «¿Celebramos algo?» «A mí me encantaría que así fuera», respondió él sin mayores explicaciones. Me di por contenta o mi timidez me impidió seguir preguntando, pero lo cierto es que pasó el primer y el segundo plato sin que volviera a mencionar nada relativo a la causa del champán. A una seña del señor llegó un camarero con el postre, que no habíamos pedido. Se trataba de una tarta previamente encargada por el señor que no estaba incluida en la carta y que por algún comentario mío en alguna de las citas anteriores sabía que era mi favorita.

En cuanto el camarero se va con su sonrisa cómplice, el señor me pide que me case con él. Yo no reacciono. Me quedo callada. De pronto noto que el champán me ha hecho efecto. No es que esté borracha, pero la conjunción de una propuesta tan inesperada con las dos copas que he bebido hacen que mi cabeza no esté clara. Me refugio en el silencio. Mi mutismo no parece importarle al señor. Entiende que necesito más explicaciones y comienza a dármelas. «Estoy locamente enamorado de ti eres la mujer de mi vida he conocido a muchas mujeres pero con tu estilo tu categoría personalidad y con esa belleza tan serena ninguna tú tienes mucha suerte en la vida mi única suerte sería casarme contigo mi felicidad está a tu lado sintiseguiríasiendoundesgraciadocásateconmigojamáshetenidounafamiliayestoydeseandoformarlacontigo...» Me aturdía con sus palabras. Argumentos y argumentos encaminados a convencerme de que diera una respuesta positiva. Todo su poder de convicción de directivo de empresa desplegado sobre aquella tarta. Y yo callada; escuchando u oyendo, más bien, porque en algún momento desconecté y mi cabeza se me fue a otro lado, a ninguno en concreto, a muchos lados, más bien, tal vez me fijé en su corbata, que no me gustaba y estaba mal conjuntada, y luego en una mancha del mantel, para pasar a mirarle un instante a los ojos, y él creería que le estaba atendiendo, cuando en realidad estaba fijándome en que eran muy pequeños y algo achinados, y le miraba a la boca, de donde salían sus palabras, pero estaba atenta a sus dientes, blancos y de bonita sonrisa, y sopesaba yo ojos feos con dientes bonitos y él seguía argumentando, «apesardetujuventuderesunamujerentodoslossentidos», y yo recordaba la excursión a El Escorial, el «para que seas mía» y el asunto de la foto, pero de pronto volvía a la mancha del mantel o a reparar en la firma de José Luis en la vajilla. Y entonces me impelió a una respuesta. Todavía permanecí callada unos momentos. Pude malamente argumentar que la proposición era inesperada y que necesitaba tiempo para reflexionar, para hablar con mi familia, y le dije que le daría una respuesta a la vuelta de mis vacaciones. Pero no le valía. Nuevos argumentos para que diera una contestación en ese momento y en ese lugar. «Para mí, un segundo sin saber tu respuesta es ya un sufrimiento, así que imagínate lo que me supone esperar semanas.» Sólo se me ocurrió excusarme para ir al servicio. Es curioso que ya entonces utilizara el servicio como escapatoria. Más tarde el cuarto de baño sería el lugar donde me refugiaría en innumerables ocasiones. No ha sido el caso, pero habría tenido su lógica que, una vez acabado todo, me hubiera convertido en decoradora de cuartos de baño. Habría sido muy buena. Allí estaba yo, meditando una propuesta de matrimonio en el servicio de un restaurante. Allí fue donde tomé la decisión que marcaría mi vida, y nunca mejor usado el verbo marcar. Se me mezclaban desordenadamente mis pensamientos y sentimientos, la compasión por los malos tratos con sus ojos achinados, sus innumerables regalos y atenciones con el «para que seas mía», su corbata mal conjuntada con su blanca sonrisa hipnotizadora. Contesta lo que te pida el cuerpo, tu intuición, me decía mi conciencia en vista de que no era capaz de poner orden en el caos de mi cabeza. El cuerpo me pedía salir por la puerta trasera del restaurante y echar a correr, pero no podía hacerlo. Volví a la mesa, intentando sonreír y le dije que sí. ¿Estaba pensando en no cuando dije sí? Sí o no, no lo sé. Lo que sí sé es que tomé esa decisión como si una fuerza magnética me llevara hacia ella, con la sensación de que estaba cometiendo un error, pero que era inevitable cometerlo. En todo caso, nuestra conversación posterior me tranquilizó un tanto. Me agarró la mano y me la besó cariñosamente. Comencé a hablar sobre los problemas que la decisión acarrearía con mi familia y tuve un momento de lucidez para plantear que mi padre siempre había deseado que sus hijas tuvieran una carrera. Era mi forma disimulada de tantear, en ese momento en que todavía estaba a tiempo de una vuelta atrás, qué pretensiones tenía el señor respecto a mis estudios. Él cogió al vuelo mi intención, que inteligencia no le faltaba, y me aseguró que no pondría impedimento en que acabara filosofía y letras y que incluso me animaría a que después hiciera derecho, que era la carrera que yo quería hacer. Nada más lejos de sus planes en realidad, como pude comprobar al cabo de un tiempo. Después el señor me entregó un regalo magníficamente envuelto. En un principio no me atrevía a abrirlo. Quizá en mi interior latía que mi decisión era muy precipitada y que ese regalo no me correspondía. Me tuvo que ayudar él a deshacer los numerosos lazos. Se trataba de una bandeja de plata llena de bombones. No parecía gran cosa para la ocasión, teniendo en cuenta lo espléndido que el señor había sido hasta el momento. Por supuesto me guardé mucho de comentarlo, y posiblemente ni siquiera llegué a pensarlo; con los bombones, sin bandeja, me habría parecido suficiente, e incluso sin bombones ni bandeja. Pero la sonrisa del señor y su insistencia en que cogiera un bombón hacían patente que había truco. Efectivamente, al coger un bombón, vi una segunda caja, de piel, pequeña y alargada. Sorprendida, le pregunté: «¿Y esto qué es?» «¡Qué va a ser, Paula!, tu verdadero regalo», me respondió riéndose. Era un reloj de platino con miles y miles de brillantes, tan espectacular que parecía de bisutería, dado que era difícil creer que pudiera ser auténtico. Pero no, el señor jamás compraría nada falso, nada de segunda categoría; todo tenía que ser lo mejor, incluida su esposa. Me disculpé por no tener nada con qué corresponderle, disculpa absurda, pues yo no podía saber en qué iba a consistir esa comida. Luego le dije que le compraría algo, pero que mi economía de estudiante no me permitiría corresponderle a su altura. «No te preocupes, Paula, mi mejor regalo eres tú», dijo cosificándome de nuevo.

Al salir del restaurante, volví al colegio. Argumenté ante el señor que tantas emociones me habían agotado, así que nos despedimos por la tarde, a pesar de que ya estábamos comprometidos. Las reacciones a la noticia de Rorro y Macarena fueron absolutamente opuestas. A la primera, la más sensata de las tres, le pareció un auténtico disparate y una locura. A Macarena le entusiasmó. «Cuando te cases, como vivirás en Madrid, tendré la excusa perfecta para que mis padres me dejen salir de noche», dijo la malagueña para indignación de Rorro, que no podía soportar tanta superficialidad. Me pregunto cuántas mujeres de mi generación se habrán casado para librarse del yugo impuesto por sus padres y cuántas habremos soportado otro peor.

5

Cuando volví a mi casa, tenía auténtico pánico. Lo curioso es que no recuerdo que nadie me lo notara. Está claro que debía de ser muy buena actriz. Probablemente las farsas que monté para poder salir de noche constituyeron una suerte de prácticas de interpretación. Lo cierto es que a lo largo del período de mi vida en convivencia con el señor estaba continuamente disimulando. Y lo hacía muy bien, demasiado bien. Sin esa capacidad para el fingimiento las cosas habrían podido ser distintas. Pero así era yo, qué le vamos a hacer. Llegué a casa, saludé a mis padres, a mis hermanos y a unos primos que se encontraban allí y aparenté normalidad. Les relaté algunas experiencias vividas en Madrid, les hablé del colegio, de mis estudios, de Rorro, de Macarena, de la monja tal y la monja cual, pero ni tan siquiera mencioné al señor. «Mañana contaré mi compromiso», pensaba para mis adentros. Al día siguiente me levanté dispuesta a soltarlo durante el desayuno, pero mientras desayunábamos me dije que sería mejor dejarlo para la comida, y durante ésta decidí posponerlo a la cena. Me acosté sin haber contado nada, sin siquiera haber preparado el terreno hablando del señor como un amigo. Juré a la almohada que no pasaría del siguiente día sin haberlo contado. Le fallé a la almohada. Por fin al tercer día reuní el valor para hacerlo. Fue durante la comida, con la familia reunida. Aproveché un silencio y dije: «Me caso.» «¿Qué dices?», preguntó mi padre o mi madre. Seguramente yo lo había dicho muy bajo, pero aunque lo hubiera chillado me habrían pedido que lo repitiera. Esas dos palabras estaban tan fuera de contexto, eran tan inesperadas que necesitaban ser repetidas y aclaradas. «Que me caso –proseguí con voz temblorosa y tartamudeando–, que tengo un novio en Madrid y me ha pedido que me case con él y yo le he dicho que sí.» Un silencio sepulcral siguió a esa explicación. Duró unos segundos, no sé cuántos, entonces me parecieron años. Mi padre estalló en cólera. Me reprendió con energía y me dijo que habría que ver si me casaba o no y cuándo. No podía creerse que en tres meses fuera de casa yo hubiera sacado los pies del tiesto y me hubiera dedicado a ir con hombres en lugar de estudiar. Y si mal sentó la noticia de que me casaba, peor encajaron la de con quién. «¿Con el hijo del enano?», exclamó indignado mi padre. Por lo visto el padre del señor tenía mote; su familia era muy conocida en nuestra ciudad y mi padre sabía de quién se trataba. Era una de las personas más ricas de Alnorte, tenía un mercedes con chófer negro y una dentadura con numerosas y visibles piezas de oro. Con el mercedes no había ningún problema, el chófer negro podía considerarse un punto ostentoso y hortera de quien trata de imitar a los terratenientes sudistas de las películas estadounidenses, pero los dientes de oro eran totalmente inaceptables; cada vez que abría la boca, se recordaba el origen de su fortuna. Además del enano, le llamaban el chatarrero, por haber tenido un negocio de chatarra que, con el auge de la siderurgia en el entorno de Alnorte, había prosperado. Invirtió en el sector inmobiliario, llegando a ser propietario de numerosos edificios de la ciudad. Su fama de nuevo rico, advenedizo y tiburón no podía ser mayor. La buena sociedad tradicional de Alnorte no le admitía en sus círculos, y si bien se veía obligada a tener tratos mercantiles con él, evitaba cualquier relación personal. Tenía escasa educación, maneras rudas y era un auténtico hortera. El clasismo que había entonces en Alnorte llegaba a niveles victorianos. No voy a defender a estas alturas al padre del señor; su afán por ostentar, sus rudas maneras y sus dientes de oro me pueden parecer nada más que antiestéticos, pero era un maltratador, lo cual ya sería suficiente para condenarle, y también, como pude comprobar al conocerle, era inmoral, avaricioso, egoísta e intratable (además de espurrear enormes perdigones al hablar). Pero era un injusto clasismo que juzgaran al señor por la familia a la que pertenecía, a pesar de tener dos carreras, una maravillosa dentadura blanca y ser muy diferente a su padre, aunque esto último en apariencia, pero yo entonces no lo sabía. «¡El hijo del enano! –repitió mi padre–, ¡pretendes casarte con el hijo de ese enano!» Tiró la servilleta sobre la mesa, salió del comedor dando un portazo y se oyeron otros dos más, correspondientes a la puerta del recibidor y a la de la calle. Mi madre se quedó en la mesa llorando. La tragedia estaba servida. Mis hermanos callados, dirigiendo su mirada al plato. Yo no sabía dónde meterme, así que pedí permiso para levantarme de la mesa y me fui a mi habitación a llorar.

Regresó mi padre, aparentemente tranquilizado; consideró que ante un problema de tal calado, más valía tener sentido práctico que empeñarse en resolverlo a las bravas. Intentó hacerme razonar, me argumentó que tres meses era muy poco tiempo para conocerle, que en esa etapa debía centrarme en los estudios, que era todavía muy joven, que no sabía nada de la vida, pero yo estaba cerrada en banda y rebatía cada juicioso razonamiento de mi padre con esa lógica descarada y simplona con la que se suele discutir cuando se tienen dieciocho años. Mi padre fue perdiendo la calma. Con el tono subido me preguntó si sabía cómo era esa familia, si sabía, por ejemplo, que había fundados rumores de que el padre del señor había provocado el accidente de tráfico en el que murió su mujer porque se estaba peleando con ella. Me dio un vuelco el corazón; el íntimo secreto que el señor me había confiado era vox pópuli en la ciudad. «No me voy a casar con el padre del señor», repliqué no obstante, y evidentemente sin llamarle señor, sino por el nombre que he decidido no mencionar. «De tal palo, tal astilla», fue lo último que me dijo antes de salir de la estancia donde nos encontrábamos demostrando su total desacuerdo con un nuevo portazo. Lástima que no atendiera a sus razones; pero otra vez insisto que todas estas circunstancias han hecho posible la existencia de mis hijos, y si otras cosas hubieran sucedido, probablemente tendría otros hijos, pero a ésos no los conozco porque no existen y, por tanto, no los quiero.

Los siguientes días consistieron en una terrible guerra fría entre mis padres y yo. Mi padre me denegaba el permiso para casarme. En aquella época la mayoría de edad comenzaba a partir de los veintiún años, y antes de cumplirlos, se requería autorización de los padres para casarse. Yo me sentía una heroína de tragedia romántica, una especie de Julieta, la protagonista de un amor con dificultades en que la familia se interpone entre los apasionados amantes. El señor, que se había tenido que ir de viaje de trabajo a París, donde pasaría cerca de dos meses, me llamaba a diario. Sus cumplidos, su estudiado discurso zalamero y los numerosos regalos que me enviaba contribuían a reforzar ese romanticismo literario. Yo le informaba apenada de los impedimentos que mis padres ponían a nuestra boda. Entonces él me aconsejaba cómo manejar mis armas en ese pulso que mantenía contra mi familia. Me dijo que estaba dispuesto a buscar trabajo en Francia, donde tenía buenas relaciones, y escaparse conmigo para vivir ahí. Me sugirió que amenazara con ello, que les advirtiera de que si no autorizaban la boda, me casaría en secreto, me iría a vivir a Francia y no me volverían a ver. Ni por lo más remoto me habría ido yo a Francia con el señor dejando a mi familia, que aunque peleada, seguía siendo mi familia, mis amistades, mis estudios, mi tierra, pero a mi madre le hice creer que lo haría. El farol dio resultado. Mi madre habló con mi padre, y ambos decidieron, a regañadientes, aceptar la boda. Mi padre se ocupó de dejarme claras las cosas, las condiciones del armisticio, podríamos decir: «A partir del día de la boda, ésta ya no será tu casa, sólo vendrás a eventos familiares, y más te vale que nos cuentes que todo te va perfecto porque no vamos a aguantar lágrimas de niña mimada, y desde este mismo momento dejamos de financiarte unos estudios que sólo te han valido para cometer una locura con la que sabes que no estamos de acuerdo, que sea tu marido el que se ocupe de reanudarlos si, como dices, tiene interés en ello.» Por supuesto dejaron de darme también asignación económica alguna, y en cuanto al trato, siguió siendo gélido y distante, tanto con mis padres como con mis hermanos. Aquéllas fueron unas Navidades negras, sin regalos ni celebraciones, con mi madre llorando la desgracia por las esquinas y mi padre con permanente cara de *bulldog*. No obstante, mis padres eran muy mirados con las convenciones sociales, y si fueron capaces de apenas celebrar en familia las fiestas navideñas, consideraron en cambio que si una hija suya se casaba, había que celebrar una boda por todo lo alto, como su rango social requería, con todos los efectos colaterales, que se diría ahora, que rodeaban a un acontecimiento así, como la realización del traje de novia en París, un banquete de lujo con cuatrocientos invitados o la ceremonia previa de la pedida con intercambio de regalos, el tradicional reloj de oro para el novio, que nadie dijera que mi familia, a pesar de no aprobar la unión, se andaba con racanerías. Fue, por cierto, la pedida un tanto malograda, quizá porque se realizó el 28 de diciembre, día de los inocentes. El padre del señor y su mujer no acudieron porque habían discutido con el señor a causa de unos papeles de la herencia de su madre. Sobra decir que la situación fue tensa y que mi padre, en el fondo, se alegró de que no apareciera el chatarrero de los dientes de oro. Por lo demás, le entregamos al señor su reloj y él me regaló una maravillosa sortija de brillantes y se fijó la boda para principios de marzo en un pueblo costero de la provincia de Alnorte, donde mi abuela vivía en la vetusta y amplia casa familiar.

6

A pesar de la firmeza con que mi padre afirmó lo contrario, siguió pagándome los estudios hasta el día de la boda. De modo que volví al colegio mayor de Madrid. El señor seguía en París, por lo que no tuve ocasión de coincidir con él. Yo me convertí en el centro de atención de todas mis compañeras, que comentaban mi inminente boda con entusiasmo, excepto Lolifán, que se reconcomía de rabia. No tardé en volver a Alnorte, a mediados de febrero, quince días antes de la boda; había que preparar bien todos los detalles. Al día siguiente de mi vuelta, el señor vino directamente de París a verme a Alnorte. Le fui a recoger en mi mini al aeropuerto y de allí a cenar, como siempre a un buen restaurante, uno muy bueno, que estábamos en Alnorte y allí todos son buenos. Lo que prometía ser una romántica velada no fue exactamente tal. Sabía el señor que una vuelta atrás era altamente improbable después de que todo estuviera organizado. Se sintió libre, pues, para empezar a mostrar su cara oculta. Durante toda la cena mantuvo un horrible monólogo creyéndose una especie de Nietzsche que en lugar de definir al superhombre definía a la «supermujer», la «superesposa», más concretamente, la mujer diez, como la llamaba él. No daba crédito a mis oídos y pensé que debía haber humor en sus palabras, pero el tono no podía ser más serio y tajante. «Para ser una auténtica mujer diez, deberás tener unas medidas muy proporcionadas; bien, en eso no tienes problema, pero deberás cuidarte mucho de perder tus adorables formas. Tendrás que ser una perfecta ama de casa, manteniendo la vivienda impoluta y cocinando como una profesional, pero no debe notarse que trabajas en casa, usarás guantes y procurarás que jamás se te rompa una uña al fregar. Una mujer diez debe también ser una buena madre que le dé a su marido los hijos que quiera; yo, que soy hijo único, estoy deseando tener una familia numerosa, pero después de cada parto tendrás que hacer lo imposible por recuperar el físico y que la gente diga que no se te nota que hayas tenido tantos hijos. Es muy importante vestir adecuadamente para cada ocasión, lo que no quiere decir gastar una fortuna en trajes; una mujer diez tiene que saber encontrar esas gangas que dan el pego como trajes de marca de última moda; de la misma forma que hay que saber peinarse en casa y dejar la peluquería para las ocasiones. Mucho ojo con el maquillaje, no hay nada peor que una esposa maquillada exageradamente o, lo contrario, que vaya como recién levantada. Tendrás que ser la mujer perfecta para que yo pueda llevarte orgulloso a los actos sociales que mi trabajo requiera. ¿Qué quiere decir eso?, que jamás deberás pasarte de lista dando tus opiniones sin que nadie te las haya pedido, y si lo hacen, contestarás siempre lo más prudente y de manera escueta. En cuanto al tono de tu voz, tiene que ser femenino y evitar estridencias, y esto no lo digo para veladas o actos sociales, sino que permanentemente vigiles tu risa, porque debe ser discreta y encantadora. Tendrás que aprender también todos los juegos de cartas elegantes por si hay que entretener a alguna mujer de algún cliente o alguna personalidad, que jugando a cartas no os aburrís y no os ponéis a hablar de lo que no entendéis; y tampoco estaría de más que supieras jugar a juegos de cartas menos elegantes, que alguna vez se te puede requerir para sustituir a alguien durante un rato en una partida de hombres. Y en cuanto a la cama, la típica excusa del dolor de cabeza no es válida para una mujer diez; si al marido le apetece a la esposa también, y si el dolor de cabeza no es fingido, te tomarás un tubo entero de aspirinas.» Palabra que esto es sólo un resumen del larguísimo y detalladísimo monólogo con que el señor me dejó atónita esa noche. Tan atónita que yo no dije una palabra. Me quedé muda. Algo en mi interior hizo que no reaccionara. Seguramente parte de la causa de ese bloqueo hay que buscarla en la situación en la que estaba; después de haber tensado tanto la cuerda en mi familia, ahora tenía fundados temores de haberme equivocado, de que el señor no fuera precisamente el hombre de mi vida, y una vuelta atrás en ese momento habría hecho saltar el último hilo que le quedaba a la cuerda. ¿Pero qué había ocurrido? No era la misma persona que yo había conocido y tratado en Madrid. ¿Dos meses escasos en París podían haber producido semejante cambio? Mi cabeza no podía asimilar un contraste tan grande, y en ello hay que buscar otra parte de la causa del bloqueo. Ése fue siempre uno de los trucos del señor: el contraste, el pasar de la extrema corrección a la agresión sin transición ni causa para lo uno ni para lo otro, lo que debía producirme algún tipo de cortocircuito psicológico que me paralizaba. Por último, había algo en el señor que intimidaba; no sólo a mí, que posteriormente ante su brutal comportamiento conmigo, la palabra intimidación se quedaría ridícula; intimidaba a mucha gente, a unos más que a otros, lógicamente. Los empleados que en las distintas empresas donde trabajó estaban a su cargo le temían, como le temía un camarero que hubiera cometido una torpeza o un taxista que se hubiera equivocado. Era su seguridad al hablar, sus frases cortantes, con ácido ingenio: «Tú es que todavía crees en los Reyes Magos», me decía con frecuencia. «A usted no se le paga por pensar, se le paga por conducir», le podía decir a un taxista. Pero también era su mirada, sus ojos que se achinaban detrás de los gruesos cristales preludiando un enfado. Cuando eso ocurría, cuando hablaba y miraba así, me quedaba muda. Me quedé muda en muchas, muchas ocasiones. En esa cena en Alnorte antes de la boda, me habló, me miró así y me quedé muda. Ésa fue la primera vez. No tardaría en apodarme a mí misma como «la mudita de lujo».

Al salir del restaurante, yo tenía la impresión de que el señor estaba enfadado. No podía ser yo la causante, puesto que no había dicho esta boca es mía. Tampoco creía que mi silencio pudiera haberle molestado; su tono categórico no parecía querer réplica. Me pidió que diéramos un paseo en coche, me lo ordenó más bien, y solicitó las llaves; él conduciría. Me llevó a un lugar apartado y poco concurrido, donde detuvo el coche. Sin salir de él, empezó un segundo monólogo: esta vez sobre sexo. Sin ningún recato, sin la más mínima delicadeza comienza exponiendo que le parece una estupidez lo de llegar virgen al matrimonio. Que un hombre tiene que estar seguro de que su mujer va a funcionar en la cama. Argumenta que hay muchas mujeres que tienen vaginitis, otras que no admiten la penetración o que son frígidas e incapaces de dar placer. Me dice que no está dispuesto a pasar la noche de bodas con una inexperta sexual, ni va a admitir casarse con la incertidumbre de si voy a responder en la cama. Era como oír al niño endemoniado del exorcista blasfemando con voz adulta y cascada. Era como presenciar la transformación de un hombre lobo. Me propone despejar sus dudas en ese lugar y en ese mismo momento. Comienzo a llorar. Las lágrimas no le ablandan y suelta una de sus ácidas frases, no recuerdo cuál. Logro responderle que quiero llegar virgen al matrimonio, que después de que mis padres hayan accedido a la boda, se lo debo. Reacciona agarrándome por los pelos, se pone encima de mí en el asiento, me abre la camisa haciendo saltar los botones y trata de bajarme el pantalón rompiendo la cremallera. Yo me resisto. Lloro desconsoladamente. Suplico que no lo haga. «¡Hoy no!, ¡hoy no!», repito continuamente. El forcejeo cesa. Me suelta despreciativamente. Pega un fortísimo puñetazo en la guantera del coche y la deja totalmente abollada. Vuelve a su asiento, mostrando su mal humor, como si mi actitud fuera reprobable y su intento de violación un derecho indiscutible. Arranca el coche sin más palabras. Llega a mi casa y me hace bajar de un empujón. «Mañana te devuelvo el coche», dice antes de salir haciendo chirriar los neumáticos. Me quedé sola en medio de la calle con la ropa rasgada y una tristísima sensación de desvalimiento. Corrí hacia el portal a refugiarme. Me cubrí con el abrigo y traté de limpiarme el maquillaje corrido por las lágrimas. Lo importante era llegar a mi habitación sin que nadie de mi casa notara nada: sentimiento de culpabilidad de la víctima.

Después de una espesa noche en vela dándole vueltas dentro de mi cabeza a lo sucedido, me levanté con la misma confusión con la que me había acostado. El ambiente glacial que todavía imperaba en mi casa ayudó a que mi congoja pasara desapercibida. Si acaso, pudieron notar que había amanecido con ojeras y mala cara, a lo que seguramente no darían importancia tal como estaban los ánimos, pero no pudieron darse cuenta de que en mi interior yo era carne picada. Estaba horrorizada por el intento de violación y era plenamente consciente de su gravedad, pero el hecho de que el señor hasta ese día se hubiera comportado con unos modales exquisitos me creaba un terrible desasosiego. ¿Hasta entonces todo había sido fingido? ¿Es posible que quepa tanto cinismo en una sola persona? Ahora sé que sí y entonces empezaba a intuirlo. La mera idea de proseguir con la boda me producía pánico, pero la de anunciar ante mis padres que quería anularla no le andaba a la zaga. Las invitaciones estaban enviadas, el vestido de novia ya terminado por un modisto de alta costura de París, la iglesia y el lugar de la celebración estaban reservados y, sobre todo, yo había forzado las cosas hasta el punto de amenazar a mis padres con mi huida para conseguir casarme. Si ponía en un platillo de la balanza el intento de violación y los dos humillantes y subyugadores monólogos y en el otro las dificultades familiares por una anulación de la boda, sin duda pesaría más el primer platillo, aunque cabía la posibilidad de que el soporte de la balanza se rompiera por el peso. Una solución externa me vino a la cabeza a modo de esperanza cuando esa mañana sonó el teléfono y me dijeron que el señor preguntaba por mí. Me quedé parada delante del aparato, mirando el auricular depositado sobre la mesita. Tardé en cogerlo. Dudé si colgarlo bruscamente o llevármelo a la oreja. Hice lo segundo. Albergaba la esperanza de que el señor me llamara para romper nuestro compromiso. Hubiera sido la solución. La culpa habría recaído sobre él. Incluso mi familia y yo nos habríamos aliado odiándole en común. No fue así. Llamaba para suplicarme perdón, con impecables modales otra vez, y se mostró contrito por su improcedente comportamiento, alegando para justificarse el cansancio del viaje y los problemas de su trabajo, que le habían puesto furioso y había descargado injustamente su ira contra mí. Me prometió que no volvería a suceder y esperó una respuesta por mi parte. No la hubo. Yo escuché, pero me mantuve muda. Únicamente balbuceé al final que no quería hablar con él y colgué. No tardaron en empezar a traer a casa de mis padres ramos y ramos de flores acompañados todos ellos con una tarjeta en la que el señor me pedía perdón. Tal derroche floral, que llegó a dejar el amplio salón de la casa inhabitable (no es hipérbole), no logró modificar mis sentimientos. Dos o tres días más tarde, mis padres me recordaron que esa noche teníamos una cena en el club de tenis con el señor. Se trataba de presentarle a los amigos más íntimos de mis padres, parte del protocolo prenupcial y, por tanto, organizado con anterioridad al aciago día en que el señor llegó a Alnorte. Se me planteaba una difícil disyuntiva: manifestar a mis padres mi deseo de anular la boda o cenar con el señor. No tuve valor para optar por la primera. Me dije que no había tenido tiempo para preparar la argumentación, que si había necesitado tres días para decidirme a anunciar que me casaba, necesitaba cuanto menos el doble para lo contrario. Por otra parte, íbamos a estar acompañados en todo momento y yo no pensaba dar la más mínima oportunidad para que el señor y yo estuviéramos a solas. Así se desarrolló la cena: fingiendo él, desplegando sus mejores maneras y halagándome como si nuestra relación fuera un camino de rosas tan largo como el que se pudiera hacer con las que me regaló; fingiendo yo que no había intentado violarme, ni me había mostrado de forma grosera su verdadero sentir de fundamentalista del machismo más radical, tratando de que mi indiferencia hacia él y mi negativa a dirigirle la palabra excepto lo imprescindible no fueran notadas por el resto o fueran tomadas por una suerte de coquetería, timidez, cansancio o cualquier otra cosa.

Al día siguiente, después de tanto fingimiento, me sentí con valor. Decidida a anular la boda, me presenté sin avisar en la oficina de mi padre. No había superado la sorpresa de verme entrar a su despacho cuando dije: «Que no me caso.» Así, de sopetón, con la misma sencillez con que dije que me casaba, sin preámbulos ni matizaciones. Hay cosas que sólo se pueden decir así o que una chica de dieciocho años no sabe expresar de otra forma. Posiblemente es la manera correcta de decirlo. Ir al grano desde el principio para que el interlocutor sepa qué terreno pisa. No lo entendió mi padre, que pensó que alguna cuestión de la organización del evento no era de mi agrado, y me preguntó si era que el menú de la celebración no me gustaba o si no quería que acudiera tal o cual invitado. Aclarado por mi parte que nada tenía que ver con la organización, sino que era una decisión que nacía de mi interior, a mi padre le faltó hacer una pregunta fundamental: «¿Por qué?» ¿Y por qué no preguntó por qué? Yo creo que él creía que mis motivos eran puramente veleidosos. Consideró que yo era una veleta que se movía según rolaba el viento, una niña mimada que se atribuía el derecho a que toda su familia bailara a su compás. ¿Qué hubiera pasado si mi padre hubiera dicho esas dos palabras?: «¿Por qué?» Si soy sincera, he de decir que probablemente nada. El valor con el que me había levantado esa mañana no era tanto como para ser capaz de contar a mi padre el intento de violación y las ideas sobre la mujer diez y el sexo que el señor me había expresado. Yo habría contestado con un alegato ambiguo y confuso, con razones de poco significado que mi padre habría rebatido con la misma furia y determinación con que me trató aquella mañana en su despacho. Me dejó bien claro que era imposible una marcha atrás, que después de haberse opuesto al enlace ahora viniera con caprichos que le dejarían en el más humillante de los ridículos, y añadió que por supuesto mía era la última y definitiva palabra ante el cura, pero que pensara bien cuál era porque las puertas de la casa familiar estaban cerradas para mí a la vuelta de la iglesia. Sé que no hubiera cambiado nada, pero habría agradecido que mi padre y mi madre, que también ella sería informada más tarde de mi intención de no casarme, se hubieran interesado por los verdaderos motivos: quién sabe si insistiendo, con un poco de psicología, acercándose a mí, no habrían logrado que yo me abriera y me sincerara. En fin, de nada sirve lamentarse ahora que la vida está vivida.

Al salir de la oficina de mi padre no me quedó otro remedio que asumir que la suerte estaba echada. La bala había sido disparada y llegaría a donde impactara; inútil era volver el gatillo a su posición inicial. ¿Qué puede hacer la vaca cuando se encuentra ya en el corral del matadero? No sé la vaca, pero yo me fui de compras. Lo digo con humor ahora que han pasado años y años. Pero entonces mi situación no podía ser más penosa. Estaba forzada a una boda que no sólo no quería, sino que sospechaba que iba a ser el inicio de una horrible relación. No sé qué hubiera hecho entonces si mis sospechas hubieran llegado al nivel de la realidad que vino después. En todo caso me fui de compras, salida que no por ser tan tópicamente femenina era menos consoladora. Compré perfumes, ropa (uno de mis vicios que sigo teniendo) y un par de libros. Recuerdo cuáles eran los libros: *Lola, espejo oscuro*, de Darío Fernández Flores, y *Los pájaros de Baden-Baden*, de Ignacio Aldecoa. Los leí durante los siguientes días; salvo esperar en el corredor de la muerte el día de la boda, poco más tenía que hacer. Me imaginaba a mí misma, si no me casaba, como la huérfana pícara de la novela de Fernández Flores, que hacía todas las peripecias posibles y pasaba mil avatares para poder vivir. No me consideraba yo capaz de tantos recursos como ella, independientemente de que creo recordar que la huerfanita acababa mal. En cuanto al de Aldecoa, su romanticismo de salón quizá me llevó a pensar que mi futuro marido era un perfecto caballero que simplemente había tenido un día de locura. Pero es fácil echarle la culpa a la literatura. En realidad, recordando ahora cómo eran esas novelas de moda de la época, me invento cómo pudieron influirme, pero seguramente no pasaron de entretenerme y si acaso de hacerme echar alguna lagrimita, que estaba yo en esos días propensa a ello. La verdad es que una decisión inteligente habría sido negarme en redondo a la boda, asumir las consecuencias, enfrentarme a ellas. No creo que al final mi familia me hubiera dejado vivir debajo de un puente y, aunque seguro que habría pasado una mala época, habría terminado saliendo adelante, como lo hice posteriormente, pero muchos, muchos años más tarde y tras muchos, muchos sufrimientos a mis espaldas. Yo no estaba preparada entonces para ello. Con la educación que había recibido, en el ambiente que había vivido, el sentirme desvalida, sin dinero, sin un techo, con las puertas de la familia cerradas, me producía auténtico pavor o ni siquiera eso, simplemente era una posibilidad que no contemplaba.

Desde la cena en el club de tenis al día de la boda, sólo vi en una ocasión al señor. Se había dado por perdonado. Debió de considerar que mi mera presencia en aquella cena implicaba un perdón y una vuelta a la situación anterior al intento de violación. Yo nunca le dije que le había perdonado. Pero cuando me propuso que quedáramos para comer antes de nuestras respectivas despedidas de solteros, yo accedí. No tenía alternativa. Ni por asomo aludió lo más mínimo a lo que había ocurrido. La llamada de teléfono hecha al siguiente día del intento de violación y las numerosísimas flores enviadas fueron suficientes actos de contrición para su criterio. En la comida su tono fue neutro, sin la crueldad de sus monólogos de marras, pero sin la corrección de nuestros encuentros en Madrid. Se limitó a organizar algunos detalles de la celebración con ciertas maneras prusianas: «Después del almuerzo y antes de que empiece el baile, irás a cambiarte de ropa, ya que no procede y es incómodo el ir vestida de novia; a partir de las ocho y media empezarás a despedirte de la gente y a dar las gracias por su asistencia; al día siguiente tendremos que levantarnos a las diez de la mañana para estar preparados antes de las once y media para salir hacia Cuenca, que será nuestra primera etapa de la luna de miel; no te preocupes, que después de Cuenca recorreremos muchos más sitios que ya te iré informando.» No osé hacerle ninguna sugerencia, ni mucho menos llevarle la contraria. Todo me pareció estupendo. Adopté de nuevo mi papel de muda. Mi cabeza, además, estaba en otra parte, en algo que me interesaba mucho más que mi aborrecida boda o que el viaje de novios, en la celebración de mi despedida de soltera con mis amigas, Macarena, Rorro y las alnorteñas, que ya estaban todas en el pueblo de mi abuela, que era donde se había previsto que nos casáramos. Necesitaba yo calor humano, sentir la amistad, que a esas edades es tan pasional. Sin embargo, nada revelé a mis amigas de lo que me había ocurrido con el señor. Ni a las alnorteñas que conocía desde hacía años, ni a Macarena y Rorro, que era con las que entonces estaba más unida. A pesar de la confianza que da el haber compartido durante meses una habitación, de haber sido cómplices en nuestras escapadas, a pesar de ser para mí como auténticas y buenas hermanas, me dio vergüenza decirles que el señor había intentado violarme, que me había agarrado por los pelos y había roto mi ropa. Tampoco les revelé siquiera el contenido de los monólogos, que ya por sí mismos auguraban una convivencia nefasta, de un desequilibrio en los roles cercano al que había entre el amo y su esclavo. También me dio vergüenza eso. Sólo me atreví a mostrar delante de mis amigas andaluzas ciertas dudas de causas vagas y etéreas, que casi se podrían confundir con un normal miedo preescénico que cualquier novia podría sentir el día antes de su boda. Y tampoco insistí en ello, pues lo que yo estaba deseando era divertirme con mis amigas y sin el señor, es decir, evadirme de mis problemas, aunque sólo fuera por una noche.

Llegó el día de la boda. Ahí estoy, en el caserón alnorteño de mi abuela, poniéndome el vestido de novia y preguntándome cómo he llegado a esta situación. Estoy rodeada de varias mujeres, familiares y amigas que me ayudan a vestirme o simplemente miran ilusionadas y divertidas. De pronto, los zapatos no aparecen, ni tampoco las joyas sin las que el vestido no luce lo que debe. Todas se ponen a buscar y se desesperan. También está desesperado mi futuro suegro, que me aguarda delante de la casa de mi abuela con su Mercedes y su chófer negro. El personal de servicio de casa de mi abuela es movilizado y revuelve todos los rincones. Nadie entiende cómo se han podido extraviar. Yo soy la única que conoce la explicación. En un gesto infantil, antes de vestirme, yo misma había escondido esas prendas. Como si el sentenciado a la horca se hubiera hecho con la cuerda y creyera que de esa forma iba a evitar la condena. Lógicamente tuve que terminar revelando su paradero. Sólo me sirvió para aplazar cuarenta y cinco minutos lo inevitable y, encima, tuve que soportar, al conocer por fin a mi inminente suegro, una bronca con abundante lluvia de perdigones.

7

«Y tú, Paula, ¿quieres al señor por esposo?» Era la tercera vez que repetía el cura la pregunta, ante su estupor y el de sus dos compañeros que concelebraban la misa, ante el horror en la mirada achinada del novio y la tensión en los dientes de oro apretados del que todavía no era mi suegro, ante el color rojo en la cara de mis padres que presentían el ridículo de ser el tema principal del cotilleo de la ciudad durante la siguiente década entera, ante los cuatrocientos invitados que ya empezaban a cuchichear, muchos de ellos salivando por el manjar de despelleje que se les ofrecía, y finalmente ante mi cara de pasmada producto de una lucha interna que se debatía entre las tres posibilidades que tenía: sí, no o permanecer callada. Esto último es lo que hice en las dos primeras veces en que se me formuló la pregunta, y continué haciéndolo en la tercera durante varios interminables segundos, hasta que dije: «Sí, quiero.»

La fiesta iba transcurriendo como suele ser habitual en las bodas. Salvo que en este caso la novia era un tanto huidiza. Traté de huir del fotógrafo cuanto pude, con la intención de que quedaran las menos pruebas posibles, huí también con frecuencia durante el almuerzo de la mesa presidencial para visitar la de mis amigas, y huí en todo momento de Lolifán, a la que el señor había tenido el descaro de invitar, no fuera a tirarme otra vez de los pelos. Después del almuerzo también huí a casa de mi abuela para cambiarme de ropa, tal como me había «sugerido» el señor. Me acompañaban Rorro y Macarena. Tan pronto como estuvimos solas, les comenté que lo que me apetecía en ese momento era huir, no volver a la fiesta, coger el coche e irme al colegio mayor con ellas a seguir, como si nada hubiera ocurrido, con los estudios. Yo ya había cumplido con mi familia, ya me había casado y había impedido que cayeran en el ridículo social, ahora podía seguir con mi vida y olvidarme del señor. No les aclaré los verdaderos motivos. Aun así, ellas se pusieron de mi parte y fantaseamos juntas. Pero claro, no pasaron de ser meras fantasías. Lo que sí cruzó la barrera de la imaginación a la realidad fue una idea acerca del cambio de vestuario. Sería mi pequeña venganza. ¿No había dicho el señor que no procedía acudir al baile con traje de novia? ¿Que además era incómodo? Muy bien, pues me iba a poner realmente cómoda. Me vestí con un pantalón y una chaqueta vaquera, un top rojo, me adorné con mi bisutería más *hippie* y me solté la melena. Mis amigas se morían de risa. No así el señor, mi suegro, mis padres y parte de los invitados cuando me vieron entrar en el salón del baile. Aunque otra parte de los asistentes aplaudieron la originalidad del cambio de vestuario y creyeron ver en ello una forma de invitarles a que se sintieran cómodos y no se cohibiesen si querían quitarse la chaqueta o aflojarse la corbata para bailar. Sin pararme demasiado en escuchar unos y otros comentarios, me dirigí a la orquesta y les solicité una canción para la apertura del baile. Los músicos pusieron cara de espanto. Temerosos de que por hacerme caso se quedaran sin cobrar, me rogaron que me aviniera a comenzar con el tradicional vals y que mi petición la tocaran en segundo lugar. Las primeras notas del vals comenzaron a sonar y el señor sacó a bailar a Lolifán. Si creía que con ello me daba celos, no podía estar más equivocado. Yo les miraba bailar desde la mesa de mis amigas esperando al segundo tema para entrar a la pista, y pensaba: «¡Qué buena pareja hacen!, ¡ojalá la novia fuera ella y no yo!» La orquesta tocó a continuación mi petición: *El rock de la cárcel*. Toda la cuadrilla salimos a bailar como locos. Ahora hasta el cura se puede animar a bailar un *rock*, pero entonces era considerada una música, si no subversiva, por lo menos rebelde y estridente. Yo disfruté de ese baile como nunca en mi vida. Volví sudorosa a la mesa presidencial. Nada más sentarme, noté unas uñas que se clavaban en mi brazo y oí una voz que me susurraba al oído con rabia contenida: «Haré de ti una mujer diez; odio las imperfecciones y a las personas que son imperfectas.»

A última hora de la tarde, cumpliendo el prusiano horario previsto por el señor, salimos del local donde se celebraba el banquete y nos dirigimos en su coche a un parador que había reservado para que pasáramos allí la primera noche. Yo estaba temerosa de que, en cuanto estuviéramos a solas, el señor me reprendiera por mi comportamiento. Mis temores parecían infundados. El señor mostró su lado amable y durante el trayecto y posteriormente en la íntima y romántica cena en un reservado del parador estuvo cariñoso y divertido. A la luz de las velas, bebiendo champán francés, cenando marisco en una preciosa vajilla sobre mantel de hilo y con cubertería de plata, comentábamos animadamente los detalles de la ceremonia. El señor me mostraba una y otra vez su sonrisa de blanca dentadura y me miraba con tiernos ojos occidentales mientras me decía amables palabras de amor. Entonces creí recuperar la vida, como si mi alma volviera a entrar en mi cuerpo después de una fugaz escapada. La convivencia con el señor podía no ser tan horrible; hasta podía ser feliz. Le perdoné mentalmente. Atribuí lo sucedido a un momento de enajenación o tal vez a que me había intentado poner a prueba, había creado una situación límite para comprobar que mi personalidad era fuerte, llegué a imaginar, ingenua de mí. Fuimos a la habitación, la mejor *suite* del parador, no sin que antes el señor hubiera pedido que nos subieran otra botella de champán. Una vez en ella, me invitó a que fuera la primera en darme un baño o una ducha. Acepté encantada. En el cuarto de baño pensaba en lo equivocada que había estado juzgando tan duramente al señor. Incluso consideré que podía estar enamorada de él, como había pensado en ocasiones cuando nos veíamos en

Madrid. ¡Con qué poco me contentaba! ¡Una lujosa cena y unas palabras amables me hacían recuperar la ilusión! Sentía la mezcla de nervios y deseo de quien va a compartir la cama con un hombre por primera vez. Era feliz. Salí vestida con el camisón de seda y un salto de cama que había comprado para la ocasión. Entró él en el cuarto de baño y salió al rato con un horrible esquijama granate que contrastaba brutalmente con mi elegante atuendo. Aunque le restaba romanticismo a la situación, no le di mayor importancia y pensé que ya me ocuparía yo de renovarle el vestuario. Abrió la botella de champán y me pidió que me sentara. Lo hice en el sofá, sonriéndole con picardía. Me sugirió que me sentara en una silla a una mesa redonda que había en la habitación para poder hablar mejor frente a frente. No entendí el porqué de aquella forma tan rígida de empezar nuestra noche de bodas y me dio mala espina, pero continuaba con mi sonrisa ilusionada, aunque rebajada un grado. Recuerdo muy bien cómo se me iba borrando esa sonrisa, cómo se desmoronaban las recientes y efímeras ilusiones. Me veo ahora perfectamente, como si lo reviviera, sentada a la mesa, observando de reojo lo que hace el señor. Sirve las copas de champán, pero no se sienta. Se dirige con calma al armario. De una de las maletas saca una agenda y un bolígrafo. Los pone sobre la mesa y por fin se sienta frente a mí. Muy despacio, con detenimiento, con gestos minuciosos, abre la agenda, gira el bolígrafo para que salga la punta y comienza a escribir en silencio. No logro ver qué escribe. No puedo imaginar qué pretende, pero empiezo a sospechar que nada bueno. El tiempo se me hace eterno y no me atrevo a preguntar qué es lo que hace. Finalmente el señor carraspea, se ajusta las gafas y con tono severo se dirige a mí: «He anotado aquí unas preguntas que quiero que me respondas con precisión.» Se me encoge el ombligo. El señor continúa. Me hace la primera pregunta. Quiere saber el motivo por el que he cambiado la olla exprés que nos ha regalado la mujer de su padre. Lo primero que me sorprende es que ahora no la llame «la zorra», que es como se suele referir a ella, y lo segundo es la nimiedad del tema por el que me pregunta. Siento alivio. Creo comprender de qué se trata. Sonrío con inseguridad y pregunto musitando: «¿Es esto un juego?» El señor se reclina en la silla, achina sus ojos y me responde: «En absoluto. Tienes quince minutos para justificarte, pero ni uno más; hay una larga lista de preguntas y vas a responder a todas.» Se me humedecen los ojos. Trato de contestar, pero tengo un nudo en la garganta. Me apremia a que responda. Con un hilo de voz le digo que nos habían regalado dos ollas exprés. Me pregunta quién ha regalado la otra. No soy capaz de mentirle y le respondo que la chica de servicio de casa de mis padres. Me pregunta si era mejor la olla de la chica que la de la mujer de su padre. Afirmo que eran iguales. Da un sonoro puñetazo en la mesa y grita: «¡Entonces, ¿por qué coño devolviste la de la mujer de mi padre?!» No contesto. Siento una enorme angustia. Le informo, como quien pide permiso, de que voy a pedir tabaco rubio a recepción. No suelo fumar, pero ahora necesito un cigarrillo, y el tabaco negro del señor me repugna. Hago amago de levantarme. «¡Siéntate!», me detiene el señor con un grito. Descuelga el teléfono y encarga un cartón de tabaco. Quizá tengas que fumártelos todos, me advierte tras colgar. Repite la pregunta, pero ahora con un tono deliberadamente suave e insidioso: «¿Por qué devolviste la de la mujer de mi padre?» «La tienda estaba más cerca», se me ocurre responder. «¡Eso es mentira!», grita enfatizando con un puñetazo sobre la mesa que llega a rajarla. Comienzo a llorar. Él insiste una y otra vez con la misma pregunta, inmune a mis lágrimas, paseando por la habitación bebiendo champán. Llaman a la puerta. Es el botones, que trae el tabaco. Agradezco esa interrupción, pero enseguida el señor vuelve con su actitud agresiva. No me atrevo ni a encender un cigarrillo. El cambio de la olla exprés parece el asunto más importante de la humanidad y el señor quiere que le dé otra respuesta. No sé qué decirle y en vista de que el argumento de que la tienda estaba más cerca le enfurece, permanezco callada. Se me ocurre pedirle perdón. Lo hago llorando y llego incluso a ponerme de rodillas. El señor me da la espalda. Se ha terminado la botella de champán y encarga otra a recepción. Me pide que me siente de nuevo y así lo hago. Me mira. Silencio. Me dice que me tranquilice. Su tono ahora es distinto, compasivo. Tal vez el gesto de arrodillarme le ha ablandado. Se ofrece a pedirme una tila o un calmante a recepción. Respondo que no es necesario. Me anima a que abra el cartón de tabaco y fume un cigarrillo. «¡Pobre Paula, Paulita!», exclama al ver que mi mano tiembla cuando sujeto el cigarrillo para que me dé fuego. Parece que la tempestad ha pasado. Tengo la tranquilidad justa como para poder pensar que el asunto de la olla es sólo una excusa y hay algo más grave que le ha enfurecido. Todavía con miedo, todavía tratando de contener los gemidos, me dirijo a él: «¿Te puedo hacer una pregunta?» «Sí, cielo, soy todo tuyo, estoy a tu entera disposición», responde con afectada cortesía. «¿Estás enfadado por el cambio de ropa antes del baile?», me lanzo a decirle creyendo haber dado con la clave. Me mira en silencio durante unos segundos. Temo haber empeorado las cosas. Pero no, responde de nuevo con amabilidad: «No, chatina, para nada; estabas preciosa con ese atuendo; me resultó simpática la oposición entre un modelito y otro.» No me parece sincera la respuesta y deduzco que su intención está muy lejos de querer aclarar las cosas; más bien se trata de castigarme, de hacerme pasar un mal rato. Al llegar a esta conclusión, me siento más segura. Sólo hay que procurar mantener la calma interna, que no me afecten sus gritos y sus frases ofensivas. Llega el botones con el champán. El señor le da una buena propina. Mientras abre la botella comenta que espera que sea suficiente porque la noche puede ser muy larga. Sé que lo dice para hacer quebrar mis nervios y pienso para protegerme: todo lo larga que quieras; no tengo sueño ni ninguna gana de compartir la cama contigo. Como si me hubiera leído el pensamiento, el señor se acerca a mí, me agarra del cuello, me levanta de la silla y me lleva contra una pared, golpeando mi espalda y mi cabeza contra ella. «¿Qué hago contigo, eh?, ¿qué hago contigo?», exclama una y otra vez mientras me pega. Puñetazos, bofetadas, patadas. Sangro por la nariz. Siento pánico o algo peor que el pánico: pierdo el conocimiento. No sé si debido a alguno de los golpes o porque sufro un colapso mental al no ser capaz de asumir que mi marido me está propinando una brutal paliza el día de la noche de bodas. ¿Quién puede asumir eso?

No recuerdo más de aquella noche. Me desperté a la mañana siguiente. Por el dolor que sentía por todo mi cuerpo, sabía que no había sido una pesadilla. Tenía miedo. El señor estaba de rodillas a mi lado acariciándome el pelo. Me pedía perdón susurrando y decía que no me preocupara, que llegaría a ser una mujer diez. Sentía un enorme vacío, una sensación de derrota total, una falta de voluntad, una incapacidad para razonar. Estaba convertida en cosa. El desayuno se encontraba sobre la mesa y el señor me sugirió con amabilidad que me levantara y desayunáramos juntos. Le pedí permiso para ducharme antes. No me habría atrevido a tomar la decisión sin consultárselo. El señor accedió con sus mejores maneras, lo que a esa altura ya sabía que no era garantía de nada. Estuve cerca de una hora bajo el chorro, a pesar de que mis heridas me dolían con el roce del agua. Me sentía enormemente desgraciada y no entendía cómo lo que, al entrar en la habitación, creía que iba a ser una romántica noche de bodas se había convertido en un infierno. No sé si aquella noche el señor me violó cuando perdí el conocimiento. Si hubo sangre, se mezclaría con la abundante que había perdido por la nariz. No recuerdo cuándo dejé de ser virgen. A partir de entonces estaba tan asustada que hay cosas confusas en mi memoria, como los recuerdos de las pesadillas o de algunos accidentes, como si una tremenda borrachera hubiera borrado algunos episodios de mi conciencia. En todo caso, no tengo ningún recuerdo de ninguna noche idílica en la que yo experimentara la novedad del sexo. Salí del cuarto de baño con cierto alivio físico. Todo el contenido de las maletas estaba esparcido por el dormitorio. Supongo que el señor se había enfadado de nuevo por mi tardanza. Me miraba desafiante. Resignada y sumisa, le pregunté si debía recogerlo. «Si te parece, llamo al mayordomo de tu abuela», ironizó. Coloqué la ropa encima de la cama y empecé a doblarla y a meterla en las maletas. Cuando casi había terminado, el señor volvió a lanzarlo todo por los aires. «¡Estúpida!, ¿te he dicho yo que lo recojas en la cama?; vuélvelo a hacer en el suelo.» Ni por lo más remoto se me ocurrió enfrentarme a él y obedecí sin discusión. ¿Qué sentía yo entonces? Algo difícil de explicar. Una enorme rabia superada por una mayor sensación de impotencia. También sentí nauseas, pero me las aguanté hasta que recogí todo el equipaje, tal era mi miedo a que me volviera a golpear. Luego fui al cuarto de baño y vomité. Cuando me estaba lavando, me di cuenta de que llevaba puesta la sortija de pedida. Me la debía haber puesto él mientras estaba inconsciente, ya que yo me la había quitado al cambiarme de ropa para el baile. La tiré por el retrete y accioné varias veces la cisterna hasta que comprobé que no había rastro del platino y los diamantes. Fue mi secreta venganza. Me imaginé que echando ese símbolo a las alcantarillas yo quedaba liberada, pero desgraciadamente no era así y tuve que continuar con el señor el viaje de novios. La luna de hiel, la podríamos llamar.

Supongo que mucha gente se planteará aquí una pregunta: ¿por qué no me escapé en ese momento? ¿Por qué no aproveché la primera oportunidad, cuando él estuviera en el cuarto de baño, por ejemplo, y no me dirigí a la comisaría más cercana o a la estación para volver a casa de mis padres? Yo también me he hecho esa pregunta muchas veces. He contado ya de qué forma había seguido adelante con la boda a pesar del intento de violación y las muestras de la mentalidad despótica que el señor me había dado. Pero esto era todavía más grave. Si ya el intento de violación será considerado como intolerable por cualquier mente sana, la violencia extrema con que el señor me trató en la noche de bodas se entenderá como algo que va más allá de lo intolerable. Sin embargo, lo acepté. El choque psicológico que me había producido esa primera paliza me había dejado sin capacidad de reacción. Poco más puedo decir; la misma vergüenza que me impidió contar a nadie el intento de violación; las mismas circunstancias de falta de alternativa que me llevaron a aceptar finalmente la boda. Y quizá también la carencia de información, el sentirme un caso único, excepcional. No tenía referentes para saber cómo reaccionar. Nada sabía yo de malos tratos salvo lo que el señor me había contado de su madre. No se conocían casos de esposas que hubieran denunciado a sus maridos. Ahora sí se conocen y, sin embargo, muchas mujeres siguen aguantando los malos tratos. No sé explicar por qué. Es terreno para los psicólogos. Yo sólo puedo contar mi testimonio, narrar las circunstancias por las que atravesé e intentar ser comprendida.

8

La siguiente etapa de la luna de hiel fue Cuenca. Yo paseaba con el señor como si fuera una autómata. Vimos las famosas casas colgadas, visitamos iglesias, conventos y museos. Nada hacía que pudiera alterar el humor del señor. Me limitaba a asentir a los comentarios que el señor refería sobre cada monumento, sin aportar nada por miedo a enfurecerle de nuevo, pero también por despecho hacia él, por mantener mi dignidad y no conversar como si tal cosa con quien me había agredido brutalmente. Pero al señor parecía no importarle, antes al contrario, estaba contento de escucharse a sí mismo, pensaba que me había hecho encontrar el camino para llegar a ser una mujer diez. Así me lo dijo esa noche en el Parador de Cuenca, donde nos alojamos: «¿Lo ves, Paula?; cuando no metes la pata, cuando no cometes errores, todo va bien.» ¡Qué ganas de contestarle!, pero permanecí muda. Es probable que fuera en ese momento cuando me empecé a apodar a mí misma como la «mudita de lujo». Mudita por fuera, porque mi imaginación, actuando como válvula de escape, no paraba de hablar. Y así, si por ejemplo estábamos viendo la Ciudad Encantada y el señor me señalaba una de las rocas en inestable equilibrio y me explicaba: «Mira, Paulita, esa piedra de ahí era antes el techo de una cueva caliza, un *karst* que se desmoronó por la erosión del agua que pasaba por ella y ha quedado así por ser de un material más duro, ¿entiendes, bonita?» Yo respondía con una concisa afirmación o exclamaba: «¡Qué interesante!», con el tono falso más exagerado posible, pero sin que el señor percibiera ninguna intención de burla. Pero al tiempo, yo hablaba en mi imaginación y le respondía: «Pues ojalá que se desmorone ahora la roca que queda y te caiga encima de las dos piernas para que tengas que ir toda tu vida en silla de ruedas, a ver si desde la silla eres capaz de pegarme.»

Seguimos el viaje hacia Valencia. Yo no estaba enterada del itinerario que el señor había previsto para el viaje de novios, y me solía informar uno o dos días antes de la siguiente etapa. Ante los invitados de la boda, él hizo creer que me reservaba un viaje sorpresa, que así me lo había propuesto para irme ilusionando con cada nuevo destino, pero la realidad era que se sentía superior de esa forma, que no contaba para nada con mi opinión, que yo era parte del equipaje. La primera noche que pasamos en Valencia, me arriesgué a decirle que estaba cansada y que no tenía hambre para la cena. No se lo tomó a mal. Tal vez la debilidad en la mujer no le molestaba, sino que al contrario le parecía femenina y encantadora. El caso es que se fue a cenar solo por su cuenta y luego a jugar al casino y yo pude disfrutar de unas horas sin su presencia. Al despedirse en la habitación del hotel, tras darme un beso de buenas noches, me dijo: «Recuerda que te quiero y no te escapes, que te encontraré.» Le dio cierto tono humorístico a sus palabras, pero a mí no se me escapó el trasfondo de amenaza que contenían. Lo primero que hice en cuanto se marchó fue pedir al servicio de habitaciones una suculenta cena, si bien tuve que dejar muy claro que necesitaba que la recogieran sin falta antes de una hora y que me la cobraran en efectivo y al momento.

En los tres días que estuvimos en Valencia, nos dedicamos a hacer un sin fin de compras para cambiar por completo el vestuario del señor. Si tenía que sufrirle, por lo menos que no tuviera que sufrir también su horrible mal gusto en el vestir. El señor se quedó encantado con toda la nueva ropa que yo había elegido, tanto es así que tiró a la basura toda la que tenía hasta entonces y me dirigió un inapreciable piropo: «Sabía que eras una mujer diez.» Tal vez por ello no mostró su agresividad durante nuestra estancia en Valencia. En la siguiente etapa, Palma de Mallorca, anunciada, como era ya costumbre, el día anterior a salir y adonde llegamos con el coche en el *ferry*, el señor quiso corresponderme y fuimos a comprar ropa para mí. Con extrema precaución y mucha habilidad, logré que creyera que era él quien la elegía. Por supuesto no renovamos todo mi vestuario, ni falta que hacía, pero sí que compramos varios modelos. Al ordenarlos en el armario del hotel, le comenté al señor que un conjunto en concreto de chaqueta, pantalón y camiseta era el que más me gustaba. No le agradó el comentario. Si había uno favorito, quería decir que los demás no eran perfectos, que estaba menospreciando sus regalos. Vi las orejas al lobo y enmendé la cosa como pude, aceptando la inoportunidad de mi preferencia y elogiando exageradamente el resto de las prendas. Por el momento había logrado salvarme, pero ya el señor empezaba a achinar los ojos con mayor frecuencia. Como cuando después de una caldereta de langosta, y posiblemente debido a la satisfacción que le había proporcionado, me anticipó de golpe los dos siguientes destinos de nuestro viaje, Barcelona y París. La caldereta me debía haber afectado también a mí porque se me ocurrió sugerirle que cambiáramos París por Roma, pues ya conocía la capital francesa y no así la italiana. ¡Grave error! Replicó tajante que en París nos esperaban sus compañeros de estudios y amigos franceses. Luego se quedó en silencio y achinó sus ojos. Cuando volvió a hablar, su tono presagiaba tormenta: «Mis planes son perfectos, ya te irás enterando; no me gusta que pongas inconvenientes ni mucho menos que intentes cambiarlos.» Era el segundo aviso. Me di cuenta de ello y me puse nerviosa. Busqué refugio en el servicio y cuando volví, ya había salido del restaurante y me esperaba fuera. Mala señal. Sin embargo, esa noche no la tomó conmigo en el hotel como yo había temido. Al día siguiente se levantó con su cara amable y nos dirigimos a Manacor, visitamos las cuevas del Drach y el acuario de Porto Cristo. Por la tarde quiso llevarme a una factoría de perlas artificiales, donde se empeñó en regalarme un collar y unos pendientes. Escogió unos de los más caros y ostentosos que había. Un collar de cuatro vueltas rematado con un broche con pretensiones de competir con las fallas de Valencia y unos pendientes que bien podrían confundirse con tartas nupciales. Me pide que me los pruebe y, cuando me veo en el espejo con toda esa perlada, pienso que no puedo permitir un derroche de tal envergadura en algo que no es que no me convenza, sino que me espanta y que además no podré tirar tan fácilmente por el retrete. Me imagino obligada a salir con el señor una y otra vez disfrazada de la Dama de Elche, de modo que, aun a sabiendas del riesgo que entraña y utilizando el tono más ingenuo posible, le pregunto si me puedo probar alguno más, sin olvidarme de matizar que no es que su elección me disguste, pero que tal vez es excesiva. Me responde con amabilidad que soy yo quien va a llevar las joyas y que por supuesto me pruebe cuantas quiera, cariño, que tenemos todo el tiempo del mundo. Me confío con el tinte complaciente que lleva su respuesta y salimos finalmente de la joyería con un precioso y sencillo collar de una sola vuelta. Todavía no había aprendido que en el señor el exceso de amabilidad era preludio de la violencia. Al llegar al hotel, me dispongo a preparar la ropa de los dos para acudir a una cena con espectáculo que el señor había programado. Me pide que deje lo que estoy haciendo y me siente para escucharle un momento. Inmediatamente comienzo a temblar, me temo lo peor. Me comienza a explicar que cuando él me compre el más mínimo regalo, mi boca permanecerá cerrada, que el collar que yo he elegido es una porquería, que se parece más a una de las baratijas que me gusta llevar que a una joya apropiada para la mujer de alguien de su posición, que el collar y los pendientes que él había elegido eran maravillosos, perfectos y que yo los he despreciado. Continúa elevando la voz reprochándome que cuando todavía no me ha perdonado por lo de la olla exprés, vuelvo a cometer un error, y todavía más grave, puesto que lo he hecho delante de terceras personas, que le he dejado en un horrible ridículo ante los dependientes de la joyería. La situación se parece demasiado a la de la noche de bodas. Sé que la salida es difícil, que la encerrona no tiene puertas ni ventanas y que es irremediable que termine con violencia física. No respondo. Pienso desesperadamente a toda velocidad qué decir, qué hacer para evitar que me pegue, mientras él continúa, con tono didáctico ahora: «Paula, ¿no te das cuenta de que quiero hacer de ti una mujer perfecta y que todo esto lo hago por tu bien y por nuestra felicidad?; tienes buena madera para conseguir ser una mujer diez, pero ni en casa de tus padres, ni en los colegios donde has estudiado han sabido pulirla.» Le pido perdón de todas las maneras que se me ocurren y le juro que no volveré a cometer errores, que en lo sucesivo cuidaré todos los detalles y que no tendrá que enfadarse más. «No es suficiente, Paula, no es suficiente –me contesta él–, pedir perdón no sirve de nada, las palabras se las lleva el viento. Te voy a enseñar a corregir los errores como me enseñaron a mí», prosigue sin inmutarse, sin que le importe lo más mínimo descubrir ahora que me engañó cuando se mostraba compungido por los malos tratos que habían vivido su madre y él, y, por si quedaran dudas, afirma que gracias a la educación que ha recibido ha alcanzado la perfección que tiene. «¿No se dará cuenta de lo fatuo que resulta?», llego a pensar durante un instante. Pero eso ahora no tiene importancia; lo que me importa en este momento que ya sé fatalmente que me va a pegar, que ya sé con certeza total que sólo un terremoto podría evitarlo, es que no sea tan brutal como la paliza anterior, que se conforme con un par de bofetadas y que lo haga cuanto antes. Pero no, se demora el máximo posible, sabe que la tensión duele tanto como los golpes y que además hace daño en otro sitio: quiebra los nervios, te pone al borde de la locura. Llama por teléfono a recepción. Pide tabaco y un *gin tonic*, y antes de colgar me pregunta si tengo unas tijeras. Le respondo que sólo unas pequeñitas, para las uñas. Pide también a recepción que le suban unas tijeras.

Quiero controlar mi mente y no imaginar para qué las quiere. No puedo y se me ocurren barbaridades. Tiemblo y lloro. Creo que puedo morir o quedar muy malherida. El señor ha cambiado trivialmente de tema. Me cuenta en qué consiste el espectáculo de esa noche, dónde vio la publicidad y por qué le pareció interesante y reservó mesa. El botones sube el tabaco, el *gin tonic* y las tijeras, que son enormes. Ya está, ahora empieza todo, pienso. Pero no; se sienta de nuevo y, jugando con las tijeras, mientras bebe con detenimiento el combinado, me habla de cómo debemos vestirnos esa noche. Su cínica conversación me repugna, pero por lo menos me da esperanzas, ha decidido que vaya a la cena con espectáculo de marras, por lo que no va a matarme, ni creo que me deje muy maltrecha. Sigue hablando de cualquier tema, hasta que apura la copa. Entonces se levanta y entra al cuarto de baño. Sale al momento con una toalla empapada y empieza a golpearme con ella. Son golpes tan fuertes que parecen latigazos. Al poco mi piel está toda roja. Me pide que repita una y otra vez que seré la mujer diez que él desea. Así lo hago, aunque al insoportable dolor se suma una espantosa vergüenza. Le imploro que pare, pero a cada súplica los golpes se intensifican. Ya sólo recuerdo estar tumbada en el suelo sin poder respirar porque sus manos aprietan mi garganta, y también recuerdo una frase antes de soltarme: «Así se pagan y se subsanan los errores.» «Por hoy ha terminado la lección», me dice ya de pie, y me mete prisa para que me duche y me cambie, que no quiere llegar tarde a la cena. En el cuarto de baño, calmando el escozor de mi piel bajo el chorro de la ducha, mezclándose mis lágrimas con el agua, pienso en que todavía no ha utilizado las tijeras. Me da pánico volver a la habitación. Pero una voz suya y unos golpes en la puerta me hacen salir al instante. Siento un gran alivio: el traje favorito de los que me regaló está cortado en pequeños pedazos esparcidos por la habitación. Para eso quería las tijeras. Me abstengo de hacer ningún comentario y comienzo a vestirme con otra ropa. Me ordena que recoja los trozos del traje antes de vestirme.

Asistí a la cena dolorida y en estado de choque: completamente muda, asintiendo con la cabeza cuando el señor me explicaba que me había pegado por mi bien, haciéndome un favor, y que no lo hacía por gusto, que me quería y, por tanto, que era necesario que yo consiguiera ser tan perfecta como él para que los dos fuéramos felices. Esa paliza provocó varias consecuencias en mi interior. La primera fue el hacerme a la idea de que la violencia no iba a ser puntual, sino continua, algo que ya había sospechado tras la paliza anterior, pero que ahora se confirmaba. La segunda fue que empezó a surgirme un injusto sentimiento de culpabilidad. Yo sabía que nada justificaba el usar la violencia contra la pareja, pero una vez aceptado que mi marido me pegara y una vez resignada a mi falta de valor para escaparme, no me quedaba más remedio que analizar qué era lo que había provocado su furia, aunque sólo fuera para evitar o en su defecto distanciar nuevos episodios. Y si ya tenía la sospecha de que, por cada cosa que él entendiera como falta, la iba a pagar con violencia, debía admitir que había sido un tanto torpe, pues me había dado dos avisos. Realmente cometí una imprudencia eligiendo otro collar. De ahí al sentimiento de culpa hay un paso. Lo tercero que cambió en mi interior fue la forma mental de referirme a él. A partir de ahora sería Don Perfecto, aunque enseguida empecé a utilizar el apócope de Don Per, por pura comodidad.

9

Estuvimos varios días en Barcelona, donde no debí de cometer ningún «error»: los días fueron tranquilos y sin «lecciones». Seguramente por ello le cogí desde entonces simpatía a la ciudad, sin quitarle méritos propios, que los tiene de sobra para gustar a cualquier visitante, sean cuales sean sus circunstancias. Yo, desde luego, me hubiera quedado más tiempo, pero ni por un instante se me pasó por la cabeza hacerle la más mínima sugerencia a Don Per. Desde allí salimos hacia París, pero ya no en coche, sino en avión. Conocí entonces una faceta de Don Per que ignoraba y que me hizo feliz: su miedo feroz a volar. Tuvimos que llegar con tiempo suficiente al aeropuerto como para que pudiera anestesiarse con cinco *whiskies* en la cafetería, y hubo de seguir bebiendo de las botellitas que le suministraba la azafata durante el vuelo. Iba agarrado a mi brazo, borracho como una cuba y a punto de llorar. Yo no podía menos que sentir placer al verle tan disminuido e indefenso, y me hacía a la ilusión de que sintiera sólo una décima parte del miedo que él me infundía en sus ataques de furia. Cada bache aéreo le demudaba la cara y a mí me generaba un disimulado instante de gozo. Era una de mis pequeñas e internas venganzas. Tras aterrizar, tan pronto como bajamos la escalerilla del avión, Don Per se recompuso, dentro de la borrachera que tenía, y se juró a sí mismo superar algún día su pánico a volar, máxime cuando sus aspiraciones profesionales le exigirían en breve viajar constantemente por los cinco continentes, tal como él alardeó en ese momento. Adelanto aquí con lícito placer que nunca consiguió superar su miedo a volar y que en cuanto a las aspiraciones profesionales, de todo hubo.

En París nos esperaban dos matrimonios amigos suyos. Uno de los hombres era español, hijo de exiliados vascos. Se llamaba Luis y su mujer, Diana. Los nombres de la otra pareja eran Monique y Lucas. No se sorprendieron del estado ebrio en el que llegaba Don Per. Lucas trabajaba en la misma compañía que él y, al haber realizado algún viaje juntos, conocía su faceta. Don Per había organizado nuestra estancia en un hotel, pero Luis y Diana insistieron, hasta mostrarse ofendidos, en que nos alojáramos en su casa. ¡Benditos ellos! No sabían cuán agradecida estaba yo. Para mí suponía casi una garantía de que Don Per no me pusiera la mano encima. Además tenían un precioso y amplio piso en uno de los bulevares próximos a la Place de L'Ópera. Enseguida conecté muy bien con los cuatro, especialmente con Diana, mi anfitriona, con la que estaba encantada de practicar mi francés en interminables charlas, aunque tampoco a ella, que era la primera persona con la que pude tener cierta intimidad después de las dos palizas que me había dado Don Per, le conté lo más mínimo de cómo era él en realidad. Me conformaba con la tranquilidad que me daba su presencia, ante la cual Don Per no se atrevía a mostrar su lado oscuro. Lucas y Luis se habían tomado en sus respectivos trabajos una semana de vacaciones para la ocasión, de forma que nuestra estancia en París, para mi felicidad, se alargó más de lo que Don Per había planeado. Sobra decir que París me encantó. Ya conocía la ciudad, pero no tan a fondo, y sus amigos fueron unos magníficos cicerones. Mi viaje de novios dio un giro cuando se convirtió en viaje de grupo. Nos lo pasábamos en grande. Pateamos la ciudad de arriba abajo, acudimos a cabarés en Montmartre, comimos en Maxim's, disfruté ante la reprimida mirada de reproche de Don Per mientras compraba ávidamente en el mercado de las pulgas y con mayor recato en las tiendas de modas con Diana. Don Per estaba siempre amable y solícito conmigo delante de sus amigos. Por las noches, ya en nuestro dormitorio, no se atrevía a montar follón, aunque no se olvidaba de recordarme que todo eso lo pagaría, que no se olvidaba de nada y que tuviera en cuenta que estaba viviendo en una nube de algodón. Me intranquilizaba, por supuesto, pero yo quería vivir el presente y no estar permanentemente torturada.

En nuestra estancia en París hubo un episodio estremecedor. Nos encontrábamos los seis de sobremesa en una típica *brasserie* parisina después de una espléndida comida. Había un violinista bohemio deleitando a los comensales con sonidos de viejas canciones y una cartomántica gitana que ofrecía sus servicios por las mesas. Nos hizo gracia la gitana y le pedimos que nos echara las cartas. Uno por uno, fue adivinando tópicos y fáciles porvenires, entre risas y ocurrentes comentarios del resto. A mí me dejó para el último lugar. Me dijo que en mi caso quería echarme las cartas a solas, en una mesa apartada de la terraza, que de otra forma no estaba dispuesta a hacerlo. No sé si el motivo fue porque era la única que había estado callada y había permanecido atenta y fascinada por su arte y pensó que conmigo podría explayarse con mayor detenimiento y conseguir así una remuneración extra, o porque vio algo en mí que le llamó la atención. Quién sabe si, perspicaces como son estas personas, supo leer en mi rostro signos de desesperación e infelicidad o, si se quiere creer en cosas de mayor misterio, porque le llegara algún tipo de energía, alguna premonición misteriosa, o si lo que se quiere es ser incrédulo total, porque la señora estaba harta de las chanzas y las risas con las que se interrumpía su trabajo y por prurito profesional sólo estaba dispuesta a continuarlo en sesión individual. Cada uno que escoja la causa que más le convenza, que en estas cuestiones siempre hay controversia y yo misma no tengo muy claro con cuál quedarme. Lo cierto es que salimos ella y yo a la terraza y nos sentamos a la mesa más alejada. La música del violín llegaba ahí atenuada mientras la gitana extendía con parsimonia las cartas sobre el mármol. Se toma su tiempo antes de hablar, me agarra la mano y vuelve la palma hacia arriba, como queriendo corroborar en las líneas lo que las cartas le han revelado. Me mira fijamente a los ojos y me pregunta si quiero seguir, que lo que tiene que contarme puede no ser de mi agrado. Yo afirmo con la cabeza y ella expone su vaticinio con solemnidad. Me dice que no soy feliz y me habla de unos años desgraciados que tendrán que pasar, debido fundamentalmente a mi matrimonio, me augura que tendré varios hijos y me dice que las cartas hablan de una difícil ruptura y de un accidente. Le pregunto si me puede decir en qué consiste el accidente. Me responde que mi marido morirá en un accidente acompañado de otra mujer, que permanecerá en estado grave, pero finalmente se salvará. Aunque entonces yo no pudiera saber la fina puntería de esa predicción, su mero contenido y el hecho de que arrancara de certezas presentes me dejaron helada. Pagué a la cartomántica, pero le pedí que permaneciera todavía un rato conmigo; necesitaba tiempo para inventarme una historia que fuera digerible antes de volver a la mesa donde sin duda Don Per y sus amigos me interrogarían. Les conté cuatro tópicos sobre felicidad e hijos, y fingí cierto asombro porque hubiera adivinado que estudiaba en la universidad. Se quedaron defraudados por las expectativas que había generado el que la gitana quisiera echarme las cartas en privado, pero exageré a propósito el precio que me había cobrado y todos concluyeron que simplemente me había tomado como fácil víctima de un pequeño timo. En ese momento, Don Per no pudo reprimirse y empezó a increparme diciendo que tenía menos cerebro que un grillo, que era una insustancial y cosas por el estilo. Sus amigos saltaron al punto, incomodados por su salida de tono y le recriminaron su actitud. Recuerdo que Diana estaba atónita y que comentó a Don Per que no conocía esa faceta suya, que le asombraba en alguien de tan buenos modales como él. «¡Si ellos supieran!», pensaba yo. Rara vez Don Per cometía fallos como ése delante de terceras personas, lo que para mí era desesperante y me hacía sentirme en una terrible soledad. Por supuesto Don Per rectificó enseguida, se excusó y me hizo alguna carantoña, además de alegar que no habían entendido el humor de su crítica, que de vez en cuando le gustaba pincharme en broma y que yo lo aceptaba de buen grado. Buscó mi complicidad con la mirada y yo sólo fui capaz de encoger los hombros y sonreír.

El viaje de bodas llegaba a su fin. París era la última etapa y, muy a mi pesar, hubo que despedirse de los amigos de Don Per, que ya consideraba los míos. El aprecio era mutuo y durante años seguimos en contacto, viéndonos cuando nos era posible a pesar de la distancia, y siempre constituyeron un bálsamo en mi angustiosa relación matrimonial. Ahora tenía que dejar atrás a mis ángeles de la guarda y enfrentarme en solitario a mi nueva vida de casada en Madrid. Me podía imaginar lo que me esperaba, aunque, desgraciadamente, la experiencia me ha enseñado que en muchas ocasiones la realidad supera a la imaginación. Pobre consuelo era el saber que Don Per volvería a sufrir durante el vuelo de vuelta. Y realmente casi sufrí yo más, porque Don Per, acrecentada su arrogancia por el efecto del alcohol, se empeñó en hacer saber al resto del pasaje cómo había que aterrizar cuando había niebla e incluso solicitó a las azafatas que le dejaran hablar con el comandante para confirmar que tomaba todas las precauciones necesarias, convencido de que podía tener conocimientos aeronáuticos que él ignoraba. La gente me miraba suplicando que controlara al borracho de mi acompañante, pero nadie en el avión podía saber cómo habría pagado un mínimo reproche, de modo que aguanté como pude dentro de mi piel de tomate maduro.

10

Llegamos a Madrid, a mi nueva casa, en la que ya anteriormente vivía Don Per y que yo conocía únicamente de la fiesta de Lolifán. Se trataba de un piso en la Castellana, un apartamento de soltero que, aunque tenía unos ciento cuarenta metros, sólo disponía de una reducida cocina, un dormitorio principal con su cuarto de baño, otra habitación más pequeña que Don Per tenía destinada a cuarto de plancha, un aseo y un gigantesco salón comedor con una estupenda terraza. Los regalos de boda, los elementos de menaje que Don Per había comprado y nuestro abundante equipaje estaban dispersos sin orden por todo el espacio. Nos pasamos los dos primeros días tratando de organizar semejante caos, y no sé por qué utilizo el plural, ya que la única que trabajó fui yo. Mientras leía el periódico, Don Per me daba órdenes para colocar esto y lo otro, y únicamente arrimaba el hombro cuando se trataba de mover algún mueble que yo sola no hubiera podido. Muchas veces se acumulaban cuatro o cinco órdenes, y yo tenía que estar muy atenta para no olvidarlas, no fuera a ser tomado como un «error»; en otras ocasiones, las indicaciones eran contradictorias o imposibles de cumplir. En esos casos yo no sabía qué lenguaje utilizar para evitar que Don Per se ofendiera. A la hora de colocar nuestros respectivos vestuarios, él decidió ocupar con el suyo el amplio armario del dormitorio, y a mí me cedió el exiguo ropero del cuarto de la plancha, donde malamente pude embutir mi ropa. Me informó de que había despedido a la asistenta que hasta entonces venía a diario a limpiar, planchar y cocinar, y que yo habría de ocuparme de esos menesteres. Si los hacía eficazmente y con diligencia, podría reanudar mis estudios, pero quedó claro que la prioridad la tenían mis obligaciones domésticas. Sobre ellas puntualizó ciertos detalles, como que por la mañana esperaba tener el desayuno preparado cuando él terminara en el cuarto de baño, y la ropa que fuera a llevar ese día planchada y preparada en el perchero, e importantísimo era que los pantalones no tuvieran doble raya, que los zapatos estuvieran brillantes y que los gemelos puestos en los puños. Eso sí, Don Per me quería. Por lo menos eso me decía con frecuencia. Supongo que en las sociedades esclavistas también los amos dirían a alguna de sus esclavas que la querían y seguro que muchos campesinos tendrían aprecio al burro que giraba en la noria y que les proporcionaba agua fresca. Al segundo día, cuando la casa ya había sido más o menos arreglada, fuimos a una librería, donde Don Per quería comprar libros de cocina. No hubo libro que versara sobre ese tema que Don Per no adquiriera. «Mañana mismo comenzarás a estudiarlos», me dijo en el camino de vuelta. Aunque hasta entonces nunca hubiera tocado una cazuela, la perspectiva de aprender a cocinar no me disgustaba, pero lo que sí me preocupaba sobremanera eran las expectativas que Don Per se hubiera creado respecto a la calidad de los platos que cocinara. Por fin, al tercer día, Don Per tuvo que incorporarse a su puesto de trabajo. Salió por la mañana temprano y me comunicó que no vendría a comer. Previamente, la noche anterior, me había prohibido llamar por teléfono más de una vez por semana a casa de mis padres y otro tanto a mis amigas, y me había hecho serias advertencias sobre el contenido de las conversaciones, que no se enterara él que les contaba nada malo. A la familia y a los amigos sólo se les cuenta lo bueno, jamás los problemas y los fracasos, me había dicho sin duda temeroso de que hablara de las palizas. En cuanto salió hacia su oficina, me dirigí al teléfono y lo descolgué, pero lo volví a colgar de inmediato; las conversaciones que quería tener serían largas y temí que Don Per pudiera notar una subida en la cuenta del teléfono y se cobrara a su modo el incremento. Esperé un rato prudencial por si regresaba inesperadamente y salí a la calle en busca de una cabina telefónica. Hablé primero con Macarena, luego con Rorro y después con mi familia. A nadie le desvelé mis terribles experiencias, aunque a mis dos amigas les dejé entrever que no era precisamente feliz. Cuando me preguntaron por mi vuelta a los estudios, sólo les pude decir, tratando de disimular mi amargura, que habría de esperar hasta que me organizara como ama de casa, haciéndoles creer que era una decisión mía. La buena de Rorro se había preocupado de pedir a mis compañeras los apuntes y me dijo que lo continuaría haciendo hasta que volviera. No fui capaz de decirle que lo dejara, que ya tenía asumido que como poco ese curso lo tenía ya perdido. En cuanto a mi familia, con la que no había hablado desde que estuvimos en Barcelona, sólo les conté maravillas sobre el viaje y los sitios visitados.

Don Per llevaba varios días comiendo fuera de casa. Mientras tanto, yo leía los libros de cocina y practicaba utilizándome a mí misma de conejillo de Indias con más fracasos que aciertos. Me anunció que a partir de entonces empezaría ya a comer regularmente en casa y me sugirió que, como el tiempo estaba fresco, para el día siguiente hiciera lentejas y de segundo algo de pescado, pues últimamente había comido mucha carne. Con el pescado no tenía problemas; me había preparado ya varias veces pescados a la plancha y había dado con el punto, pero las lentejas nunca las había cocinado y me parecían palabras mayores. No obstante, no osé poner el más mínimo inconveniente, «tus palabras son órdenes para mí», pensé viéndome como un genio de lámpara maravillosa. Ojalá lo hubiera sido. Le habría concedido el deseo de las lentejas: un enorme puchero con lentejas hirviendo y él dentro, quemándose y ahogándose. Lo primero que hice por la mañana fue buscar la receta más sencilla de lentejas entre los múltiples libros de cocina. ¡Horror!, en todos ellos decía que había que dejarlas en remojo desde la noche anterior. ¿Qué hacer? Consideré la posibilidad de telefonear a Don Per a la oficina y solicitarle un cambio en el menú, pero la descarté de inmediato. Seguro que magnificaría la importancia de comer lentejas en ese día en concreto y que mi negligencia sería tomada como un error imperdonable. Miré el reloj y vi que todavía era temprano. En una de las recetas indicaba que el tiempo de remojo variaba dependiendo de la clase de lentejas de que se tratara. Confié en que diera la casualidad de que las que tenía en la despensa fueran de las más tiernas y pensé que si las ponía ya en agua y las dejaba hasta el último momento, Don Per no se daría cuenta. Eso me exigía, para conseguir mayor tiempo de remojo, el cocinarlas en olla exprés, la tristemente famosa olla, lo que implicaba que no podría ver cómo se iban haciendo y entrañaba un riesgo para acertar con el punto de cocción, pero no tenía alternativa. Puse, pues, las lentejas en remojo y fui a comprar el pescado y el resto de los ingredientes con que aderezar el guiso. Luego me puse a cocinar siguiendo fielmente y con mucha atención cada paso que indicaba la receta. Todo fue bien hasta que abrí la olla. Me había pasado con el tiempo de cocción y las lentejas estaban todas deshechas. No tenía tiempo para hacer otras aunque me olvidara del remojo. Cuando estaba al borde del pánico, se me ocurrió la solución. Las pasé por el chino y las convertí en puré. Lo probé y pensé que no había quedado nada mal y que a Don Per no le importaría demasiado; al fin y al cabo seguían siendo lentejas. Me equivocaba de plano. «¿Pero qué mierda es ésta?», exclama cuando se sienta a la mesa y le sirvo el puré. Le explico mis problemas con el remojo y el tiempo de cocción, que no le sirven de excusa. Comienza a insultarme: «Deja que los caballos piensen por ti, ellos tienen la cabeza mayor», es una de sus frases favoritas. Le pido perdón y hago propósito de enmienda, aunque a estas alturas ya sé que no sirve de nada. También el que va a la silla eléctrica gritando que es inocente sabe que no sirve de nada. Se quita la chaqueta y me ordena que le desabroche los gemelos y que le remangue la camisa hasta los codos, como el condenado a la horca al que le obligan a cavar su propia tumba. Vierte el contenido de los platos de nuevo en la sopera. Le digo que el mío no hace falta, que yo sí me tomaré el puré. Mientras me agarra del pelo me dice que por supuesto que me lo voy a tomar. Me hunde la cara en la sopera mientras grita: «¡Esta mierda te la vas a comer entera tú!» Al principio opongo resistencia, pero Don Per me empuja con mayor fuerza hacia el fondo. No puedo respirar y decido que todo da igual, que es mejor morir. Me saca la cabeza y respiro por puro instinto, aunque preferiría no hacerlo. Al instante me vuelve a sumergir la cabeza en el puré. Lo hace repetidas veces, con violencia, de forma que el puré salpica en todas direcciones y la sopera termina prácticamente vacía. Por fin, me suelta. Estoy empapada en puré. No puedo abrir los ojos, pero lo noto por todo mi cuerpo. Se ha metido por los agujeros de la nariz y por los oídos. También he respirado puré y toso compulsivamente y tengo arcadas. Me ordena que me vaya a duchar, porque tal como estoy le da asco pegarme y la lección no ha hecho más que empezar. Intento a ciegas encontrar el cuarto de baño. Don Per me empuja bruscamente hacia la puerta de él y entra detrás de mí. Mientras me desvisto y me meto en la ducha, él se lava las manos y me adelanta lo que me espera cuando esté limpia. Es difícil quitarme el puré del pelo, de los ojos, de los oídos, de la nariz, de la garganta. Es insoportable y quiero hacerlo cuanto antes, aunque sé que me va a pegar cuando termine. Quiero que todo sea lo más rápido posible. Me doy toda la prisa que puedo, como los que caminan descalzos sobre brasas. Salgo del cuarto de baño y me pega un bofetón; enseguida me da otro y luego un puñetazo que me dobla. Caigo al suelo y me da una patada. Estoy sangrando por varias partes. Sigue pegándome en una especie de arrebato, una borrachera de violencia hasta que él mismo se asusta del nivel que ha alcanzado y se deja caer en el sofá. Estoy apenas consciente y no agradezco en absoluto que me haya dejado de pegar. Deseo que continúe hasta matarme. Si tuviera fuerzas para hablar, le diría alguna impertinencia para encenderle de nuevo y que terminara de una vez por todas. Pero no tengo fuerzas ni capacidad de pensar en algo más allá que mi deseo de morir. Yo sigo en el suelo y él me habla desde el sofá. Sus palabras me llegan como de muy lejos, es posible que me quede puré en los oídos, o quizá sea yo quien esté lejos, puede que mi alma se haya retirado de mi cuerpo dolorido tratando de huir de él. Son palabras que aprietan en los moratones, son vinagre en las heridas: «Paula, sabes que lo he hecho por tu bien, ¿crees que me gusta emplear ese tipo de violencia con nadie?, ¿y mucho menos contigo?, pues no, pero tengo que hacerlo para que aprendas y seas responsable. Imagínate que traigo invitados a casa y les digo que has preparado este menú y te descuelgas con una mierda de comida como la que has hecho hoy para recibirme, ¿piensas que eso es lo correcto, cariño? Llevo toda la mañana trabajando para que tú vivas como una princesa en este lujoso apartamento, venía con un hambre terrible y, ya ves, me he quedado sin comer debido a tu irresponsabilidad como ama de casa, no te he regalado los libros de cocina para adornar una estantería, ¿te parece bonito que yo sólo piense en ti y me lo pagues de esta forma? Paula, tú eres una mujer guapa, inteligente, femenina, agradable y con un montón de cualidades más, pero te faltan muchas cosas para llegar a ser la mujer que yo deseo que seas. ¿Verdad que tú quieres que yo sea feliz?, pues debo hacer esto para que seamos felices los dos. ¿Tengo que repetirte otra vez que gracias a las lecciones sufridas en mis carnes he aprendido a no fallar, a ser el mejor en todo? Paula, yo te quiero, te adoro, estoy locamente enamorado de ti desde que vi tu foto y yo sólo quiero lo mejor para ti, para los dos.»

11

Estuve dos días en la cama sin poder moverme. Tenía los ojos morados, con esos hematomas que con el tiempo van extendiéndose bajando por la cara y cambiando de color; la nariz estaba hinchada, con sangre reseca que dificultaba la respiración; la cabeza, llena de chichones que me dolían con el mero contacto con la almohada; rozaduras y moratones en todo el cuerpo. Al ver las marcas y el estado en el que me había dejado, Don Per se dio cuenta de que, incluso para su criterio, se había pasado. Mostraba arrepentimiento y, mientras me cuidaba, me pedía perdón y me juraba que a partir de entonces controlaría sus impulsos, llegando a soltar alguna lágrima de cocodrilo, aunque no se olvidaba de adjudicarme un tanto de responsabilidad y me decía que yo también tendría que colaborar. En algún momento, ingenua de mí, conmovida por sus lágrimas y acuciada por mi deseo de paz y tranquilidad, llegué a creerle e incluso a aceptar internamente esa parte de responsabilidad. Supongo que es un proceso mental similar al conocido síndrome de Estocolmo de los secuestrados. Durante los siguientes días no salí a la calle y se ocupó él de comprar lo imprescindible. Me colmaba de atenciones, entre las que no faltó uno de sus regalos, un bolso de Loewe; un bolso que no podría lucir en tanto las señales de la violencia no hubieran desaparecido. Habría sido más práctico que me regalara unas gafas de sol grandes y bien oscuras.

Y llegó el día en que las marcas se borraron y nuestra vida se reanudó con normalidad o, mejor dicho, con anormalidad; lo normal ya eran las palizas, el desprecio y el miedo. Pero el influjo de esa especie de síndrome de Estocolmo se diluyó al cabo de poco tiempo. Consideré con mayor objetividad lo que había pasado y decidí aprovechar ese remanso, la buena disposición con la que últimamente se comportaba Don Per, para tratar de dar un giro a mi vida. Le pedí permiso para viajar a casa de mis padres, con la excusa de recoger algunas pertenencias que allí habían quedado, así como para traer mi coche a Madrid. Mi intención en realidad era la de quedarme allí para siempre o por lo menos el tiempo suficiente como para arreglar mi separación y de alguna forma enderezar mi vida. Se trataba de reunir el valor para decidirme a contar a mi familia si no la verdad con toda su crudeza, de lo que me sentía de entrada incapaz, sí algo que se acercara lo suficiente para que mis padres comprendieran que necesitaba su apoyo y ayuda para salir de esa situación. Don Per no tuvo inconveniente en que realizara el viaje.

Llamé por teléfono a mis padres y ese mismo día cogí el tren, no fuera Don Per a cambiar de opinión. La precipitación del viaje y el que lo realizara sin mi marido sorprendió en mi casa. ¿Podía llamarla todavía mi casa? Referirse a la casa familiar, a la casa de los padres ya abandonada, como la propia casa es una tendencia que dura muchos años en casi todas las personas. Hay gente que lo hace sin interrupción hasta que la casa vuelve a ser propia de nuevo debido a la herencia. En mi caso no pudo durar demasiado; mis padres se ocuparon de ello. Al entrar a mi habitación para dejar las maletas, vi que no había en ella rastro alguno de mi existencia. Se habían dado prisa en sacar todas mis cosas y en redecorarla para convertirla en una neutra habitación de invitados. En cuanto dejé mi equipaje y apenas me había acomodado, mis padres me interrogaron insidiosamente sobre la verdadera causa del viaje. Lo hicieron con un prejuicioso tono acusatorio y reprobatorio, dando por seguro que la niña caprichosa no había sabido llevar bien su matrimonio y ahora volvía a pedirles sopitas. Les debería haber dicho que sí, que efectivamente tenían toda la razón, que a la niña mimada, por mala y caprichosa, el bueno de su marido le había dado tres brutales palizas, de la última de las cuales todavía se resentía. Pero hice todo lo contrario; me defendí insistiendo en que no había problema alguno, que todo iba perfectamente y que el viaje se debía simplemente a mis ganas de visitarles y a la necesidad que tenía de recuperar mi coche y algunos objetos personales que había dejado allí. Desde ese momento me resultó más difícil hacerles partícipes de mis problemas o de la parte de ellos que les pensaba revelar. En todo caso, yo no iba a volver a la casa de Don Per, que si mis padres consideraban que su casa no era ya la mía, yo consideraba que mucho menos lo era la jaula de oro de Madrid donde se suponía que debía vivir. Despejados los iniciales temores de mis padres de que mi vuelta se debiera a desavenencias matrimoniales y viniera con la intención de quedarme, lo que no estaría nada bien visto en la buena sociedad que les rodeaba en el rancio Alnorte y sería pasto de rumores y cotilleos diversos, fui bien recibida, y los primeros días transcurrieron felices tanto para ellos como para mí. Con la excepción, en mi caso, de la misteriosa desaparición, el traslado y el arrinconamiento en el trastero de mis pertenencias, de mi muñeca Mariquita Pérez. Las mujeres de mi generación se acordarán de esa muñeca de moda en la época, que por estar realizada artesanalmente, cada una de ellas era única. La mía había sido mi fiel compañera de niña y su pérdida en ese momento me dolía particularmente. Tal como me iba la juventud, sentía una especial añoranza de mi infancia, a la que todavía me quería aferrar como válvula de escape de mi desgraciada situación. Nadie supo decirme de su paradero, aunque sospecho que todos lo sabían. Probablemente, tan pronto como me casé, había sido regalada a alguna niña. Durante el resto de mi vida he estado atenta cada vez que he visitado un anticuario o un mercadillo para buscarla. Todavía no la he encontrado, pero no pierdo la esperanza. He convertido esa búsqueda en una especie de símbolo. Por el camino he comprado algunas Mariquitas Pérez; me encantan, me parecen maravillosas y me recuerdan a mi infancia, pero ninguna de ellas es la mía.

Por lo demás, me dediqué a salir con algunas amigas del colegio y a disfrutar de la paz y tranquilidad de mi casa. Paz y tranquilidad que empezaron a turbarse muy pronto, cada vez que me llamaba Don Per y me preguntaba enfurecido cuándo iba a volver y me amenazaba con las sabidas represalias si demoraba aún más mi regreso. Yo callaba, ejercía de muda, que era lo mío. Don Per terminaba colgando bruscamente el teléfono. Pronto se abrió otro frente que pugnaba por desmoronar esa bendita calma de la que disfrutaba. Mi padre se estaba poniendo nervioso por la injustificada duración de mi visita. Al igual que Don Per, empezó a preguntarme cuándo pensaba regresar a Madrid, y yo le daba largas y me inventaba peregrinas excusas, hasta que fue sospechando que había mar de fondo y que había mentido al asegurar que mi matrimonio iba como la seda. Un día, durante una comida familiar, me requirió para que me marchara al siguiente día o, de lo contrario, él se ocuparía de hacerme volver por las malas. Yo protesté y, por primera vez, dejé intuir que lo que me esperaba en Madrid no era precisamente un paraíso. Lejos de preocuparse por los motivos que me llevaban a tratar de evitar mi regreso, mi padre me recordó que él intentó disuadirme de que me casara y no le hice caso, y me exigió que ahora asumiera las consecuencias de aquella decisión fueran cuales fuesen. Contesté que yo no volvía a Madrid. A lo que mi padre repuso que pensara adónde iba a ir, porque su casa ya no era mi casa. En el calor de la discusión, no sé cómo ni por qué, mi padre me preguntó si por casualidad no estaría embarazada. Aunque mi respuesta fue negativa, no debió de ser muy convincente y mi padre creyó adivinar ciertas dudas y se temió lo peor. Si ya era motivo de vergüenza el tener en casa a una hija que abandonara su hogar, era una absoluta deshonra para la familia que estuviera embarazada y fuera a dar a luz un nieto casi bastardo, que poco más o menos así era como se consideraba en esa sociedad a quien nacía de padres separados. Hay que recordar que entonces el divorcio no era legal y eran muy contados, y en muchos círculos mal vistos, los matrimonios que se separaban. Lo cierto es que yo no sabía si estaba embarazada. Tenía un largo retraso del período, pero hasta entonces lo había achacado a las palizas que Don Per me había propinado. No esperó mi padre a averiguarlo y, por si acaso, al día siguiente estaban preparados su coche, Gabino, el chófer, y un cura que iría sermoneándome durante todo el trayecto a Madrid. Me dijo que no me preocupara por mi coche, que en breve se encargaría de enviármelo. Y de ese modo, fui empaquetada y facturada de vuelta a mi jaula de oro.

12

Como un pez con el anzuelo mordido que trata de luchar contra el rebobinado del sedal, así viajé a Madrid, pidiéndole a Gabino que parara cada pocos kilómetros, fingiendo hambre, necesidades fisiológicas, mareo. Sólo que el pez no tiene a su lado un cura que le caliente la cabeza con disquisiciones sobre el matrimonio. Gabino, que me conocía desde niña y nos teníamos mutuo aprecio, se daba perfecta cuenta de la situación. Sabía que yo volvía forzada a un hogar que no era de mi agrado, fácil deducción considerando que mi padre le había encargado llevarme y había añadido un cura, que sin duda había sido aleccionado para que durante el viaje tratara de inculcarme los deberes conyugales. Y yo creo que intuía la gravedad de lo que me esperaba en Madrid. No se le veía feliz cumpliendo su misión y parecía que él tampoco tenía mucha prisa en llegar, a juzgar por la velocidad con que conducía. El bueno de Gabino trataba continuamente de interrumpir al cura y cambiar de conversación, pero éste, que habría recibido un buen diezmo, era inasequible al desaliento y seguía repitiendo de una y otra forma el «hasta que la muerte os separe». «No me sorprendería que la muerte nos separara antes de lo que usted cree», pensaba yo para mis adentros habida cuenta de la paliza que sin duda me esperaba. Me acompañaron los dos hasta la misma puerta del infierno. Don Per nos recibió con su exagerada amabilidad, que yo sabía que era presagio de violencia. Me dedicó cariñosas palabras de bienvenida e hizo pasar al chófer y al cura, a los que trató desde el primer momento con honores de huéspedes. Tras tomar una copa con ellos en el apartamento, insistió en que hicieran noche en Madrid y no regresaran a Alnorte hasta el día siguiente; él se haría cargo de alojarles en un hotel e invitarles a una buena cena. El cura no opuso resistencia alguna, pero Gabino repuso que al día siguiente tendría que estar en Alnorte para atender a mi padre. Don Per llamó a su suegro, quien concedió sin problemas el día libre a Gabino, y los cuatro nos dirigimos a cenar a un buen restaurante. Allí, Don Per extendió sobre el mantel toda su simpatía, sus artes de buen conversador, su esplendidez a la hora de agasajar, mientras yo me mantenía en mi papel de mudita de lujo por no seguirle el juego, por no colaborar en dar la falsa imagen de dos tortolitos enamorados, pero también porque tenía ya el miedo en el cuerpo, notaba ya el aliento del lobo en la nuca. Tenía la impresión de que cuanto más simpático y amable se mostrara, peor sería la paliza. Tras los postres, Don Per se ausentó de la mesa para ir al servicio, momento que aprovechó el cura para elogiarle: «No me extraña, Paula, que te enamorases y te casases tan rápidamente. Don Per es encantador, un brillante conversador y una magnífica persona.» Yo no añadí nada a esos halagos hechos por un cura al demonio, y Gabino tampoco. El chófer le debió haber visto el rabo y los cuernos, porque puso cierta cara de escepticismo que no pasó desapercibida al cura. «¿No le parece, Gabino?», trató el religioso de comprometer a su compañero de viaje. Gabino se tomó su tiempo antes de responder: «Conozco a Paula desde que era pequeña, ella sí que es encantadora y buena persona. El señor no se la merece.» No sabía Gabino cuánto agradecía yo esas palabras. «¡Lo ha calado!, ¡Gabino lo ha calado!», recuerdo que pensé con ilusión. El hecho de que Don Per mostrara delante de terceros una forma de ser tan admirable me provocaba una terrible pesadumbre y una frustración que completaba los sufrimientos que me infligía en privado, haciéndome sentir una terrible soledad. Pienso ahora que ésa puede ser una de las causas de que yo esté escribiendo estos hechos. Tanto tiempo callada, tantos años haciendo de muda, sin ser capaz de revelar a los demás la cara oculta de Don Per, me han producido ahora unas incontenibles ganas de hablar.

Al volver a casa tras la cena, Don Per, con su procedimiento habitual, no me pegó nada más llegar. Dilató cuanto pudo el preámbulo para agravar el sufrimiento con maltrato psicológico. Disfrutaba con ello. Me mandó prepararle un *gin tonic* y comenzó a charlar animada y trivialmente, fingiendo que éramos una idílica pareja que volvía a estar junta después de una inevitable separación. Él sabía que yo sabía lo que me esperaba y, por si quedaran dudas, tras decirme cariñosamente que había decidido no ir a trabajar al día siguiente porque estaba deseando estar conmigo, añadió que además la noche iba a ser larga. Era una coletilla que ya me era familiar y cuyo significado a esas alturas no se me escapaba. Aun así, yo no podía evitar seguir el juego de la pareja feliz. En la conversación simulaba que la demora de mi vuelta se había debido a cuestiones prácticas, a lo mucho que me había llevado recoger y ordenar mis cosas. Yo sabía que él sabía que no era así, pero daba igual. Yo tenía que hacer mi papel para no provocarle, con la esperanza de disminuir la intensidad de la paliza. Aunque en el fondo también sabía que era inútil. El miedo me podía y, por un vano instinto de protección, como si me cubriera la cabeza con las manos cuando me fuera a caer encima una carga de cien toneladas, yo le seguía la corriente en ese absurdo y desquiciante juego hasta que en un momento dado no pude resistir tanto cinismo y le di lo que él consideró una mala contestación. Me había preguntado cuánto le había echado de menos durante nuestra separación y le respondí que todo lo que él quisiera que lo hubiera hecho. «Como vuelvas a darme una contestación semejante, te corto la lengua», me responde dejando ya de interpretar a un marido adorable. Rectifico pensando que es capaz de hacerlo y le explico que mi intención era decirle que se podría imaginar que le había echado mucho de menos, pero ya es tarde. Se ha cansado del juego, achina los ojos, apura su tercer *gin tonic* y coge unas tijeras. No me arrepiento de la leve chulería con la que he precipitado las cosas. Si me va a cortar la lengua, que lo haga. Seguro que lo mismo o algo peor me habría hecho sin mi contestación. Una lengua cortada no es una marca que desaparezca con el tiempo. Sería el fin. Si no muero desangrada, la lesión no se podrá encubrir y saldrá a la luz la cara oculta de Don Per. A cambio yo no podré hablar. ¿Qué importa?, ahora tampoco puedo hacerlo, soy la mudita de lujo. Pero no me corta la lengua. Como en Mallorca, las tijeras están destinadas para mi ropa. Me pide que le enseñe lo que he traído de Alnorte. Abre una maleta, lanza por los aires el contenido de mi neceser y lo pisotea con furia. Luego saca mi ropa y la empieza a cortar en pedazos. En la segunda maleta están mis libros. Arranca sus hojas y las corta también con las tijeras. Llorando le suplico que no lo haga, pero es inútil: no queda una sola hoja entera. Igual destino se lleva el resto de mis pertenencias. En medio de la desesperación, pienso que ha sido una suerte la desaparición de mi Mariquita Pérez. La destrucción de mis pertenencias podría parecer una nimiedad comparada con las palizas que recibía, pero también era dolorosa. En la situación en la que yo me encontraba entonces, rechazada en la casa de mis padres, sufriendo un presente infernal, los objetos personales eran el recuerdo de tiempos mejores, me unían de alguna forma al pasado. Lo peor eran los libros. La ropa es perecedera. Aunque una puede guardar toda su vida una determinada prenda a la que ha cogido cariño, y un buen abrigo puede durar más de una década, lo normal, si se puede, es ir renovando el vestuario. Desde luego era mi caso; amante de la ropa, lo era en mayor medida de estrenar que de conservar. Pero los libros tienen que acompañarle a una toda la vida. Debe ser lo último que se venda en caso de necesidad para comer. Es mi mentalidad y la era entonces. Entiendo que otra gente tenga la idea contraria; conservar lo máximo la ropa y regalar el libro que, al haber sido leído, ya ha cumplido su función. Reconozco que es una postura menos consumista, pero también menos romántica. Los libros me habían hecho pasar buenos momentos y los consideraba mis amigos, los había personificado. Por eso cuando arrancaba sus hojas y las cortaba en mil pedazos, yo le suplicaba que no lo hiciera, que ellos no tenían la culpa de que me hubiera ido de viaje. Y esa frase revela de nuevo la aparición de ese erróneo sentimiento de culpabilidad: la culpa era mía, había cometido una estupidez intentándome librar de Don Per, creyendo que era posible hacerlo; no había obrado con inteligencia; debía haber aguantado, haber permanecido junto a él intentando no cometer «errores», no disgustarle nunca, ser la mujer diez. Ahora me iba a pegar y me lo merecía por tonta. La convulsión psicológica que sufría en esa época me llevó a esos extremos. Aunque no era continuo; a un episodio de sentimiento de culpabilidad se sucedía otro de odio intenso, y después quizá desvalimiento y soledad, para volver a odiar o a sentirme culpable. Lo que sí era continuo era ese caos en mi cabeza. Como si alguien estuviera constantemente haciendo *zapping* en mi cerebro. No era para menos. Terminado el destrozo y mientras me obliga a recogerlo y a echar los restos a la basura, me pide que le agradezca lo que ha hecho: «Paula, princesita, estoy esperando a que me des las gracias por el destino que he dado a tus cosas; tú misma estabas preocupada por la falta de espacio que había en esta casa, ¿recuerdas que devolviste una olla porque dos ocupaban demasiado?» No sé si le pedí perdón o no. Supongo que en esas circunstancias lo haría, no era capaz de llevarle la contraria, era como una marioneta cuyos hilos él manejaba a placer, pero en todo caso no debí de ser muy convincente y me llevé para empezar dos sonoras bofetadas. Después comienza a arrancarme la ropa que llevo puesta y la destroza. Me quedo desnuda, físicamente desnuda y psicológicamente mucho más desnuda, sin ropa, sin pertenencias, sin dignidad, sin esperanza. Empieza a tocarme con brutalidad, haciéndome daño. Le suplico que no lo haga. «Estúpida, ¿no te das cuenta de que llevo días sin poseerte?», me espeta mientras me lleva a golpes hasta la cama. Me viola. Después me arrastra hasta el cuarto de la plancha y me empuja dentro. «Dormirás ahí hasta que lo considere oportuno», me dice antes de cerrar la puerta con un portazo. Una o dos horas más tarde, cuando ya creo que todo ha pasado, entra y enciende la luz. Vuelvo a sentir pánico, pero no viene con intención de pegarme. Me tira tres tarjetas de crédito a mi nombre y me dice que me compre lo que quiera. Apoyado en el quicio de la puerta, me explica el fundamento y los objetivos de la lección que me ha dado. Otra vez el lenguaje ya familiar con el que justifica su violencia. Otra vez me trata como si fuera una niña pequeña a la que ha castigado sin postre, pero yo estoy tumbada, dolorida por los golpes, siento como si me hubiera levantado el cuero cabelludo de tanto que me ha arrastrado por los pelos, y tengo irritadas mis partes sexuales. Me siento cosa y, como cosa que soy, no tengo capacidad de analizar sus palabras, son sonidos que van directos al subconsciente.

13

Tuve que esperar a que se me borraran las secuelas de esa última paliza para que Don Per me autorizara a acudir al ginecólogo. Cuando el médico me dijo que estaba embarazada, tuve sentimientos contrapuestos. En mi adolescencia, como casi todas las chicas de mi generación, yo quería con el tiempo tener hijos y formar una familia, pero en cuanto comencé a sufrir los malos tratos, cambié radicalmente de idea. ¿Cómo iba a traer al mundo a alguien para compartir mi infierno? Por otra parte, si una separación en esa época era de por sí difícil, mucho mayor era la dificultad si había hijos por medio. Pero a esas alturas, después de haber intentado separarme y habiendo vuelto sin haber sido capaz de rebelarme, yo veía la separación no ya lejana, sino más allá del infinito, y estaba tan anulada y sufría tanto, que la perspectiva de pasar unos meses sin palizas me parecía más que halagüeña y la de tener a alguien a quien querer me parecía que podía dar sentido a mi sufrida existencia. En esta segunda premisa acerté de lleno, y si he seguido adelante y estoy viva y libre, ha sido gracias a haber sido madre; pero en cuanto a que iba a pasar los meses de embarazo sin ser agredida, me equivoqué completamente, ni siquiera eso fue capaz de respetar Don Per.

Cuando le comuniqué la noticia, su reacción no pudo ser más fría. No se inmutó. Repuso que eso eran cosas de mujeres, como si le hubiera dicho que me iba a comprar un bolso nuevo. Sin mostrar el más mínimo atisbo de alegría, su única preocupación fue que yo engordara. Me advirtió seriamente sobre ello, que no quería ver un gramo de más o de lo contrario me pasaría todo el embarazo encerrada en casa y sufriendo las consecuencias que me podía imaginar. Añadió que tratara de disimular en la medida de lo posible y lo imposible mi estado, porque las mujeres con barriga le daban asco. No es que yo me hubiera hecho ilusiones de que Don Per fuera a cambiar radicalmente por ir a ser padre, pero sí esperaba cierta mejoría, que apareciera en él algún vislumbre de humanidad, que se apiadara del ser que se estaba gestando en mi interior, el cual, en tanto no tuviera uso de razón o como mínimo hasta que no naciera, no tenía capacidad de ser un hijo o una hija diez. Le presuponía a Don Per mayor racionalidad. Le presuponía malvado, incluso perverso, pero humano. Hasta los mafiosos más sanguinarios quieren a sus hijos. El embarazo fue una auténtica angustia. La víctima ya no sólo era yo, sino el hijo o la hija que estaba esperando. A pesar de que por ese motivo extremé al máximo mi atención para no irritarle, no se redujeron las palizas; antes al contrario, creo que aumentó su frecuencia. Por cualquier motivo, por una rotura de un vaso, por una sonrisa a destiempo, por un descuido al preparar su ropa, y muchas de ellas por estar embarazada, por los inevitables síntomas de mi estado. En una ocasión le pido permiso para abrir una lata de piña, para ponerme una rodaja de postre. Él lo interpreta como un odioso antojo de embarazada y me obliga a comerme el kilo de piña entero. Intento hacerlo, pero después de tres o cuatro rodajas ya no me cabe más piña en el estómago. Hago todos los esfuerzos humanamente posibles por seguir. Sé que, si no lo hago, me pegará y temo que los golpes puedan afectar al feto. Con cada paliza que me ha dado últimamente he sentido el mismo temor. Afortunadamente hasta ahora no me ha golpeado en la tripa y creo que el embarazo sigue su curso normal, excepto por lo delgada que estoy. Mis intentos son inútiles, estoy rebosando y es físicamente imposible comer más piña. Don Per me la mete en la boca a la fuerza. Vomito. Me obliga a comerme mi propio vómito del suelo y sus amenazas son tales que no tengo más remedio que obedecerle, pero devuelvo de nuevo. Esta vez lo hago en el lavabo. Me lo ha aconsejado él, porque me ha jurado que me voy a comer mi vómito de donde lo eche, así lo haga en el suelo o en el retrete. Como y vomito en el lavabo una y otra vez sintiendo un asco indefinible. Mi organismo llega a un punto en que es incapaz de deglutir nada. El esófago se me ha cerrado. No es mi voluntad. Seguiría comiendo mi vomitado del mismo retrete si con ello evitara que me pegara en la tripa, pero no puedo. Pierdo el conocimiento. Me despierto y me está gritando que no finja que me he desmayado, mientras me golpea con la lata de piña, haciéndome numerosos cortes. De alguno de ellos, en una mano y en una pierna, todavía hoy dan fe sendas cicatrices.

Esa paliza fue una de las que él consideraba que se había pasado y en las que al día siguiente venían los consabidos arrepentimientos, las lágrimas de cocodrilo y los propósitos de enmienda, así como el espléndido regalo de rigor. Yo era ya inmune al síndrome de Estocolmo. Aunque por fuera le dijera que le perdonaba, en mi interior acumulaba odio. Agradecía sus regalos, aunque en realidad me daban tanta repugnancia como él. Sólo quería disfrutar de lo que durara la paz. Trataba de alargarla todo lo posible. Aprovechando el remanso de después de esa paliza, pude seguir sin demasiados problemas con el embarazo. Nos fuimos de vacaciones de verano y visitamos a mi familia en Luanco, un pueblo asturiano de la costa donde estaban veraneando. Pasado el tiempo y con la alegría de ir a traer al mundo al primer nieto de mis padres, yo esperaba encontrar el calor familiar que me habría venido como un bálsamo en mi dura vida. No fue así. Su frialdad me dolió tanto que preferí acortar nuestra estancia allí y continuar de vacaciones a solas con Don Per, que por lo menos mantenía la buena racha. Nos dirigimos a Portugal, pero no tardaron en volver a torcerse las cosas. Debía de estar de cinco o seis meses cuando Don Per trató de hacerme abortar. Habíamos estado cenando en casa de unos amigos suyos que veraneaban en Estoril. La comida era pesada y grasienta, de modo que apenas probé bocado para evitar engordar y que Don Per la tomara conmigo y por tanto también con la criatura que llevaba dentro. Nuestros anfitriones me insistían machaconamente a lo largo de la cena para que comiera, pues me veían demasiado delgada para estar a esas alturas del embarazo. De hecho mi ginecólogo coincidía con ellos y estaba preocupado por que no ganara peso, lo que no era de extrañar, ya que entonces yo pesaba menos incluso que el día de la boda. Probablemente con buen criterio, yo había decidido que era preferible que el feto no estuviera suficientemente alimentado a que recibiera continuos golpes que le podrían generar alguna malformación o incluso la muerte. El caso es que, al llegar al postre, que era pura nata, no se me ocurrió modo mejor de rechazarlo que decir que era diabética. Se me escapa cómo Don Per pudo creer verdad una mentira semejante, tal vez estaba borracho. No me dio tiempo para desmentirla. Según entramos a la habitación del hotel, comienza a insultarme. Me reprocha a gritos mi irresponsabilidad por haberme quedado embarazada siendo diabética, por haberle ocultado mi enfermedad y por no haber tomado precauciones. Según sus profundos conocimientos de medicina, las diabéticas tienen altas probabilidades de parir niños con parálisis cerebral. Trato de decirle que sólo ha sido una mentira benigna para evitar engordar, pero me da una bofetada que me tumba. Grita que como ya no estoy a tiempo para que me practiquen un aborto, lo va a hacer él a patadas. Yo me cubro como puedo, me arrastro hasta una esquina intentando proteger la tripa contra la pared. Mientras repite una y otra vez que me va a sacar al subnormal que estoy engendrando aunque sea por la boca, me da patadas que intentan acertar en la tripa. Algunas lo logran y temo que hayan afectado al feto. Él debe considerar lo mismo, que ha cumplido ya su objetivo, porque deja de pegarme. Se dirige al cuarto de baño mientras permanezco llorando en el suelo desesperada, acariciándome la tripa en un intento por consolar al niño o la niña que ya me imagino completamente formado y aterrorizado, y deseo con toda mi alma que no haya sufrido daños. Don Per sale del cuarto de baño arreglado y vestido con chaqueta y corbata. Me dice que se va al casino y que por mi bien espera que la paliza haya sido suficiente y que cuando vuelva ya haya abortado. Sale de la habitación dando un portazo. A duras penas logro llegar a la cama. Tengo miedo, mucho miedo, miedo a que empiece a sangrar, a que no note ya más vida en mi vientre. Ignoro cómo se manifiesta un aborto, así que cualquier sensación me hace creer que es ello, que ya está, que he perdido al niño o la niña, que me vuelvo a quedar sola, me vuelvo a quedar sin motivo para vivir. Me observo con atención. Los leves movimientos que noto dentro sólo me dan esperanzas para pocas horas. Tengo miedo a que cuando vuelva el monstruo de Don Per, siga pegándome hasta conseguir que aborte. Recuerdo esa espera con auténtico terror. Entonces ya había aprendido algo espeluznante: que cuando pensaba que había tocado fondo, que no podía ocurrirme nada peor, me equivocaba. Ya había experimentado el intenso deseo de morirme. Ahora ni siquiera eso me era dado. No podía desear morirme porque estaba embarazada. Es difícil mantener sentimientos nobles en circunstancias como las que viví. Las policías de las dictaduras logran mediante la tortura que los hombres más leales delaten a sus compañeros. Poca gente resiste. Yo me siento orgullosa por haber mantenido siempre el deseo de que mi hija viviera, de no haberme lanzado con ella por la ventana del hotel. Aunque también es cierto que podía haber acudido a la policía o por lo menos haber revelado a mi familia, a mis amigos, a los amigos de Don Per, a todo el que quisiera escucharme, como hago ahora, los maltratos, agresiones y vejaciones, sin ocultar un detalle, a los que me sometía mi marido. He tratado de explicar anteriormente lo inexplicable, las causas que me bloquearon, por qué no tomé esa decisión en un principio. Ahora tendría que explicar por qué no lo hice con la persistencia y el agravamiento de la violencia, cuando ya no sólo mi vida estaba en peligro. No lo sé. Sólo puedo repetir que entonces no había información, no existían centros de acogida a mujeres maltratadas. Si hubieran existido y yo hubiera tenido conocimiento de ello, probablemente lo habría denunciado. Y quizá lo único que puedo añadir a lo ya explicado es que el miedo paraliza. Así estaba yo, paralizada en la cama temiendo el regreso de Don Per. Pasaban las horas y seguía paralizada, sabiendo que cuando llegara era capaz de seguir pateándome en la barriga hasta producirme un aborto. Pero Don Per regresó del casino con un inesperado buen humor; debió de ganar dinero. Y así, por un golpe de fortuna, porque la bolita cayó en el veintisiete, impar y pasa, y no en ningún otro número, mi hija está viva y yo posiblemente también. Vino arrepentido y con discurso conciliador, pero sin olvidar responsabilizarme de lo ocurrido. Al día siguiente en Lisboa se gastó lo que había ganado en el juego, y probablemente mucho más, en colmarme de regalos.

14

Todavía tuve que padecer otro cruel episodio para traer al mundo a mi hija Carolina. Aún no había salido de cuentas, pero tenía pérdidas de sangre y el ginecólogo me había ordenado reposo absoluto y que le mantuviera informado diariamente de mi estado. Aunque Don Per lo sabía perfectamente, no se le ocurrió cosa mejor que invitar a unos amigos de compromiso a cenar a casa. Yo me encontraba mal, pero eso a él no le afectaba y no se avino a aplazar la cena, ni a irse él solo con ellos a un restaurante, ni tampoco a encargar comida preparada o a contratar a una cocinera. Me amenazó advirtiéndome que no toleraba quejas de niña mimada y que preparara la cena sin que fallara el más mínimo detalle; de lo contrario, ya sabía a qué atenerme. Desde que intentara ahogarme en unas lentejas, la cocina había constituido una de las actividades en donde a Don Per más le gustaba buscar mis «errores», hasta el punto de que había adquirido la rutina al llegar a casa de mirar en el cubo de la basura por si encontraba algún plato en el que yo hubiera fracasado. Había adoptado esa costumbre tras haber visto en el cubo por casualidad unos macarrones, causa suficiente para que me diera una de sus aleccionadoras palizas. Desde entonces, yo tiraba por el retrete cualquier prueba que pudiera delatarme como mala cocinera. Así pues, pese a las pérdidas y a lo que hubiera dicho el ginecólogo, tuve que aplicarme en la cocina haciendo un verdadero esfuerzo, mientras Don Per dormía la siesta. De pronto, comencé a notar contracciones y dolores. Telefoneé al ginecólogo, que me dijo que si persistían me fuera a la clínica. No le hice caso. Cuando Don Per se levantó de la siesta, todo estaba ya preparado y le pedí permiso para acostarme y descansar hasta que llegaran los invitados, pues si seguía moviéndome, podrían aumentar las pérdidas e iba a ponerme de parto. «No digas idioteces –me replicó con desdén–, tómate una aspirina y se te pasará, pero ni se te ocurra acostarte, no quiero que mis amigos te vean con cara de recién levantada.» No sé cómo pude pasar la maldita cena con las contracciones que me estaban dando, temiendo que fuera a parir entre plato y plato y encima simulando que estaba disfrutando con la velada para no desatar la ira de Don Per. Terminada la cena, propuso ir a Flamingo, una sala de fiestas de moda entonces, donde había reservado una mesa. Traté de excusarme, alegando por primera vez mi estado y buscando la complicidad de los invitados, que debido a lo flaca que estaba, no pensaban que mi embarazo estuviera tan avanzado, ni sospechaban, porque yo no les había dado motivos, cómo me encontraba. Pero Don Per fue de nuevo implacable y me llevó al dormitorio para hablar en privado: «Si montas un numerito delante de mis amigos haciendo el papel de esposa desvalida y me obligas a adoptar el de marido preocupado y solícito, te juro que es mejor que cuando vuelva te hayas tirado por la terraza porque si no lo haré yo, y como me tocará ir a la cárcel, antes te voy a hacer sufrir lo que no te puedes ni imaginar, ¿queda claro?» Me quedó claro: no tenía alternativa. Tenía que acudir a la sala de fiestas y tal vez parir en ella. Aprovechando que Don Per se estaba cambiando de ropa, llamé, no obstante, al ginecólogo a su casa y le pedí consejo. Le expliqué que las pérdidas, los dolores y las contracciones habían continuado, pero que tenía una fiesta de negocios y era muy importante para mi marido que yo acudiera. El médico se escandalizó y me ordenó que me dirigiera urgentemente a la clínica para ingresar de inmediato. Él mismo saldría al momento para allí. ¿A quién obedecer? Aun a riesgo de parir en una pista de baile, del peligro de perder a mi hija y quizá mi propia vida, no tuve valor para escaparme hacia la clínica, ni siquiera de informar a Don Per delante de nuestros invitados de lo que el ginecólogo me había dicho, lo que le habría comprometido y le habría obligado a llevarme a la clínica. Se lo comenté en el coche, cuando estuvimos los dos solos, y le supliqué que me llevara a la clínica, que no me importaba que me dejara sola allí y él fuera a bailar y a tomar copas a Flamingo o a donde quisiera, o que incluso me dejara en un taxi y él fuera directamente a la sala de fiestas. Pero sus conocimientos de medicina eran superiores a los del ginecólogo, al que tachó de ser tan aprensivo como yo y le acusó de haberse dejado contagiar de mi histeria de primeriza; y como yo tratara todavía de argumentar algo, terminó con la conversación diciendo que si no cerraba la boca, me iba a poner un bozal. Si la cena había sido ya un auténtico espanto, el tiempo que pasé en esa sala de fiestas fue todavía mucho peor. Con continuas contracciones y fuertes dolores, tratando de evitar parir ahí mismo, sudando, sin apenas poder disimular mi respiración agitada, con ganas de dar un alarido que dejara en silencio a toda la sala de fiestas, conteniendo lo incontenible, mientras Don Per pedía otro *gin tonic* y alargaba la velada, por encima incluso del deseo de sus amigos, hasta las seis de la mañana. Y fuera del local y habiéndonos despedido del resto, todavía me costó el que me llevara a la clínica y tuve que soportar su ingenio de borracho: «Mira, Paula, si tantas ganas tienes de clínica, te coges un taxi y le dices al taxista que hoy se te ha antojado dormir fuera de casa y, como auténtica primicia y novedad y para salir en *El Caso* en primera página, has decidido alojarte en un sanatorio, verás cómo te lleva al manicomio de Leganés y ya me contarás cómo has dormido con la camisa de fuerza.» Finalmente accede a llevarme y me deja en la puerta, no sin antes hacerme prometer que no le voy a despertar llamándole por teléfono, pasara lo que pasara.

Lo último que recuerdo fue el entrar yo sola en urgencias y caerme redonda allí mismo, antes de que me hubiera dado tiempo siquiera a decir mi nombre. Me desperté inmediatamente, metida en una cama, sin estar ya embarazada y sin que hubiera ningún bebé en la habitación. Me asusté. Tenía una espesa confusión en la cabeza, creía que estaba sufriendo una pesadilla. Enseguida una enfermera me tranquilizó, me explicó que habían pasado varias horas; que me estaba despertando de la anestesia que habían tenido que ponerme a causa de mi estado débil y crítico, y que había sido madre de una niña preciosa que estaba en la incubadora porque había pesado poco, pero que por lo demás estaba perfectamente sana. Luego me enteré de que el parto no estuvo exento de complicaciones. Tuve placenta previa y la niña pesó sólo un kilo doscientos gramos. Pero lo importante era que la niña, a la que llamaría Carolina, estaba bien. Yo también estaba bien, yo estaba muy bien, feliz: el primer y único momento de verdadera felicidad desde antes de mi boda. Durante todo el embarazo no había sabido si iba a ser niño o niña; en esos tiempos no existía la ecografía. Cuando alguien me preguntaba qué prefería, respondía que me daba igual, aunque lo cierto es que íntimamente estaba deseando que fuera una niña. No podía sustraerme del temor de que si fuera un niño terminara pareciéndose a Don Per. Se había cumplido mi deseo y había sido niña. Ahora lo único que deseaba era ver a mi pequeña y no ver a nadie más; no ver a Don Per, no ver a su familia, no ver tampoco a la mía. Solas la niña y yo. Con gran ansiedad, tuve todavía que esperar a que viniera el médico y me autorizara a dirigirme a la sala donde mantenían a Carolina. Me dijo que todavía no me convenía moverme, que habría que esperar varias horas, pero no fue capaz de resistirse a mis súplicas y me llevaron a ver a mi hija. En fin, ¿qué puedo decir aquí? Lo que todas las madres: que era el bebé más guapo del mundo. Era una preciosidad diminuta, con sus manitas y sus piececitos increíblemente pequeños, su simpática nariz mínima, sus ojitos cerrados, con cara de estar soñando sensaciones apacibles. Era mi hija, que finalmente había nacido pese a todas las dificultades y sufrimientos que habíamos pasado juntas. Me dejaron cogerla durante un instante. Luego tuve que volver a la habitación. Me encontraba feliz yo sola saboreando el nacimiento de mi hija y no quería estropearlo, de manera que no llamé a Don Per, que por otra parte me había prohibido despertarle, ni a mi familia, ni mucho menos a la suya. Tenía ganas de llamar a mis amigas Macarena y Rorro, a las que veía con poca frecuencia por lo sojuzgada que estaba, pero a las que seguía queriendo como cuando compartíamos habitación. Sin embargo no lo hice; habría parecido muy extraño que llegaran antes que mi propio marido y mis familiares y habrían hecho incómodas preguntas. Por fin al mediodía fue Don Per el que telefoneó. Sin mostrar precisamente entusiasmo, enseguida se lamentó, con intención de justificarse, de que tal como había anticipado, una diabética tenía altas probabilidades de no parir a un niño normal. Se refería a la falta de peso de Carolina. Confiada por el entorno seguro que era la clínica y ayudada por la energía que me había dado el ser madre, le contesté por una vez con decisión. Le dije que, en primer lugar, la niña era perfectamente normal y que ya iría ganando peso, y, en segundo, que yo no era diabética, que fue una mentira venial para evitar comerme el postre de nata. Se quedó descolocado y sólo supo añadir que entonces yo sabría lo que habría hecho para que la niña pesara tan poco. Sería de risa si no fuera en realidad para llorar. A modo de curiosidad diré que muchos años más tarde consulté a un médico qué efectos puede causar una diabetes en la madre al dar a luz y me contestó que únicamente el niño podría nacer con exceso de peso.

Acudió a visitarme Don Per con uno de sus despliegues florales de megalómano. Entre los centros y ramos que trajo, había uno muy espectacular de su padre y la mujer de éste, lo que me sorprendió sobremanera, dado el poco aprecio que nos teníamos y lo tacaños que eran, pero no le di mayor importancia. Al día siguiente se presentaron ellos en persona con nuevas flores y regalos. Prisa se habían dado para viajar a Madrid. Mi familia también acudió y se limitó, como era habitual en ellos, a mantener las formas. La situación en la habitación de la clínica era de lo más extraña. Don Per estaba muy amable, lo cual siempre me hacía recelar, pero es que además también estaba afectuoso con la mujer de su padre, a la cual se refería siempre como «la zorra» a sus espaldas. El trato con su padre parecía haber mejorado igualmente. Mi suegro, por su parte, me regalaba continuamente sonrisas llenas de dientes de oro y se empeñaba en complacerme con su característica lluviosa conversación. Su mujer se mostraba asimismo muy amable conmigo. ¿Era una sincera metamorfosis producida por el advenimiento de una nueva criatura a la familia? Más bien parecía un teatrillo de fin de curso en un instituto: todo olía a tremenda falsedad. ¿Pero por qué? No tardaría en saberlo. Al día siguiente Don Per se presentó en la clínica con uno de sus espléndidos regalos. Lo acompañó de un discurso conciliador en el que se mostró enormemente arrepentido por cómo me había tratado en la noche anterior al parto, pero también durante toda nuestra convivencia. Me dijo que había hablado con el médico y que le había explicado el estado en el que había llegado a la clínica. Había visto a nuestra hija en la incubadora, tan pequeña, tan frágil, tan necesitada de cuidados. Se había sentido cruel y despiadado y afirmó solemnemente que algo importante había cambiado en él. Hasta aquí su discurso no variaba sustancialmente de otros anteriores de arrepentimiento; si acaso, era más vehemente en su exposición, y en esta ocasión parecía haberse olvidado de mi cuota de responsabilidad en sus ataques de furia. Continuó diciendo que a partir de entonces todo iba a cambiar, que debíamos empezar desde el principio, teníamos que dedicarnos a ser felices los dos y a disfrutar de la vida, aprovechando ahora que todavía éramos jóvenes. Afortunadamente podíamos permitírnoslo, ya que disponíamos de dinero suficiente gracias a la fortuna de su padre. Con ese dinero podríamos viajar lo que quisiéramos, comprarnos una buena casa y tener servicio para que yo pudiera volver a estudiar. Pero claro, había que estar a buenas con su padre. Por otra parte, la niña va a necesitar continuas atenciones. Los dos queremos lo mejor para ella, ¿verdad? Si viajamos y tú estudias y nos dedicamos a buscar y comprar una casa que habrá que amueblar, la niña no va a poder estar bien atendida. Yo no llegaba, por inimaginable, ni a columbrar adónde quería ir a parar. Desde el principio de su discurso no me había creído nada en absoluto, tenía la certeza de que detrás de palabras con apariencia tan providencial se escondía algún tipo de objetivo abyecto, pero ignoraba cuál era. Entonces me alcanza unos papeles, me pide que los lea con atención y me dice que espera que estemos de acuerdo. A medida que mis ojos van descifrando las letras mi incredulidad aumenta. «No puede ser», pienso; «¡no puede ser!», pienso más alto; «¡¡no es posible!!», pienso gritando. Pero sí lo es, no he entendido mal, la cosa está bien clara: se trata de un contrato mediante el cual damos en adopción a nuestra niña a su padre y su mujer. «Sería un primer paso –me aclara con tecnicismos legales–, luego tendríamos que elevarlo a escritura pública y finalmente tendría que ratificarlo un juez. Pero yo creo que es lo mejor para todos –sigue aprovechando que todavía no he salido de mi estupefacción–, mi padre sabrá agradecerlo, por supuesto, y ella sería la heredera directa de la mitad de su fortuna.» «¿Es una broma? –reacciono por fin–. ¿Es posible que esto no sea una broma?» «No, Paulita, esto es en serio y está muy bien pensado –responde él–; la mujer de mi padre no puede tener hijos y para que nosotros seamos felices...» «¡Jamás voy a firmar eso! ¡Jamás voy a renunciar a mi hija!», le grito interrumpiéndole, algo que hasta ahora nunca me había atrevido. Él se sulfura por haberle interrumpido y porque no esté de acuerdo con el plan que ha pactado con su padre. ¿Qué esperaba? ¿Creía que me iba a avenir a renunciar a mi propia hija? ¿Pensaba que después de tantas torturas me había anulado por completo? Pues no. Yo podía estar psicológicamente desquiciada, vivir sumergida en el fluido del pánico y haber desarrollado branquias para poder respirar en él, en lugar de haberme rebelado y haber logrado salir de la pecera; yo podía ser un pelele, una marioneta bailando al son de los hilos que moviera Don Per, yo podía llegar a comerme mi propio vómito si me lo ordenaba bajo amenazas, ¡pero nunca renunciar a mi hija! Ya podía pegarme y torturarme todo lo inimaginable. Don Per eleva la voz y cambia de estrategia: ahora son amenazas y coacciones lo que antes era felicidad mutua. Su padre y la zorra (ahora soy yo quien la llama así con todo mi derecho) entran en la habitación, debían de estar en el pasillo a la espera de mi reacción. El padre de Don Per toma el relevo de su hijo y trata de convencerme con argumentos que él entiende como racionales; me dice que yo soy joven y todavía podría tener una docena de hijos, pero que su mujer no puede tenerlos a pesar de todos los tratamientos a los que se ha sometido, que incluso la ha llevado a Suiza y todo ha sido inútil. Don Per interviene para apoyar a su padre. La zorra habla de generosidad y de lo que le debemos a mi suegro por su apoyo económico. Yo no puedo más. Me dirijo a Don Per mirándole con desprecio: «O tu familia sale inmediatamente de mi habitación o comienzo a gritar y a tocar el timbre hasta que acuda todo el personal de la clínica.» Don Per sale con ellos de la habitación y vuelve al cabo de un rato. Me agarra de un brazo, me levanta a la fuerza de la cama y me lleva al cuarto de baño. Me pega. Tampoco la clínica es un lugar seguro, pero por lo menos sabe que no me puede dejar marcas, tiene miedo a que en ese entorno pueda revelar a las enfermeras o a los médicos su violencia. Me amenaza con matar a la niña si lo hago.

Tras irse Don Per, yo había podido volver a la cama, donde me encontraba llorando desconsoladamente cuando entró mi hermano en la habitación. Sorprendido, me preguntó por la causa de mis lágrimas. Estuve tentada de revelarle la verdad completa, pero sólo le conté la intención de Don Per de dar en adopción a Carolina y le relaté, suavizándolo, cómo me habían presionado para que accediera. Mi hermano no se lo podía creer. Me preguntó dónde estaba Don Per y al no saber darle cuenta de él, decidió quedarse a esperarlo. Apareció cuando acababan de dejar en un carrito la bandeja con la comida. Mi hermano se levantó y se abalanzó hacia él, tirando por el camino la bandeja. Le agarró de las solapas y le sacó de la habitación. Yo todavía pude oír: «¡Como le pase algo a mi hermana, te mato!» Agradecí enormemente el que mi hermano saliera en mi defensa, la única muestra de apoyo que hasta entonces había recibido de mi familia. Don Per se fue amedrentado. El violento que pegaba a su mujer a placer, se achicaba como lo hacían sus ojos cuando quien se le enfrentaba tenía suficiente fuerza como para oponerle resistencia. Apareció de nuevo en la habitación en cuanto mi hermano se marchó, de manera que habría estado cobardemente vigilando la puerta desde lejos en espera de su oportunidad para estar a solas conmigo. Lo primero que me preguntó fue que adónde había ido mi hermano. Le mentí diciéndole que había salido un momento a tomar un café, pero que enseguida regresaba. Seguramente esa mentira me libró de una violenta paliza. Luego me preguntó qué era lo que le había contado. En eso no le mentí. Yo notaba cómo, teniendo que contener el enfado en su interior, se le salía por los poros de su piel. No me habría sorprendido que hubiera comenzado a sudar sangre. Aunque en el fondo, su preocupación se había debido aliviar un tanto; yo no le había contado a mi hermano nada sobre palizas ni malos tratos, no era tan grave como él debió haber temido, pero, sin duda, yo merecía un escarmiento, un severo escarmiento, aunque, eso sí, a su debido tiempo. Don Per ya sabía lo que quería y no podía arriesgarse a que regresara mi hermano. Se fue dando un portazo para no volver a aparecer en la clínica durante los siguientes siete días en que todavía estaría internada.

15

Cuando me dieron el alta, no había nadie en la clínica para acompañarme a casa. Por supuesto Carolina seguía en la incubadora, donde todavía permanecería durante un mes. Pensaba en pasarme a diario, mañana y tarde, simplemente para verla, porque nada más podía hacer. Y lo cierto es que volví enseguida a la clínica, pero no a la que estaba mi hija, sino a La Paz, que es a donde me llevaron, supongo que en ambulancia, porque yo no estaba consciente. Nada más pisar el recibidor de casa, Don Per se abalanzó sobre mí como un loco, con tan buena fortuna que mi cabeza pegó contra el marco de una puerta, perdí el conocimiento y me hice una profunda y larga brecha. En esa ocasión la paliza fue breve. Recuperé el conocimiento en una habitación del hospital, con la cabeza ya cosida y vendada y Don Per a mi lado en la cama, acariciándome con cariño y haciéndome mimos delante del médico. Se apresuró a recordarme que me había caído cuando estaba subida en una banqueta de la cocina y me había golpeado con el marco de la puerta. Si el médico sospechó algo ante la premura y los nervios de Don Per para dejar clara y bien fijada la versión única de los hechos, nada hizo. Supongo que bastante gente (médicos, empleados de hotel, vecinos) tuvo sospechas e incluso certezas de cuál era mi situación. Si algo hicieron, fue únicamente compadecerse de mí internamente, lo cual no me servía de ayuda en absoluto. Nadie lo denunció, nadie se acercó a mí para interrogarme, para aconsejarme que le denunciara, para brindarme su socorro. No les culpo, eran otros tiempos y tampoco ellos tenían información. Hoy día cada vez la gente tiene mayor conciencia de que los delitos que ocurren entre las cuatro paredes de un hogar son igual de graves, si no más, que los que suceden en lugares públicos. Todo el mundo tiene el impulso de llamar a la policía si ve a un hombre golpeando a una mujer en plena calle, pero todavía hoy hay muchos que no lo hacen si oyen los golpes y los gritos a través de un tabique. Y entonces apenas había nadie. Los vecinos del piso de abajo demostraron una falta de compasión y un egoísmo atroces. Carolina había llegado por fin a nuestro infernal hogar. Era una niña llorona, lo que exasperaba a Don Per, que, como se ha visto, no necesitaba gran cosa para enfadarse. Las palizas habían continuado cotidianamente. Las iras de Don Per se dirigían muchas veces contra la niña, y yo me tenía que colocar en medio para ser sólo yo quien las recibiera. La vecina de abajo, una señora de mediana edad, subió un día y llamó a la puerta. Estaba yo sola en casa. Con toda la corrección formal del mundo me pidió que por favor le dijera a mi marido que dejara de dar tantos gritos y tantos golpes, que a su marido, que era ingeniero de caminos, precisó, y a ella les molestaba enormemente y que por favor administrara calmantes a la niña para que dejara de llorar. Esa visita tan cumplida y cortés se repitió en numerosas ocasiones e incluso llegó a ofrecerme sus somníferos por si me animaba a ponérselos a Carolina en el biberón o a Don Per en el *gin tonic*. Esto último no habría estado del todo mal.

Don Per no se resignaba a prescindir de los beneficios que le habría dado su herodiano plan de vender a su hija. Me lo echaba en cara cada vez que la niña lloraba, que era continuamente, o cuando le pedía dinero para hacer la compra y me lo daba de mala gana. Yo no sabía cuál era exactamente su situación económica. Él siempre fanfarroneaba de que a la muerte de su madre había heredado una auténtica fortuna, pero por lo visto su padre le ponía dificultades y trabas legales para impedir que la cobrara, y le debía soltar únicamente migajas, que si bien nos daban para llevar una vida que ya la quisieran muchos (evidentemente sólo en el terreno económico), a Don Per le debía de parecer poco. Seguro que en el acuerdo de adopción se solucionaban todos esos impedimentos. Don Per y su padre siempre andaban a la gresca con el tema de la herencia. Algo debió de arreglar con él, a pesar de que su plan hubiera fracasado; quizá, por el mero y firme intento de llevarlo a cabo, su padre se habría ablandado un tanto. El caso es que un día Don Per apareció con los planos de una casa de más de doscientos metros cuadrados en la calle Zurbano a la altura de José Abascal, una de las zonas más caras de Madrid. La casa era maravillosa, pero yo planteé mis dudas sobre si no deberíamos buscar una que pudiéramos pagar contando únicamente con el sueldo de Don Per, lo que nos daría de sobra para encontrar algo más que digno. Si no me llevé una paliza por ese comentario, fue probablemente porque Don Per estaba de buen humor ilusionado con su casaza y se conformó con soltarme una de sus características retahílas de desprecios: «¿Quién te crees que eres tú para opinar? El dinero es mío y no tuyo y me puedo comprar la casa que me dé la gana sin dar explicaciones a nadie y mucho menos a ti, ¿queda claro? Tú sólo eres la sombra que tengo a mi lado y no pintas nada, y mucho menos en temas de inversiones.» Así pues, compró la casa sin pensárselo dos veces. Pidió un crédito con cuyas letras se podría haber empapelado la casa entera. Él confiaba en que cada mes su padre se hiciera cargo de la mitad del pago, pero no tardarían en tener desacuerdos que nos llevaron a vivir dificultades económicas.

El piso me sirvió de excusa para apartar de Don Per y (¡ay!) de mí a Carolina durante una temporada. Yo, que me había negado en redondo al retorcido disparate de la adopción, tenía ahora que entregar mi hija a mis padres. Tomé la decisión después de que Don Per nos diera una paliza a las dos en la que temí por su vida. Afortunadamente, los niños son de goma y, pese a los golpes que recibió, no sufrió consecuencias serias. Esa misma noche llamé a mis padres y les pedí que se quedaran con ella un tiempo, mientras nos mudábamos de casa, comprábamos los muebles y la decorábamos. Mi intención era tenerla alejada de su cruel padre durante un par de meses como mucho, con la esperanza de no sé qué milagro o qué improbable cambio. Pensando en estar simplemente esos dos meses sin mi pequeña, se me partía el corazón; no sé qué habría sentido si entonces yo hubiera sabido que la separación iba a ser mucho más prolongada. Don Per, como venganza a mi negativa a la adopción, impidió durante largo tiempo que volviera.

Don Per le había cogido el gustillo a firmar letras. Así compramos en un solo día los muebles de toda la casa, ya que los que había en la que hasta entonces teníamos alquilada eran del propietario. Y lo hicimos en una excelente tienda del barrio de Salamanca, que para algo tenía Don Per una fortuna o al menos de ello presumía constantemente. Al día siguiente firmó más y más letras para adquirir los mejores y más caros electrodomésticos. Al tercer día, vestimos los cuatro cuartos de baño y compramos alguna alfombra y alguna lámpara que faltaba, pagándolo todo con nuestras tarjetas de crédito. En tres días teníamos la casa puesta sin que hubiera un rincón al que le faltara un detalle y debíamos una cantidad de dinero cuya cifra mareaba. No había problema; mi suegro respondería o eso creía su hijo. Don Per me dio dos días de plazo para que trasladara nuestros enseres personales de la Castellana a Zurbano. Para una mudanza, que hubiera costado la mitad de una de las lámparas de las mesillas de noche, no había dinero. Y, por supuesto, Don Per no estaba dispuesto a ensuciarse las manos o a deslomarse, que bastante se manchaba las manos y bastante esfuerzo gastaba educando a su mujer. Tras mucho trabajo, en apenas una semana, ya estábamos viviendo ahí con cada cosa en su sitio, y al poco, Don Per dio una fiesta por todo lo alto, con camareros de un restaurante pasando los canapés, para enseñar a todas sus amistades, como un pavo real desplegando la cola, sus nuevas posesiones. Don Per estaba orgulloso de tanta perfección, de ser perfecto, el hombre diez, y de que yo estuviera en el camino, orgulloso de que no fuéramos como las parejas desastrosas que tardan semanas y meses en colocar sus cuatro trastos, que no se deciden a comprar el comedor de caoba, que tienen durante años una bombilla colgando desnuda del techo, parejas con hombres cuatro con cinco y mujeres cero patatero. Pasado un mes, cuando yo estaba planeando ya recuperar a Carolina, que en una casa tan amplia sus llantos molestarían menos a su padre y además éste estaba de especial buen humor por su nuevo estatus de casa, toda esa perfección se desmoronó de golpe por una razón muy simple: no teníamos dinero para pagarla. Don Per llegó un día muy enfadado tras haber hablado con su padre. Habían tenido un serio desacuerdo y, cómo no, la tomó conmigo. Me acusó de ser una holgazana, de vivir como una princesa sin aportar nada. Yo le dije que ya tenía bastante con ocuparme de la casa y de Carolina, que tendría que volver en breve. «Tú eres subnormal –me dijo–; tú eres subnormal y en tu casa nunca se han atrevido a decírtelo, así que te lo voy a explicar para subnormales: Carolina no va a volver hasta que tú pagues todas las deudas que has generado; tú no has querido dar a Carolina en adopción, mi padre se ha enfadado y ahora no nos da dinero, ¿lo entiendes?» Le repliqué que no tenía ningún inconveniente en trabajar si volvía Carolina. Aquella respuesta me costó que probara la dureza de las paredes de la nueva casa. Me empujó contra ellas, me dio patadas, tortazos y puñetazos, y cuando se cansó, me dijo que si no tuviera que ponerme a trabajar para pagar las deudas me mataría ahí mismo empleando el método para hacer sufrir más sofisticado de la historia de los crímenes, así que más valía que consiguiera traer dinero a casa porque de ello dependía mi vida.

16

Don Per había estado durante todo el domingo seleccionando anuncios de trabajo. Había considerado que un puesto de vendedora de enciclopedias con posibilidad de promoción a jefe de grupo de vendedoras era lo más acorde con mis posibilidades. El lunes a primera hora me había hecho llamar por teléfono a la editorial y por la tarde me dirigía ya a la entrevista de trabajo. Yo no había vendido nada en mi vida, mis estudios universitarios se truncaron apenas comenzados y mi experiencia laboral se limitaba a haber ayudado una temporada en la contabilidad de un negocio familiar. A pesar de tan penoso currículum, yo no estaba nerviosa. Había pasado trances tan duros que la perspectiva de enfrentarme a una entrevista de trabajo me parecía una nimiedad. La empresa era una de las más importantes del sector. Me recibió el director, una persona muy amable. Me comporté con una extraña seguridad en mí misma. No sé de dónde me surgió, podría decir que de la necesidad de conseguir el trabajo, pero lo normal en esas circunstancias es el efecto contrario, que una se ponga nerviosa y le pierda su ansiedad. El caso es que le gusté de entrada y yo lo noté desde el primer instante. Estuvimos charlando un buen rato, hasta que me comunicó ahí mismo que el puesto era mío. Se lo agradecí, pero le repliqué que yo no me había decidido todavía, que quería informarme, antes de aceptar, de las comisiones que pagaban y hablar de la posibilidad de una cantidad mínima mensual asegurada. El director se sorprendió un tanto de mi respuesta, pero creo que contribuyó a que me valorara más. Me explicó las condiciones exactas de las comisiones y me dijo que por el momento no era posible asegurar un mínimo garantizado, que ese privilegio estaba reservado para los jefes de grupo. «Hágame jefa de grupo», respondí sonriendo pero con seriedad en mis palabras. Él sonrió a su vez y me dijo que no era posible contratar a alguien que no tuviera experiencia en la calle como jefe de grupo. «Le advierto que yo aprendo rápido», insistí, pero como él no contestó nada, yo muy decidida me levanté, le tendí la mano y le dije que sentía haberle hecho perder su tiempo, pero que sin un mínimo garantizado el trabajo no me interesaba.

Don Per se despachó con todo un catálogo de insultos cuando le conté cómo había transcurrido la entrevista de trabajo. Me libré esta vez de los golpes, posiblemente por miedo a que me lesionara y no pudiera acudir a otras entrevistas, pero no escatimó sarcasmos sobre mis pretensiones de empezar mi vida laboral como jefa; sarcasmos que hubo de tragarse al día siguiente, cuando me llamó el director de la editorial y me solicitó una segunda entrevista. Supongo que las candidatas que habían acudido no le convencieron y que le había impresionado la seguridad en mí misma que demostré. Vamos, que me salió bien el farol. Tuvimos una negociación en la que no tardamos en ponernos de acuerdo, cediendo un poco por cada lado, y resultado de la cual fue un mínimo económico garantizado bastante decente y el compaginar mi actividad de vendedora de calle con la de jefa de grupo. Comencé a trabajar enseguida y he de decir que desde el primer momento el director supo que no se había equivocado. Yo iba a trabajar con muchos alicientes. En primer lugar, sabía que estaba ganando dinero para permitir la vuelta de mi hija Carolina, que era lo que más deseaba. En segundo lugar, prefería mi tiempo en el trabajo, donde conocía y trataba gente muy distinta y que nada tenían que ver con el círculo de amistades de Don Per, a mi tiempo de ocio, que no se podía llamar tal, sino más bien tiempo de tortura, así que pronto empecé a cerrar yo la oficina. Y en tercer lugar, y aunque parezca mentira, me gustaba mi trabajo, que suponía un reto con el que me demostraba a mí misma que no era la basura que Don Per quería hacerme creer que era. Las salidas a vender puerta a puerta, que tienen fama de ser un trabajo duro y desagradable, y no digo que no lo sea, me resultaban entretenidas pese a la cantidad de puertas que se me cerraban en las narices. Cuando íbamos en pareja, lo cual sucedía a menudo, celebrábamos entusiasmadas cada venta comentando muertas de risa los pormenores. Cuando iba yo sola, hacía lo mismo mentalmente. Mi labor como jefa de grupo también era interesante. Yo misma tuve que seleccionar y formar a un grupo de vendedoras, todas mujeres, por cierto, que era la norma de la empresa. Puedo decir que si desde mi boda mi vida iba cambiando continuamente para peor, el empezar a trabajar fue un cambio positivo, que me dio además esperanzas de que algún día lograra enderezar del todo mi vida.

Pero no todo era orégano en el monte de mi trabajo. Había otra jefa de equipo, una señora de mediana edad e ilustre apellido, que estaba acomplejada por el trabajo que desarrollaba, y eso que nunca había salido a hacer venta directa, y no paraba de repetir que ella no trabajaba por dinero, sino por hacer relaciones. Llevaba a la mitad de las vendedoras de la empresa y yo a la otra mitad. Mi mitad era notablemente más productiva que la suya, sin embargo nos repartíamos las comisiones del conjunto de las vendedoras sin hacer distinciones de si eran de su grupo o el mío. Harta de oírle decir que no necesitaba el dinero e indignada por el relajo con el que trabajaba, cuando me asenté en la empresa y noté que ya estaba muy bien considerada, exigí la independencia, que cada cual cobrara según sus resultados. Eso generó continuos roces entre nosotras. En cuanto a mi vida privada con Don Per, no había grandes variaciones. Seguía pegándome a las primeras de cambio, pero tenía cuidado para no dejarme marcas en zonas visibles, lo cual era una pequeña ventaja. En la primera paliza que me dio estando ya en la editorial, le advertí de que si me dejaba alguna marca, no iría a trabajar y me despedirían. Me agarró fuertemente de la cara y me dijo que como volviera a amenazarle, me haría una raja en cada mejilla y me obligaría a ir a trabajar con ellas. Lo cierto es que desde entonces se andaba con cuidado y no me pegaba con el puño ni con nada contundente en la cabeza, ni la intensidad de los golpes que me daba me dejaba, como en otras ocasiones, sin poder moverme al día siguiente. Su forma de torturarme era impidiendo que Carolina volviera a vivir con nosotros. De cara a mis padres, una vez agotada la excusa de la mudanza, había utilizado la del trabajo. Estaban encantados de tenerla con ellos por lo que no me pusieron dificultades ni me criticaron. Seguro que a mis espaldas sí lo hacían y me tachaban de mala madre y egoísta. No sabían que en realidad lo hacía por el bien de mi hija, ni el dolor que me producía estar separada de ella. Yo llamaba a diario y me emocionaba escuchando cómo iba avanzando en el lenguaje, pero cuando colgaba me entraba una profunda tristeza.

Yo me refugiaba en el trabajo, en el que me encontraba muy a gusto, salvo por los roces con la otra jefa de grupo, que se iban haciendo cada vez más insoportables. En una ocasión en que estaba en una empresa para gestionar una visita de mis vendedoras, coincidí en la sala de espera con el director comercial de una editorial de la competencia que se encontraba allí por similar motivo. Resolvimos la situación con humor y, aunque yo propuse que tiráramos una moneda al aire, él se empeñó en cederme la entrevista y retirarse; los dos estábamos de acuerdo en que con la fama de pesados que teníamos los comerciales de venta de enciclopedias, lo peor que podíamos hacer era el ponerles en el compromiso de que eligieran ellos. Añadió, a modo de piropo, que además, en ese supuesto caso, él no tendría nada que hacer frente a mí. Estuvimos charlando largamente sobre el negocio y sobre nuestras respectivas editoriales. En la que trabajaba él, todos los vendedores eran hombres y en la que trabajaba yo, todas mujeres. Hablamos sobre las ventajas y desventajas de uno y otro sexo como vendedores. Me comentó que llevaba tiempo pensando en crear un grupo de mujeres en su editorial y me preguntó si estaba contenta con mi trabajo. Le respondí que sí, pero, por si acaso, le dejé mi tarjeta. A los pocos días estaba entrevistándome con el director general de su editorial, que era, por cierto, la más importante del sector. Me hizo una generosa oferta económica que incrementaba bastante lo que yo ganaba entonces. Le dije que me lo pensaría. Con lo que ganaba en la editorial en la que estaba teníamos suficiente para pagar las deudas, pero según Don Per, no tanto como para pagar a una niñera que nos permitiera traer a Carolina. A pesar de los roces con mi compañera, yo trabajaba muy a gusto en donde estaba y además me sentía comprometida por la apuesta personal que el director había hecho por mí, de manera que sólo cambiaría de trabajo si ello servía para recuperar a mi hija. Conocía a Don Per y sabía que, aun teniendo dinero para una niñera (de hecho lo habríamos tenido si hubiéramos reducido gastos superfluos suyos), él era capaz de encontrar otra excusa para que su hija no volviera, y ni siquiera necesitaba una excusa. Le conté la oferta que me habían hecho. Se quedó encantado y tuvo la desfachatez de atribuir el mérito de mis progresos profesionales a sus violentas lecciones: «Ya sabía yo que tenías madera de mujer diez, ¿ves como nunca me equivoco? Ya empiezas a recoger los frutos de todo lo que te estoy enseñando, pero aún necesitas mucha escuela más para ser la mujer que quiero hacer de ti.» Contento de mi cambio de trabajo y de mi importante incremento de ingresos, me pregunta cuándo empiezo. Le respondo que no he aceptado el puesto, que he dicho que me lo iba a pensar. «¿Pero tú eres imbécil o qué?», dice Don Per ya sin alegría. «Sólo estoy dispuesta a cambiar de trabajo si vuelve Carolina; con esos ingresos tendremos para una niñera», respondo mientras mi corazón se acelera temiendo las consecuencias de mi valentía. Sus ojos se achinan detrás de sus gafas: «Yo programaré cuándo debe regresar Carolina y cuándo debe quedarse en casa de tus padres; esa niña me saca de quicio.» «Aceptaré el puesto cuando esté Carolina en casa», digo sin apenas poder acabar la frase porque recibo un fuerte bofetón. «¡No me retes, Paula! –exclama rabioso mientras me pega evitando darme de nuevo en la cara–, ¡no me retes que en esta ocasión estoy dispuesto a que salgas de casa con los pies por delante!» La paliza es más fuerte que las últimas que he recibido. Me hace jurarle por Carolina que aceptaré el nuevo trabajo y me amenaza diciendo que más vale que lo haga por mi bien y por el de la niña.

Al día siguiente fui a trabajar dolorida y con una confusión mental como si en mi cerebro hubieran anidado avispas. Me resistía a ceder a la violenta coacción de Don Per para que aceptara el nuevo trabajo. El ámbito laboral era hasta entonces un reducto en el que él no había entrado. En el trabajo me sentía libre. No podía ordenarme, porque no estaba allí, que visitara o dejara de visitar a este o a aquel cliente, que seleccionara a esta o a aquella vendedora. El tomar decisiones por mí misma me hacía sentirme persona, algo que en mi casa, donde tenía que consultar hasta las cosas más nimias, no ocurría. Esa intrusión en mi mundo libre me molestaba sobremanera. Ahora me lamentaba de haber condicionado el cambio de trabajo a la vuelta de Carolina. Me veía forzada a obedecer y aceptar el nuevo puesto, y Don Per no iba a ceder en que la niña volviera a vivir con nosotros, pero nunca se sabía cómo acertar. La racionalidad de que Don Per hacía gala, no era tal. Si las normas que él imponía hubieran sido igual de duras pero constantes y sujetas a una lógica, por lo menos yo me habría podido manejar mejor: era como jugar al ajedrez contra alguien que moviera su caballo como una torre cuando le viniera en gana. Si yo hubiera aceptado sin más el nuevo trabajo y, por tanto, el impedimento económico para que Carolina volviera hubiera desaparecido, Don Per podría haberse comprado un coche nuevo o simplemente haber alegado que no quería que la niña viviera con nosotros para que yo no la influyera y se convirtiera en una mujer tan tonta e inútil como yo. El haber presionado para que mi hija regresara podía, sin embargo, haber tenido algún efecto positivo. Desde que empecé a trabajar, yo había experimentado un sutil pero claro cambio en mi comportamiento. Me había reforzado la seguridad en mí misma y, aunque ni me lo planteaba por el terror en el que vivía, mi subconsciente sabía que en el caso de una separación sería capaz de vivir por mí misma y no iba a terminar con mi hija debajo de un puente. Don Per, en mayor o menor grado de consciencia, se habría dado cuenta de ello. Me había atrevido ya en algunas ocasiones a hacerle frente, aunque sólo fuera para decirle que si me dejaba marcas no iría a trabajar, y aunque cada enfrentamiento lo había atajado con su habitual violencia, sabía que corría el peligro de tensar demasiado la cuerda y hacer que me escapara o simplemente que me desquiciara tanto que no fuera capaz de trabajar y perdiera así los ingresos tan necesarios para seguir haciendo la ostentación de riqueza con que deslumbraba a los que le rodeaban. Su forma de ser le obligaba a imponerse sin fisuras ante lo que él tomaba como un inaceptable reto de David a Goliat («¡No me retes, Paula!», me dijo cuando se lo planteé), y terminó imponiéndose, qué remedio, pero no tardaría en buscarse una excusa para que la niña volviera. Cuando llegué esa mañana a trabajar, no sabía cómo, pero estaba dispuesta a no ceder ante sus amenazas. Sería tan sencillo como llamar al director de la otra editorial y decirle que no me interesaba su oferta. ¿Sería capaz de matarme Don Per? De una bestial paliza no me libraría, de eso estaba segura. Pero, ¿qué era una paliza más? Podría llevármela igual porque se me cayera sin querer un vaso. El problema era que la tomara contra la niña. Podría hacerla volver para mantenerla permanentemente torturada. No obstante, pensaba yo, se andará con cuidado con ella. La niña puede no adoptar la muda actitud de su madre ahora que estaba empezando a hablar. No tardaría en ir a la guardería, y cualquier cuidadora podría ver las marcas de la violencia por mucho que las cubriera su ropa. En muchas ocasiones yo habría asustado a cualquiera que me hubiera visto desnuda. Más asustarían los mismos moratones, las mismas marcas de los latigazos del cinturón en una niña. Sopesaba las posibles consecuencias, sin olvidarme de algo importante, que, aunque sólo fuera por una vez, yo me impusiera a Don Per, además de mantener el ámbito de mi trabajo completamente ajeno a sus influencias, mantener mi último reducto de libertad sin mancha, pero no fui capaz. En cuanto me senté a mi mesa, angustiada por las dudas sobre cómo actuar, vi sobre ella una nota de la otra jefa de grupo en la que me indicaba que determinadas reuniones semanales que teníamos para intercambiar información sobre nuestros respectivos equipos y no duplicar así el trabajo deberían hacerse en el futuro por escrito en vista de la irregularidad de mis horarios y de los percances que le ocasionaba el que yo no estuviera nunca localizable. Todo ello era absolutamente mentira e iba con copia al director de la editorial. No era una actitud nueva en ella: puñaladas traperas como ésa me habían ocurrido anteriormente; no les daba excesiva importancia y ya me ocupaba yo de dar mi versión al director, pero aquella vez me lo tomé a la tremenda. Lo magnifiqué para que me sirviera a mí misma como excusa y cambiar de trabajo no por causa de las amenazas de Don Per, sino por lo incómoda que estaba trabajando con mi compañera. No necesitaba más. Llamé al director de la otra editorial y acepté su oferta. Me despedí con tristeza de mi jefe y mis compañeras con la incómoda sensación en el fondo de mi alma de que no actuaba así por gusto ni convencimiento propio.

Pronto me hice con el nuevo trabajo, donde el ambiente era tan bueno como en el anterior y en donde además no tenía ningún enemigo. Algunas de mis antiguas compañeras vendedoras se cambiaron a mi empresa con el tiempo, más por no soportar a la jefa de grupo que se había quedado al mando de todas, que porque yo hiciera ofertas para traérmelas, que no quería perjudicar a la empresa que me había ayudado tanto. De esa forma, la cosa no varió demasiado. Excepto por los ingresos, que eran muy superiores a lo que me había esperado, pues además de un sueldo fijo que estaba muy bien, el producto se vendía mejor y las comisiones por tanto aumentaban. Al mes de empezar a trabajar allí, ya ganaba más que Don Per. Esa circunstancia, que acompleja a muchos hombres, no parecía disgustarle. Obvio es decir a estas alturas que no era precisamente por feminismo por lo que aceptaba de buen grado el que yo ingresara más que él. Nadie lo sabía y él tenía la seguridad de que yo no osaría revelarlo en su entorno. Lo importante para él era que teníamos suficiente dinero para ir pagando nuestras deudas y vivir holgadamente sin preocupaciones económicas, y nada más. Si yo le decía que llegaría tarde o que no iría a cenar a casa, él respondía que si era por un negocio que dejara una buena comisión viniera por la mañana si era necesario. No me faltaron ganas de serle infiel. Marina, una de las vendedoras de quien me hice muy amiga, y yo tonteamos durante unos días con unos periodistas a los que habíamos ido a vender a su periódico. Quedamos con ellos varias veces. Eran dos hombres muy simpáticos con los que pasamos buenos momentos. En una ocasión nos invitaron a casa de uno de ellos. Lo que allí pasó entre Marina y uno de los periodistas lo ignoro; la casa era grande y el otro periodista y yo permanecimos largamente sentados a solas uno junto al otro en la maravillosa galería de la casa. A mí me gustaba y estaba deseando que ocurriera algo más, pero por mi educación, por los estrictos principios que me habían inculcado, era incapaz de dar rienda suelta a mis deseos. Me decía que por respeto a mí misma, a pesar de mi situación con Don Per, no debía serle infiel. Dejamos de vernos, pero yo le leía en el periódico y más tarde le escuchaba en la radio pensando con tristeza en el tiempo perdido para el amor, gastado amargamente con Don Per. Afortunadamente, nunca es tarde para amar. Creo que es bastante común, y absolutamente comprensible, el que una mujer maltratada, una vez liberada, genere un rechazo por los hombres en general y tenga serias dificultades para empezar otra relación. No ha sido mi caso. No es que una vez separada me lanzara a buscar pareja, lo importante entonces era mantener a mi familia, pero sí que he estado siempre abierta a establecer una relación y he tenido siempre claro que Don Per era una excepción, un tipo de excepción que desgraciadamente abunda, pero ni mucho menos representa a la generalidad de los hombres.

17

Por fin volvió Carolina. Un día Don Per, tras hablar por teléfono con la niña (algo que rara vez hacía), me dijo que iríamos a buscarla porque, de tanto estar con personas mayores, se estaba convirtiendo en una resabiada y era necesario que él le enseñara a ser una niña normal. Esto último me dio auténtico pavor, pero la alegría de recuperar a mi pequeña me hizo no plantearme las consecuencias negativas que se pudieran derivar de su vuelta. Don Per había querido dejar claro que la niña volvía no porque yo se lo hubiera pedido, ni mucho menos porque le hubiera amenazado, ya hacía algún tiempo, con no aceptar el cambio de trabajo. Además había querido meterme miedo. El hacer que me arrepintiera de lo que había deseado era una táctica común en él. Como en el episodio de la lata de piña. «¿Quieres que vuelva tu hija?, muy bien, pues va a volver para que la veas sufrir delante de tus narices», así era su planteamiento. Pero a pesar de ello, acepté encantada su regreso. Era una niña preciosa, simpática, muy inteligente y hablaba como un lorito. Pero todo lo que a mí me parecían virtudes en la niña, a Don Per le parecían defectos. El hecho de que hablara tanto le sacaba de quicio. Como si quisiera imponerle desde pequeña el mutismo que a mí me había impuesto, la mandaba callar continuamente, haciendo valer su autoridad a gritos y tratando de atajar sus llantos de niña asustada con azotes y bofetadas. Yo animaba a la niña a hablar cuando él no estaba y manteníamos entrañables conversaciones llenas de gracia. Los golpes a Carolina se fueron agravando. Yo trataba de protegerla, de interponerme entre él y ella, de mantenerla lo más alejada posible de su padre. Pero llegó el día en que por su bien tuve que tomar de nuevo la dura decisión de enviarla otra vez con mis padres. No sé qué excusa me inventé entonces, pero mis padres no preguntaron demasiado porque se habían encariñado de la pequeña y la echaban mucho de menos. La situación se repetiría varias veces en el futuro y la pobre Carolina, durante su infancia, parecía una bola de *ping-pong* rebotando de una casa a otra.

Pero esta segunda separación no duró tanto como la anterior. Circunstancias inesperadas jugaron a mi favor y nos llevaron a fijar nuestra residencia en la provincia de Alnorte, cerca de la casa de mis padres, por lo que, aunque Carolina viviera con ellos, yo podía verla con frecuencia. Ocurrió que a Don Per le despidieron del trabajo. Sí, así fue. Al hombre perfecto, que nunca fallaba, al prestigioso directivo sin el cual la empresa no podía funcionar, al abogado y economista con varios títulos de másters en la pared de su despacho y que hablaba tres idiomas le despidieron simplemente por llegar tarde. Las dos primeras amonestaciones que le enviaron debieron ir directamente a la papelera, confiado en su valía, pensando que aquello eran simples pataletas del director general. Llegó la tercera y con ella el despido en firme. Fue una pena que yo no estuviera delante cuando abrió la carta, me habría encantado ver la cara de pazguato que se le debió de quedar. Estoy segura de que la empresa salió ganando y que, en todo caso, no le faltaba un ápice de razón para el despido. Don Per era incapaz de levantarse a su hora por las mañanas. Si trataba de despertarle, me tiraba lo primero que tenía a mano, un zapato, un cenicero o lo que fuera. Luego, cuando por fin se levantaba al mediodía, me echaba la bronca y me insultaba por no haberle despertado.

Afortunadamente, Carolina no vivió con nosotros durante el mes en el que Don Per estuvo buscando trabajo. Yo tenía que trabajar y no podía quedarme en casa para cuidar de ella. Hubiera sido horrible y no me quiero imaginar las consecuencias que habría tenido que esa temporada, con su irascibilidad a flor de piel, superando su humillación a base de agresividad, como una fiera herida, Don Per hubiera convivido durante días y días encerrado en casa con su hija y sin mi presencia. No le fue difícil encontrar un trabajo, a pesar de sus aspiraciones. Su currículum era muy bueno y de entrada Don Per caía muy bien. Sólo quienes llegaban a conocerle a fondo podían intuir su lado oscuro. Le ofrecieron un puesto de director financiero de uno de los departamentos de una gran empresa metalúrgica en una ciudad de la provincia de Alnorte, a la que llamaré Cercana, por estar cerca de casa de mis padres y por tanto de Carolina. Las condiciones económicas eran notablemente mejores que en el trabajo anterior. «Despídete de tu empresa, que nos vamos a vivir a Cercana», me dijo concisamente. También me informó de que había decidido poner en venta el piso de Madrid, de modo que nuestra economía se sanearía. Yo estaba muy apenada por dejar mi trabajo y a mis compañeros, pero muy contenta por saber que iba a estar cerca de Carolina y que, si era imposible que viviera permanentemente con nosotros, por lo menos podría visitarla muy a menudo. Mi vida volvía a dar un giro. Yo lo esperaba con ilusión, deseando con optimismo que fuera para bien. Apenas me dio tiempo a despedirme de los nuevos amigos y amigas que había hecho en el trabajo y que tanto me ayudaron, sin saberlo, a hacer mi existencia algo más llevadera, y en breves días cogíamos ya la carretera que unos tres años antes había recorrido en sentido inverso con mi padre para ingresar en la universidad. ¡Sólo tres años y me parecían tres siglos!

18

Nos instalamos en Cercana con celeridad en el primer piso que encontramos con un alquiler que se podía asumir. En tanto no se vendiera la casa de Madrid, debíamos hacer frente a un doble gasto por vivienda, y aunque Don Per había aumentado con mucho sus ingresos, yo no aportaba ya los míos. Convenía que encontrara trabajo cuanto antes. No me fue tan fácil como en la ocasión anterior, pero tampoco tardé demasiado. Una compañía norteamericana de cosméticos buscaba una persona para abrir una delegación en la provincia de Alnorte. Yo fui esa persona. Tras un par de entrevistas a las que tuve que acudir en Madrid, pasé la selección. La multinacional tenía prisa para montar la delegación y yo también para empezar a trabajar, no sólo por desahogar nuestra economía, sino para formarme de nuevo mi propio mundo libre. Al cabo de un mes ya teníamos una oficina funcionando con una secretaria recepcionista, una asesora de belleza y varias vendedoras. Pronto se convirtieron también en mis nuevas amigas. Alejandra (la esteticista), Luisa (la secretaria), Marta (la jefa de ventas) y yo formamos un grupo que solía quedar después del trabajo para charlar y tomar algo. Don Per seguía con sus violentas lecciones, y quizá porque con su nueva posición y con la venta de la casa de Madrid, que se produciría en cualquier momento, mi trabajo ya no tenía la importancia de antes, no se recataba a la hora de agredirme en zonas visibles. Entre mi nuevo grupo de amigas me gané enseguida fama de patosa. Pensaban que me pasaba la vida cayéndome, tropezándome, golpeándome con todo lo que se me pusiera por delante. Me empezaron a llamar el patito feo. Yo disimulaba como podía y no sé cómo era capaz de contar con humor, después de una brutal paliza, la historia que me había inventado para justificar un ojo morado o una manifiesta cojera. De nuevo la vergüenza, la incapacidad asombrosa para huir, la resignación inexplicable, la parálisis mental. ¿Cómo era posible que fuera capaz de montar eficazmente una delegación de una empresa, ser considerada por jefes y empleadas como una mujer competente, inteligente y fuerte y al mismo tiempo permitir en mi vida privada semejantes maltratos y humillaciones? Lo cierto es que así era. Mi vida en Cercana se parecía demasiado a mi vida en Madrid. La única diferencia notable era que cuando me veía obligada a alejar a Carolina de su padre, lo hacía a pocos kilómetros de donde yo estaba y, si en ese momento no tenía marcas, podía visitarla. Porque yo contaba imaginativas historias a mis amigas, pero no me atrevía a hacerlo con mi familia. Era incapaz de presentarme delante de ellos con un ojo morado y explicar con serenidad cómo había sido tan tonta de darme con la puerta. Debido a la menor distancia que nos separaba y a que se hicieran cargo de mi hija con frecuencia, mi familia y yo templamos nuestras frías relaciones. Durante los meses de verano, adoptamos la costumbre de acudir los fines de semana en que Don Per estaba de buenas a la casa de mi abuela, donde coincidíamos con mis padres y otros familiares y donde Carolina podía correr por el jardín y jugar con los hijos de mis primos. Parecíamos una familia feliz. Nadie se podía imaginar que cuando el domingo volvía a mi casa, me esperaba un infierno. Durante alguno de esos fines de semana, mi hermano se iba a nuestra casa de Cercana, para salir con amigos que tenía allí y para disfrutar de mayor libertad de horarios. Cuando me pidió el piso por primera vez, no me atreví a consultarlo con Don Per y se lo dejé a escondidas. Así acudió varios fines de semana, pero yo lo pasaba fatal cada vez que regresaba a casa temiendo que un despiste de mi hermano hiciera que Don Per descubriera que había estado allí. Decidí pedirle permiso y al principio se negó de malos modos, pero pasado un tiempo, accedió sin ningún motivo aparente, si bien le impuso a mi hermano un rosario de estrictas instrucciones de comportamiento en el piso, la más importante de las cuales consistía en la prohibición terminante de que nadie salvo él entrara en la casa y muchísimo menos se le ocurriera llevar a una chica. Tampoco hubo ningún motivo aparente para que al tercer fin de semana en que mi hermano había ocupado nuestra casa con consentimiento de Don Per, éste decidiera de improviso el sábado después de comer que regresábamos a Cercana. No tuve oportunidad de avisar por teléfono a mi hermano y pasé las dos horas que duraba el viaje desde el pueblo de mi abuela deseando con toda mi alma que todo estuviera en orden y que no hubiera ocasión de pillarle en flagrante incumpliendo alguna de las estrictas normas que había impuesto Don Per. No fue así. Llegamos hasta la casa y Don Per, como si hubiera tenido una revelación de lo que iba a encontrarse, quiso subir solo mientras Carolina y yo esperábamos abajo. Regresó y me dijo que él se quedaría con Carolina, que subiera yo, abriera la puerta sin llamar, me dirigiera directa a nuestro dormitorio y le dijera a mi hermano y a la puta, o lo que fuera, que estaba con él en nuestra cama que salieran de la casa en menos de un minuto, e insistió en que no se me ocurriera llamar al timbre. Don Per debió de haber entrado sigilosamente en la vivienda y debió de salir igualmente con el objeto de que yo no me perdiera el espectáculo. Llamé insistentemente al timbre desobedeciendo a Don Per y apareció mi hermano a medio vestir y nervioso, aunque no tanto como estaba yo, que sabía que las represalias de Don Per serían de las más brutales. Nos fuimos a una cafetería Don Per, Carolina y yo a esperar durante quince minutos a que mi hermano desalojara la casa. Don Per estaba muy serio, mirando el reloj con sus ojos achinados sin decir palabra. Yo sentía el pánico en el tuétano de mis huesos. Subimos al piso y me da orden de que bañe, dé la cena y acueste a Carolina, todo ello en menos de media hora, porque tiene prisa en ocuparse de mí. Mis nervios son tales que no atino con nada, se me caen las cosas, me tropiezo con todo, como si fuera de verdad el patito feo, y no logro cumplir el horario. Don Per me insulta continuamente. Acuesto a Carolina y no quiere dormirse. Don Per entra en el dormitorio y comienza a gritarme a mí y a la niña, que comienza a llorar. Don Per la saca de la cama y le da unos tremendos azotes que le dejan el culito rojo como un tomate. Yo intento evitarlo, trato de que no le pegue tan fuerte y Don Per me aparta de un bofetón. Acuesta a la niña, que llora desconsoladamente, y a mí me lleva a empujones hasta nuestro dormitorio. Me ordena que quite las sábanas y le dé la vuelta al colchón. Una vez que lo he hecho, me empieza a golpear y me restriega violentamente las sábanas por la cara. Me dice que me coma la sábana de abajo. Me golpea repetidamente para que lo haga. Me la empieza a meter él en la boca a la fuerza. Logra introducirme una gran cantidad de ella y me dan arcadas. Estoy a punto de asfixiarme. Don Per me dice que ha llegado mi hora, que va en serio esta vez, que voy a morir. A mí no me importa; ni los llantos que llegan lejanos de la habitación de Carolina me conmueven, estoy derrotada. Mi humillación es una carga con la que no puedo. De pronto, deja de pegarme. Me saco la sábana de la boca. Me levanta cogiéndome del pelo, me lleva a empujones y patadas hasta el salón y me ordena que me siente a una mesa. Me acerca papel y bolígrafo y me dice que empiece a escribir mi testamento. No hago nada. Me pega un golpe en la cabeza y me dice que escriba, que es fácil, que como todos los bienes son suyos, sólo tengo que poner que tras mi muerte mi deseo es que Carolina sea adoptada por su abuelo paterno y su mujer. He asumido el fin y ya nada me importa. Le digo que no voy a escribir y que me mate ya. Me cae una lluvia de golpes y pienso que de verdad va a hacerlo, pero no; se detiene y me agarra fuertemente la cara: «Tú lo que quieres es que vaya a la cárcel y arruinar así mi carrera profesional y encima que cargue con la mierda esa que has parido. Pretendes que te haga mártir y que el Papa te santifique; pues no te vas a salir con la tuya, soy capaz de hacerte cosas peores que la muerte.» Yo sabía entonces, y pude comprobarlo más adelante, que esa amenaza tenía fundamento, pero afortunadamente el instinto de supervivencia es increíblemente fuerte y el instinto maternal también, y hoy, viva y libre, me alegro de que no me matara.

19

¿Qué más podía hacerme Don Per que no me hubiera hecho ya? Desde el principio su violencia había sido brutal, y episodios como el de la lata de piña o el más reciente de la sábana eran difíciles de superar. Pero la persistencia en esas torturas las hacían cada vez más horribles. Hay cosas a las que una persona no puede ni debe acostumbrarse. Quizá yo me había acostumbrado en parte. Había asumido que ésa era mi vida, el estigma con el que tenía que vivir. Sin embargo me invadía un gran cansancio, una sensación de falta de esperanza que me generaba un agotamiento psicológico. Y el miedo que me producía cada arranque suyo de ira era tan fuerte como el de la primera vez. Por otra parte, su preocupación por las marcas visibles que me dejaba y que podrían delatarle era cada vez menor. Se sentía seguro. Sus palizas empezaron a producirme serias secuelas físicas. Cuando vendimos por fin la casa de Madrid, Don Per consideró que, en la comida en la que se cerró la negociación con el matrimonio que lo compró, yo había cometido un gravísimo error: había intervenido para favorecer una postura intermedia entre la de Don Per y la del comprador, lo cual fue precisamente lo que hizo posible la venta al precio que a priori Don Per tenía pensado. Cuando llegamos al hotel, me ordena ponerme el vestido que esa mañana, eufórico por la posible venta, me había regalado. Don Per tiene las tijeras en la mano y yo ya sé que el vestido va a terminar hecho pedazos. Pero esta vez, mientras corta el vestido, me hace cortes en la piel y los trozos de tela se mezclan con mi sangre. Luego corta mi ropa interior y, desnuda, me da una paliza. Al día siguiente tengo que acudir al notario porque mi firma es necesaria. No puedo con mi cuerpo ni con mi alma, pero Don Per me obliga a ir. Sacando fuerzas del miedo a que la paliza se repita, acudo cubierta por unas enormes gafas de sol, un jersey de cuello alto y mi melena peinada tapándome media cara, lo que no evita que el matrimonio comprador y el notario pregunten por mi estado y yo les tenga que contar que me he resbalado en la ducha. De otros episodios posteriores salí todavía peor parada, con costillas rotas o con brechas en la frente. Si algún día se acababa todo esto, si algún día se cumplía la predicción de la gitana, ¿me quedaría el cuerpo suficientemente sano como para emprender una nueva vida?

Poco después de la venta del piso de Madrid, Don Per compró otro igual de amplio, si no más, en Cercana. Yo me preguntaba para qué queríamos tantas habitaciones, cuando, como si fuera una broma pesada del destino, me volví a quedar embarazada. No me explico cómo pudo ocurrir, yo tomaba todas las precauciones posibles. En primer lugar, evitaba cuanto podía el tener sexo con Don Per. Cada vez me daba mayor asco y lo llevaba peor, pero en ese aspecto poco estaba en mi mano: si a él le apetecía, una negativa podía ser causa de una paliza y una violación. También intentaba que se pusiera preservativo, lo que además de proporcionar mayor seguridad, paliaba parcialmente mi asco al no entrar en contacto con su semen. Pero a Don Per no le gustaba y sólo lograba a veces que se lo pusiera. Por último, tomaba pastillas anticonceptivas que mi amiga Diana me enviaba regularmente desde París. A pesar de todo ello, me quedé embarazada. Y si cuando supe que estaba embarazada de Carolina tuve sentimientos contrapuestos, en esta ocasión sólo tuve sentimientos y pensamientos en una sola dirección. La vida de Carolina, aunque su existencia era el único motivo por el que yo aguantaba, estaba siendo terrible. Cuando Don Per descargaba su violencia sobre ella, yo sufría más que en las peores palizas. El estar separada con frecuencia de mi hija me desesperaba. La necesitaba cerca de mí. Se daba la triste paradoja de que cada vez que Carolina volvía con nosotros, yo me sentía egoísta, pues sabía que estaba más segura con mis padres, en tanto que mis padres pensarían que era una egoísta cada vez que se la dejaba a ellos. Así pues, lamenté profundamente el haberme quedado embarazada y la idea de ir a traer un nuevo ser a mi infierno no me era en absoluto grata y sabía que aumentaría el sufrimiento, no sólo para mí, sino para el hijo que viniera. Como con el primer embarazo, Don Per no mostró la más mínima alegría, antes al contrario, me culpó del problema que suponía el haberme quedado en estado ahora que, debido a la compra del nuevo piso, mi trabajo era necesario de nuevo. A la advertencia de que no engordara ni un gramo, en esta ocasión sumó la de que tendría que trabajar hasta el último día del embarazo y desde el día siguiente al del parto; no estaba dispuesto a que, por un error mío al tomar precauciones anticonceptivas, me echaran del trabajo y nos viéramos con problemas económicos, que bastante los había creado ya por no haber dado a Carolina en adopción. Se repitió la misma falta de peso en el embarazo que desconcertaba al ginecólogo. Y también se repitió el desinterés total por el nacimiento de su hijo que ya había mostrado Don Per, pero por fortuna en esta ocasión no me obligó a permanecer hasta las seis de la mañana en una sala de fiestas. Aunque faltaba un mes para cumplir los nueve de embarazo, yo sentía que estaba ya de parto y pedí a Don Per que aplazara un viaje de negocios que tenía previsto y me llevara a la clínica. Con su habitual displicencia, me llamó histérica y se fue sin cambiar sus planes. Al día siguiente tuve que ir conduciendo mi propio coche a la clínica después de haber roto aguas. Menos mal que entonces teníamos ya una chica de servicio interna, Isabel, que pudo hacerse cargo de Carolina, quien en esa temporada se encontraba viviendo con nosotros. Si el ginecólogo andaba desconcertado por el poco peso que había ganado durante el embarazo, mucho más se desconcertó al ayudar a nacer a dos niños. ¡Gemelos! Mi sorpresa fue todavía mayor. Aunque en un principio hubiera lamentado haberme quedado embarazada, en el transcurso del embarazo había ido surgiéndome la ilusión y el amor por el niño o la niña que fuera a venir, e incluso había concebido, ilusa de mí, esperanzas de que su llegada cambiara las cosas. Lo primero que me planteé fue cómo se lo tomaría Don Per. «¿Gemelos?, eso está bien para los puños de las camisas», fue su comentario cuando se lo dije por teléfono. No esperaba nada más cariñoso. Los niños pesaban muy poco, pero estaban perfectamente de salud, ni siquiera necesitaron la incubadora. Eran dos niños preciosos con grandes ojos negros y muy morenos, se diría que habían llegado de unas vacaciones en Canarias. No lo apreció así Don Per cuando después de dos días regresó de su viaje y los vio en la clínica. Decía que eran muy feos y que parecían ratones y no disimulaba su doble disgusto porque fueran gemelos, recriminándomelo como si yo hubiera intervenido activamente en ello. Decidimos (decidí yo, más bien) llamarles Ignacio y Miguel.

En cuanto volví a casa empecé a sufrir un nuevo calvario entre los celos de Carolina, los llantos de Ignacio, que era el más llorón, y la tiranía de Don Per. Empecé a trabajar en la delegación de la empresa de cosméticos a los pocos días de haber parido, más por imposición de Don Per, que porque mis jefes de Madrid me lo solicitaran. A pesar de la ayuda de Isabel, que tenía lo suyo para mantener limpia y en orden la casa y cumplir con todas las exigencias de Don Per, que podía mandar planchar tres veces la misma camisa hasta que quedara a su gusto, el trabajo con los niños se me acumulaba. Don Per había decidido que no durmieran en nuestra habitación, sino en la más alejada de la casa. Yo me había intentado negar, pero ante Don Per no existían las negativas y tampoco le había valido el que yo me fuera a dormir con ellos. Atenta siempre para escuchar su llanto, que hasta ahí llegaba muy atenuado, yo no era capaz de dormir sino muy superficialmente y me pasaba las noches yendo de una habitación a otra. Una noche Don Per se despierta y se dirige a la habitación de los niños, donde me encuentra con Ignacio en brazos tratando de calmar su inconsolable llanto. Don Per me ordena que lo deje en su cuna, cierre la puerta y regrese a la cama. Le argumento que cuando llora así se pone morado y que no llora por capricho, sino porque algo le sucede. Me insiste y me amenaza. Por una vez le desobedezco. Sé lo que me espera, pero el color que tenía el niño al cogerlo me hace temer que pueda morir. Don Per vuelve a nuestro dormitorio, lo que no me tranquiliza en absoluto. Sé que toda la falta de paciencia que tiene con los niños o conmigo, se torna en lo contrario cuando se trata de aplicar sus represalias. Pasa media hora e Ignacio se ha calmado. Lo dejo en la cuna, le doy un suave beso y vuelvo a nuestro dormitorio deseando que Don Per esté dormido. No es así, está sentado en la cama fumando un cigarrillo con el ceño fruncido y los ojos achinados. Apaga el cigarrillo y enciende otro. Comienza su paciente discurso, uno de sus preámbulos absurdos, ofensivos, desquiciados y desquiciantes: «Por tu culpa me he desvelado y mañana trabajo. Mi trabajo es más importante que el tuyo; es más, todavía tengo dudas de que hayas comprendido que yo soy más importante que tú. Te advierto que si esto sigue así, os tiraré a los cuatro por la azotea. De verdad, Paula, no sé qué piensas de la vida: primero traes al mundo a una niña insoportable y ahora te descuelgas con estos dos monos de feria; eres tonta hasta para quedarte embarazada. Más vale que para mañana mismo encuentres una solución...» En este momento Ignacio comienza a llorar de nuevo. Don Per sigue con su ridícula diatriba, pero yo no le presto atención, sólo me preocupa qué hacer, si seguir con mi papel de muda sumisa o ir a calmar al niño. Me da pánico desobedecerle por segunda vez, pero se me representa mentalmente el bebé morado, asfixiado en su propio llanto. Me levanto y salgo corriendo. Don Per no me ha seguido y puedo calmar de nuevo al niño. Cuando regreso a la habitación espero la paliza, pero no, todavía tengo que soportar antes más insultos: «Tú no aprendes, Paula; primero desobedeces mis órdenes y luego te vas sin dejarme terminar lo que quería advertirte por tu bien. Eres un desastre de mujer, no sé de qué materia tienes el cerebro, seguramente una amalgama de serrín y pus. ¿Qué hago contigo, Paula?, ¿no ves que no me dejas más opciones que ser duro contigo?» Soporto en silencio estas y parecidas cosas hasta que, como no podía ser de otra forma, llega la paliza. Me pega puñetazos y patadas con especial rabia y fuerza. Algo ha hecho crac en mi tórax y siento un agudo dolor. Probablemente me ha roto alguna costilla.

Efectivamente, a la mañana siguiente el dolor agudo persistía. Me dificultaba la respiración y todo parecía indicar que me había producido una lesión interna. Antes de salir a trabajar, Don Per me amenazó con ahogar a los niños si se me ocurría visitar a un médico. Sin duda tenía miedo de que un médico llegara a la conclusión de que esas lesiones sólo las podría haber producido una paliza, y cualquier cuento sobre resbalones en el baño, volantes incrustados en frenazos o puertas inesperadamente cerradas en la oscuridad no serían creíbles por la magnitud y lo variado de los golpes. Me vendé yo misma el tórax como pude. Don Per regresó del trabajo con afán reconciliador, pidiendo perdón pero al tiempo responsabilizándome, como tantas veces. Me llevó a cenar a un lujoso restaurante, con la cara morada y el tórax malamente vendado. Yo le acompañé como una muerta viviente, y lo hice únicamente por miedo a que, si me negaba a ir, me siguiera rompiendo costillas. No pronuncié ni una sola palabra durante la cena, y no lo digo como expresión hiperbólica, sino literalmente. Tuvo él que elegir mis platos porque yo no contestaba al camarero. Ni siquiera cuando a los postres me entregó el regalo, que tuvo que abrir él, dado que yo no movía un músculo ni pestañeaba, pronuncié palabras de agradecimiento. Se trataba en esta ocasión de una sortija con un diamante de tres quilates que Don Per me puso primero delante de la nariz para que la observara y luego en mi dedo, mientras me explicaba que su padre había vendido unos terrenos de su madre y le había tenido que dar su parte. No parecía afectarle mi silencio; él lo decía todo, incluida la declaración de amor con que solía terminar este tipo de cenas de arrepentimiento. Supongo que pensaba que aunque yo siguiera en estado de choque, el detalle de una cena romántica, el detallazo de un regalo desproporcionado y sus encendidas palabras amorosas no caerían en saco roto y que el mutismo se me pasaría en breve. Lo que no se me pasaba ni en breve ni a la larga era el dolor de tórax. Transcurridos unos cuantos días, no pude aguantar más y me fui a un ambulatorio del extrarradio de la ciudad, donde me hicieron una radiografía y me confirmaron que tenía cinco costillas rotas, algunas de las cuales habían empezado a soldarse mal. Me vendó el traumatólogo, escamado por el origen de los golpes, sin creerse mi versión, pero sin hacer tampoco nada por averiguar la verdad. Los temores de Don Per de que un médico pudiera crearle problemas eran infundados. Al regresar a casa, Isabel me planteó que quería marcharse, que buscara otra persona para la casa y el cuidado de los niños. Al principio no me quiso decir los motivos, pero yo le ofrecí más dinero y al rechazarlo le insistí para que me explicara el porqué de su decisión. «Señora –me dijo por fin–, aunque usted meta las sábanas en la lavadora, limpie las manchas de la moqueta y tire las almohadas para comprar otras nuevas, siempre quedan restos de sangre y, cuando tengo que limpiarlos, se me rompe el corazón; aunque la casa es grande, yo oigo los gritos y los golpes del señor y muchas noches no paro de llorar por lo que usted tiene que sufrir, y de verdad, señora, yo no puedo aguantar más esta situación.» Pobrecilla Isabel.

A Isabel la sustituyeron dos señoras: María, que era puericultora, para cuidar a los niños, y Ana para encargarse de la limpieza. Ambas internas como Isabel, por lo que a partir de entonces tuve especial cuidado en no olvidarme una puerta abierta y en disimular mejor la huellas de cada agresión para que no fueran testigos de nada desagradable y se marcharan. No llevaba mucho tiempo María a nuestro servicio cuando me telefoneó a la oficina alarmada porque al darle el biberón a Miguel había observado que no respiraba bien. Salí disparada de la oficina y al llegar a casa comprobé que efectivamente el niño tenía serios problemas para respirar. Lo llevé inmediatamente al pediatra, que vivía y tenía la consulta en el piso de abajo del nuestro. No supo a ciencia cierta cuál era la causa de la dificultad respiratoria y le puso un tratamiento a base de sulfamidas y cortisona. Pasaban los días y Miguel no mejoraba. El pediatra me pedía paciencia y trataba de tranquilizarme. No me gustaba su tono y estaba preocupada, pero mucho más me preocupé cuando recibí una llamada de una amiga que había coincidido en una cena con mi pediatra y, sin saber que me conocía, le había comentado que uno de los gemelos del piso de arriba estaba muy grave y a punto de morirse. En cuanto colgué, se lo conté a Don Per y le apremié para que fuéramos inmediatamente al hospital. «Tú cuando no tienes una cruz te la fabricas con dos palitos», me soltó sin dejar de ver la televisión, y añadió que él no se movía de casa a esas horas por histerias de cotillas como mi amiga y yo. Tuve que llevar yo sola a Miguel a urgencias del hospital, sujetando su capacho sobre el asiento del acompañante con la mano derecha mientras conducía con la izquierda. Allí me confirmaron la gravedad del estado de mi hijo y me informaron con sinceridad de que su vida peligraba seriamente. También me dijeron que la errónea medicación que le había suministrado nuestro vecino había contribuido a agravar su situación. Le ingresaron en la unidad de cuidados intensivos y le proporcionaron oxígeno, que era lo único que, por el momento, podían hacer. Yo aguardaba llorando por los pasillos del hospital, acompañada por mi madre, a la que había avisado al salir de casa y se había presentado allí sin tardanza. A Don Per le llamé en cuanto me pude serenar un tanto, y sus comentarios hicieron que el odio que sentía por el pediatra se trasladara hacia él y se acumulara al que de por sí y por innumerables causas ya tenía: «¡Qué se le va a hacer! La vida es así, unos nacen y otros se mueren; pero no esperes, Paula, que vaya a estas horas al hospital, nada va a cambiar porque vaya o no, lo que tenga que pasar sucederá.» Deseé con todas mis fuerzas que la predicción de la gitana se cumpliera cuanto antes.

Miguel permanecía estable, pero todavía en peligro. Estuve dos días con sus dos noches velándole sin haber dormido y sin haber tenido la posibilidad siquiera de cambiarme de ropa. En ese tiempo, Don Per no apareció por la clínica. Me lo encontré viendo la televisión cuando fui por fin a casa a ducharme, cambiarme y descansar un poco. Le informé de la preocupante situación del niño y mostró mayor indiferencia que si le hubiera hablado de una avería de mi coche: continuó viendo la televisión sin inmutarse. Tras permanecer ingresado durante quince días, Miguel volvió a casa. Felizmente había conseguido salir de ésa, pero los médicos me advirtieron de que el cuadro podría repetirse y que debía vigilarle e ingresarle en cuanto notara el primer síntoma de un nuevo ataque de asma. Tenía que evitar al máximo que el niño entrara en contacto con el polvo y me indicaron que para ello era conveniente que quitara alfombras y cortinas que pudieran acumularlo. También me informaron de que el clima seco de la meseta era para él más saludable que el húmedo de Cercana. Retiré las alfombras y los cortinajes y mentalicé a Ana de que tuviera especial cuidado en que no hubiera polvo en la casa. Don Per protestaba por esos cambios y también por los continuos llantos de Ignacio. Según me había contado María, durante los quince días en que yo había estado más tiempo en el hospital que en casa, Ignacio había llorado mucho menos, lo que fue prueba suficiente para Don Per de que la culpable de sus llantos era yo, sin pararse a pensar durante un segundo que la presencia de su hermano gemelo podía ser la verdadera causa y la simple casualidad podía tener también algo que ver. En una ocasión, el niño no paraba de llorar y yo fui a consolarle. Don

Per me lo quiso prohibir, pero, por la experiencia anterior, sabía que estaba dispuesta a que me pegara antes que dejar que mi hijo se pusiera morado. Me arrastró a la fuerza hasta la puerta de la calle, me empujó hacia fuera y puso la cadena para que no pudiera entrar. Permanecí durante un par de horas en el descansillo de la escalera desesperada oyendo llorar a mi pequeño. Y si su llanto me rompía el corazón y me hacía temer graves consecuencias, cuando callaba, su silencio me producía escalofríos y no podía evitar pensar que la desgracia había llegado ya.

Pensando en la salud de Miguel, mi madre me sugirió que alquilara una casa en un pueblo de León para que ella y mi padre pasaran ahí los tres meses estivales con los niños y nosotros fuéramos los fines de semana y el mes de vacaciones. Cuando se lo conté a Don Per, me soltó un par de bofetadas mientras me decía que quién me creía que era yo para programarle la vida. «Este verano yo me voy a la Costa Azul –prosiguió– y en mis planes no entran los niños; hasta ahora entrabas tú, pero creo que me lo voy a pensar mejor y me voy a ir con alguna de mis amigas anteriores a haber tenido la desgracia de conocerte.» Si pensaba que con ello me daba celos, no podía estar más equivocado. La idea de que Don Per se echara una amante me parecía formidable. Me imaginaba unas vacaciones en León sin miedo a sus palizas, disfrutando en libertad de mis hijos. Me imaginaba a Don Per, después de las vacaciones, llamándome cada noche para decirme que una importante reunión que se alargara hasta la madrugada no le permitía venir a dormir a casa. Me lo imaginaba saciado de sexo y sin que nunca le apeteciera ni rozar mi piel, pero era demasiado bonito para convertirse en realidad y finalmente accedió a alquilar la casa de León y a venirse con nosotros. Como en cierto modo, por la volatilidad de mi imaginación, ya me había hecho a la idea de pasar las vacaciones sin Don Per, se me ocurrió inventarme a última hora un problema en mi empresa de forma que sólo podía hacer coincidir mis vacaciones con las suyas durante una quincena. Dos semanas viviendo sin él, aunque fueran días laborables, me parecían un estupendo regalo que me hacía a mí misma con la conciencia bien tranquila y con la sensación plena de que me lo merecía. La casa, en la que ya habíamos estado varios fines de semana, era un gran caserón de campo en un entorno precioso. El fin de semana en el que comenzaron las vacaciones de Don Per, fuimos todos allí, incluidas María y Ana, que estuvieron encantadas de sacrificar sus vacaciones para cobrar un doble sueldo. Y el domingo por la noche me volví yo sola a Cercana, cantando por la carretera para expresar mi alegría. Si esos cinco días fueron para mí un islote de felicidad, para mis padres supusieron un espanto. La convivencia con Don Per se les hacía insufrible. La tomaba con Carolina, a la que pegaba continuamente porque era de mal comer. Mis padres no soportaban ver cómo trataba a su nieta del alma; me lo hicieron saber nada más llegar el viernes por la noche y me dijeron que si yo no cambiaba mis vacaciones de nuevo para quedarme allí durante la siguiente semana y contener así a Don Per, ellos se volverían a Alnorte hasta que yo tuviera vacaciones. Yo no podía cambiar ya los planes en mi empresa, independientemente de que las esperanzas de mis padres de que Don Per cambiara de actitud por mi presencia eran bastante infundadas. Les dije que esa misma noche hablaría discretamente con él y que esperaba que su comportamiento mejorara, y les rogué encarecidamente que no se fueran. Muy probablemente ellos debieron de ponerse en mi lugar y pensarían que ante todo quería evitar la situación incómoda y «violenta» con mi marido que supondría el que, por los roces de convivencia, mis padres se tuvieran que marchar. En realidad no sabían que efectivamente quería evitar una situación violenta, pero sin comillas, una situación peligrosa en la que Don Per podría infligir un sufrimiento a los niños que mis padres no podían siquiera sospechar; aunque esa ignorancia que tenían respecto a dónde se encontraban los límites de Don Per no tardaría en desaparecer. Cuando tras la cena, Don Per y yo estuvimos a solas en nuestro dormitorio, sin revelarle nada de lo que me habían comentado mis padres, le pregunté cómo se habían portado los niños en mi ausencia. Me contó que Carolina había estado insoportable, que era una niña maleducada tanto por mí como por mis padres, que él sabía cómo hacer para que dejara de ser tan resabiada y que un día la iba a estrellar y la iba a dejar pegada como un cromo a la pared. Le pedí que tuviera paciencia, que la niña iría cambiando poco a poco y que, por lo menos delante de mis padres, mantuviera la calma, que me daba la impresión de que lo pasaban muy mal cuando era duro con la niña. Don Per estalló una vez más. Mis palabras le ofendieron en lo más íntimo y contestó con su peculiar estilo: «¿Tú me pides paciencia? ¿Tú a mí? ¿Con la paciencia que tengo para poder soportaros, todavía me pides más, insensata de mierda? ¿Y calma? ¿Tengo yo que tener más calma cuando soporto a tres niños maleducados que no me dejan vivir? ¡No sé quién te crees que eres; me has jodido las vacaciones en la Costa Azul y todavía te atreves a exigirme cosas!» Don Per me suelta la primera bofetada, mientras continúa en esos términos mostrándose como víctima, elevando la voz cuanto quiere; la casa es grande, sus muros gruesos y nuestra habitación está apartada. Sigue pegándome una y otra vez con desaforada violencia, me golpea la cabeza contra la pared y de mi frente empieza a brotar sangre. Para rematar, me empuja al suelo y me dice que esa noche dormiré sobre el barro cocido de las baldosas. Se acuesta sin importarle si me estoy desangrando o no. Tendida en el suelo, mientras lloro, contengo la hemorragia con un pañuelo apretado en la frente. Don Per apaga la luz, pero sigue hablándome desde la cama. Es el ya archiconocido discurso de que lo ha hecho por mi bien, para conseguir hacer de mí una mujer diez. Quizá hasta a él le aburren ya sus argumentos de disco rayado porque se queda en silencio y al rato oigo sus ronquidos. Me levanto sigilosamente y salgo de la habitación, entro a un cuarto de baño y me miro en el espejo. La brecha que tengo en la frente parece seria y no deja de sangrar. El pañuelo está empapado en sangre. Me curo como puedo con una gasa y unas tiritas. Luego escribo una nota para mis padres en la que les digo que he olvidado en Cercana unos papeles de contabilidad de la empresa que iba a necesitar para trabajar el fin de semana y que no tengo más remedio que marcharme; también les pongo que por favor no dejen a los niños solos con Don Per. Salgo de la casa y cojo el coche. La sangre ha empapado el apósito y me resbala por la cara mientras conduzco de noche. Sé que debería parar en el primer pueblo y buscar ayuda, pero no lo hago; quiero alejarme cuanto antes.

No sé qué hora sería cuando llegué a Cercana, pero poco debía faltar para amanecer. Me dirigí a la casa de socorro, donde un joven médico me dio varios puntos en la frente. Le dije que me había caído por las escaleras, pero, cansada y con los nervios destrozados como estaba, no debí de ser muy convincente. Me preguntó con tacto y compasión si alguien me había pegado y por algún motivo quería ocultarlo. Era muy tarde y estábamos solos, posiblemente en toda la casa de socorro; el ambiente era propicio a confidencias. Llorando le confesé que había sido mi marido. Fue a la primera persona a la que le conté que era víctima de malos tratos y era un desconocido, un médico o quizá un enfermero de guardia en una casa de socorro. Muchas veces preferimos contar nuestras intimidades a un desconocido que a nuestra amiga más cercana. Este desconocido fue muy amable conmigo. Estuvimos charlando largo rato. Me aconsejó que denunciara a Don Per, pero le repliqué que no podía denunciar a mi propio marido. «¿Por qué no? –respondió con naturalidad–, te ha pegado.» ¡Qué razón tenía! Pero yo entonces no lo veía así; no lo veía porque estaba ciega. Hasta entonces yo ni siquiera había considerado la posibilidad de denunciarle. Había pensado en abandonarle, en escapar, en huir lo más lejos posible, pero nunca en presentarme en una comisaría y pedir a la justicia que se ocupara de lo nuestro. El médico o enfermero desconocido intentó hacerme razonar, pero yo me cerré en banda y finalmente él se avino a poner en el informe que me había caído por las escaleras. Se despidió con un abrazo que expresaba su lástima por mí y me deseó suerte en la vida.

Durante el fin de semana Don Per me telefoneó innumerables veces tratando de hablar conmigo para pedirme una vez más su único perdón y expresarme su consabido arrepentimiento rápidamente perecedero. El lunes me llamaron de una floristería a la oficina para preguntarme a qué hora estaría en casa para enviarme el cargamento de flores de rigor. Todo parecía ya un estúpido ritual que ofendía a mi inteligencia. Les dije que las enviaran a determinada iglesia y tiraran a la basura las tarjetas. En la oficina justifiqué los puntos de la frente con un accidente de *motocross*, que fue la excusa más rara que se me ocurrió y por tanto la más creíble. Y así transcurrió la semana y llegó el viernes, día en el que habría de decidir si volvía a León, me quedaba en Cercana o me iba yo sola de vacaciones a la Costa Azul o a donde me diera la gana. Esto último, evidentemente, no me lo planteaba como una posibilidad real. Por una parte quería evitar encontrarme con Don Per. Esa última paliza había sido especialmente fuerte y sus consecuencias más graves que otras anteriores o por lo menos más visibles. Había huido por primera vez e incluso había revelado mis malos tratos a un desconocido. Eran pequeños pasos, pero importantes. Todavía no era capaz de separarme, de coger mis cosas e irme a un hotel o a un apartamento, pero era consciente de que algo en mí estaba cambiando y no quería volver a León como una corderita a juntarme con mi marido. Además estaba el problema de qué contar y cómo reaccionarían mis padres al verme aparecer con la frente cosida después de una marcha en la oscuridad de la noche dejando una nota malamente escrita. Motivo éste que seguramente influyó en la huida. Es decir, ¿realmente huí de Don Per o huí del encuentro de mi frente rota con los ojos de mis padres a la mañana siguiente? Supongo que ambas cosas, pero aun en el caso de que sólo me hubiera marchado por ese segundo motivo, seguía siendo, en cierto modo, un paso adelante. Pero por otra parte, yo estaba deseando estar con mis hijos. Durante esos cinco días que había pasado sola en Cercana había estado tranquila porque sabía que los arrepentimientos de Don Per, aunque bastante efímeros, siempre duraban algo y durante esa semana era altamente improbable que Don Per la tomara con los niños. Otra cosa distinta era si yo no volvía ese fin de semana. El orgullo de Don Per se sentiría atacado, se sentiría ultrajado después de haberse tomado la molestia de enviarme tantas flores y no haberle concedido el perdón, y no sería de extrañar que la pagara con los pobres pequeños. Esas consideraciones pesaron más que las anteriores y me hicieron decidir volver a León. Cuando llegué, estaba solo en la casa Don Per. Si hacía seis días me llamaba arrepentido para pedirme perdón, ahora su actitud era otra muy distinta. No es que esta vez estuviera agresivo, sino que fingió que nada había ocurrido y se mostró sorprendido y preocupado por la costura de mi frente. «¿Pero qué te ha pasado, Paula –me decía–, has tenido un accidente?» Y como yo no le contestara sino con una mirada de odio, buscó desperfectos en mi coche. «Veo que el coche no tiene nada –seguía como si tuviéramos testigos y quisiera disimular–. ¡Ah!, entiendo, ibas en el coche de otra persona, de alguna compañera de trabajo, ¿verdad? ¿Le ha ocurrido algo?, ¿qué tal está?» Yo continuaba en silencio. «¿Dónde están los niños?», es lo único que dije. Me respondió que habían ido con mis padres y con María a las eras, un lugar cercano donde solíamos ir de paseo. Su teatrillo no era otra cosa que un ensayo para ese público, su peculiar y cínica forma de decirme que no se me ocurriera revelar a mis padres que él era el autor del cuadro abstracto que había en mi frente. De nuevo, como con el médico de las costillas, eran precauciones innecesarias: mis padres no preguntaron nada y yo nada les conté. Muchos años más tarde, cuando Don Per ya estaba muerto y yo era libre, mi madre me confesó que ella estuvo escuchando al otro lado de la puerta de nuestro dormitorio, en el pasillo, la paliza en la que Don Per me había hecho la brecha y luego, desde la ventana de su habitación, me había visto salir ensangrentada y coger mi coche. No me explico cómo no hicieron nada, ni ella ni mi padre, a quien mi madre le contó enseguida lo que había visto y oído. ¿Cuál fue su pensamiento? ¿Si nuestra hija no lo hace público, no seremos nosotros quienes lo hagamos? ¿No se daban cuenta de que necesitaba ayuda? ¿No pudieron pensar, ellos que no se encontraban bajo el terror, que podía sufrir una incapacidad psicológica para salir de mi situación? Con estas preguntas no quiero abrir heridas viejas ya cicatrizadas; mis padres están más que perdonados y no es mi intención recriminarles ahora su actitud. Sólo quiero que el lector vea lo aislada que se puede encontrar una mujer maltratada, que entienda que cualquier testigo es responsable, que quien oye o ve una paliza puede constituirse en la única esperanza de una mujer, que el permanecer callado es lo mismo que no llamar a una ambulancia cuando se ha presenciado un accidente.

Transcurrió el fin de semana con un ambiente más bien tirante. Procuraba evitar a Don Per cuanto me era posible y me dediqué a disfrutar de mis hijos. Sólo le hablaba lo imprescindible. El domingo tomé una decisión que me salió de dentro, sin haberla meditado apenas, y de la que enseguida me sentí orgullosa. Le dije escuetamente a Don Per que tenía que volver de nuevo a Cercana porque las cosas se habían complicado en la empresa de cosméticos, motivo cuya meridiana condición de pretexto no podía escapársele. Trató de convencerme de que me quedara, pero no lo hizo por medio de la violencia, sino con exageradas palabras de amor con las que sólo conseguía que le odiara más. No transigí, como tampoco transigí a los ruegos de mis padres, que les espeluznaba la idea de quedarse a solas con Don Per y los niños. Les prometí que sólo sería una semana más, pero incumplí mi promesa y terminé quedándome en Cercana los quince días de vacaciones que le restaban a Don Per, para poder disfrutar del mes entero de las mías sin él. De la misma forma que hasta esa paliza en León nunca había huido tras haberme pegado, tampoco después de ninguno de los episodios de violencia había tomado hasta entonces la determinación de separarme de él durante un tiempo prolongado, demostrando así que no le perdonaba, por muchas palabras de amor, cenas, flores o regalos con que me agasajara, que las palizas le iban a salir más caras que todos los diamantes que pudiera regalarme, que simplemente ya no las aceptaba así como así. ¿Estaba superando el miedo? Pienso que sí, que tuve una corta época de valentía en la que se me estaban aclarando las ideas y en la que empezaba a reaccionar de la manera correcta para salir del infierno, pero desgraciadamente todavía quedaba mucho tiempo para dar con esa salida, tan visible desde fuera, pero tan oculta desde dentro. De todas maneras, ese mes y medio de libertad sin Don Per me supo como el agua fresca en medio del desierto. Primero los quince días en Cercana, donde, a decir verdad, no había mucho trabajo, y luego un mes entero en León, soportando a Don Per sólo los fines de semana y alguno hubo que para mi felicidad no acudió; se buscó alguna excusa relacionada con el trabajo porque entre mis padres y yo le recibíamos con tal frialdad que se le debía de hacer incómodo el acudir. Disfruté de mis hijos como nunca y también de mis padres, que se acercaron más a mí, supongo que porque ya sabían en qué consistía mi vida y, sintiéndose culpables de no haberme apoyado en el pasado y sin ser capaces de abordar con coraje la situación presente, sólo les restaba estar más cariñosos conmigo. Mi padre y yo adoptamos la costumbre de bajar por las tardes al bar del pueblo a jugar al mus con los paisanos. Hacíamos una buena pareja y más de una vez humillamos a fanfarrones que se las daban de profesionales. El truco del mus está en fingir bien, ¡y en mi familia en eso éramos maestros!

20

No sé cómo perdí el terreno ganado. No recuerdo con claridad cómo fue la siguiente paliza que me hizo volver a la rutina de la violencia; tampoco sé por qué la acepté sin una nueva escapada, sin aumentar por mi parte mi reacción de rechazo. Lo cierto es que a la vuelta de vacaciones mi vida volvió a ser la que era. Tuve que ingresar a Miguel varias veces en el hospital con nuevos ataques de asma, ante la indiferencia de Don Per, que jamás acudía a visitarle. Afortunadamente, nunca se reprodujo una crisis tan grave como esa primera en la que temí por su vida, y el máximo tiempo que estuvo internado fue de tres días. Tampoco Don Per me pegó con tanta violencia como otras veces pasadas y durante una temporada no incrementé mi fama de patito feo. Pobre consuelo era el de que las palizas no me dejaran marcas, el de que su intensidad fuera menor; yo sabía que eran rachas, que cualquier día me rompería otra vez las costillas y me abriría nuevas brechas. Me invadía una sensación de derrota, de incapacidad de salir de mi terrible situación. Se repetían las circunstancias del principio de nuestra convivencia, cuando me escapé a casa de mis padres y fui devuelta contra mi voluntad, pero sin resistencia por mi parte, a las garras de Don Per y asumí que era incapaz de separarme, de escapar, de vivir por mi cuenta. El haber hecho ahora un amago de escapada que se había quedado en eso, en amago, y el haber aceptado, sin saber cómo, nuevas palizas y maltratos me hicieron igualmente resignarme a mi destino, perder la esperanza, confiando únicamente en que un factor externo, la predicción de la gitana, por ejemplo, me liberara.

Sin embargo, pasados unos meses, mi vida iba a volver a dar un giro que me haría recuperar esa esperanza. Habría un factor externo, un nuevo cambio de domicilio, pero no parecía una novedad con peso suficiente para frenar la inercia de años sin que cambiara nada. ¿Suponía esto que no estaba todo perdido? ¿Sería que no había caído en saco roto la valentía que supuso el escaparme por la noche y el mantenerme las vacaciones separada de Don Per? ¿Era el efecto retardado de mi reacción? Seguramente no, probablemente tenía más que ver con el interior de Don Per que con su relación conmigo.

Todo empezó un día en el que me invitó a una de sus románticas cenas en un reservado de un restaurante de lujo con botella de champán por medio. Me había dicho que tenía que consultarme algo importante. Tanta amabilidad me escamaba y cené con precaución, dudando si era el preludio de una nueva paliza, recordando mi comportamiento de los últimos días por si encontraba algo que él pudiera considerar un error. Durante los dos platos y el postre, se alargó en uno de sus interminables monólogos en el que me exaltó como una mujer maravillosa, sacrificada, una esposa ejemplar que merecía una recompensa...; miedo me daba tanta coba. Reconoció incluso que su comportamiento no había estado siempre a la altura debida e hizo propósito de enmienda prometiéndome que eso cambiaría a partir de entonces. Yo me preguntaba adónde quería llegar con tan largo preámbulo y no me esperaba nada bueno. Tras los postres, empecé a ver por dónde iba. Me dijo que después de tantos esfuerzos por aportar dinero a la economía familiar, de lo que me estaba muy agradecido, ya no iba a ser necesario que trabajara más. Tuve una convulsión interior, un conato de paro cardiaco, un total estremecimiento de las entrañas que no se reflejó en el más mínimo gesto exterior. Mi mundo libre, mi parcela privada, lo poco que me quedaba de vida normal se acababa. Habría trabajado gratis e incluso habría pagado por hacerlo. Ahora me venía Don Per con una vuelta de tuerca más, apretando las clavijas del potro de tortura. Cuando me dijo que esa noche iríamos a cenar por todo lo alto porque quería consultarme algo, yo no dudaba de que la cosa no se tratara de una consulta, sino de una información de lo que él ya había decidido. No hubo, por supuesto, tono interrogativo en su planteamiento de que yo dejara de trabajar. Pensé que había considerado que la causa de mi tímida rebelión de las vacaciones nacía de la confianza que me daba el tener un trabajo. Don Per prosiguió diciendo que no iba a ser necesario que yo trabajara tampoco en casa, que no tendríamos por qué prescindir del servicio y que había llegado el momento de que, si me apetecía, realizara mi sueño de estudiar derecho, en una buena universidad, además. Recordé en qué se quedó la promesa que me hizo antes de casarnos de que yo seguiría con mis estudios y no me creí nada. Sabía que era la cucharada de azúcar en la que se camufla una amarga medicina, un veneno amargo, en este caso. No protesté; era consciente de que un leve ademán de desacuerdo podría desencadenar una paliza, especialmente después de una cena de lujo y de haberme halagado y haber creado un clima de confianza y felicidad. Ésa era una de sus estrategias favoritas para que la violencia fuera inesperada y supusiera un cambio tan brusco que me dejara desconcertada y el sufrimiento fuera así mayor. A lo más que me atreví fue a preguntarle si le había tocado la lotería. «Algo mucho mejor que eso», contestó él. Me explicó que la compañía donde trabajaba había comprado una empresa en el País Vasco y que le habían nombrado director general de ella, por lo que, si me parecía bien que aceptara (¡ja, ja, ja!), nos iríamos a vivir allí. Me precisó que el sueldo era muy superior al que ganaba entonces y que la casa que quisiéramos alquilar, sin más límite que el de no abusar, la pagaría la empresa, además de ponernos coche y chófer a nuestra entera disposición. Apenas le di la enhorabuena por la oferta, él lo entendió como mi conformidad, aunque ninguna falta le hacía, y me impelió para que me despidiera de mi trabajo a la mayor brevedad porque al cabo de dos semanas debíamos estar residiendo en la capital del País Vasco donde se encontraba la sede de la empresa en la que ya tenía más que decidido que trabajaría. Si el dejar de trabajar me parecía un lamentable retroceso, el mudarnos al País Vasco no me disgustaba especialmente. Por supuesto me daba pena alejarme de mis amistades de Alnorte y Cercana, pero mi abuela materna era del País Vasco, justo de la capital a la que íbamos a vivir, en la que mi madre había estudiado y pasado gran parte de su juventud, y era una ciudad que conocía bien y me gustaba mucho. Además, con una vida como la que llevaba, cualquier cambio solía ser bien recibido por mí, porque aunque había comprobado que siempre se podía ir a peor, lo cierto es que el presente era tan nefasto que prefería no mantenerlo y arriesgarme a lo venidero.

A las dos semanas, Don Per se fue al País Vasco y yo me quedé en Cercana, pues en la empresa de cosméticos me habían rogado encarecidamente que estuviera un mes más con ellos, hasta que se completara el lanzamiento de una nueva gama de productos que se habría visto muy afectado con mi marcha. Don Per había querido que me fuera con él al País Vasco y me despidiera sin más de la empresa, sin que le importara que yo quedara como una egoísta ingrata. Mantenía que no tenía mayor relevancia que mis relaciones con mis jefes se deterioraran, dado que a partir de entonces ya no sería necesario que trabajara. Su única moral era el pragmatismo. No daba valor a que mis jefes se hubieran portado conmigo impecablemente en el pasado. Yo no estaba dispuesta a abandonarles dejándoles en la estacada. Le dije a Don Per que sería sólo cuestión de una semana, tal vez diez días. Luego empecé a prorrogar ese plazo. Don Per me telefoneaba y me exigía que les dejara de una vez y me fuera a reunirme con él cuanto antes. Yo le daba largas, con enorme temor por las represalias, pero feliz de estar lejos de él.

Pasó el mes convenido y los niños, el servicio y yo salimos hacia el País Vasco. Don Per envió al chófer con el coche de la empresa, en el que viajaron los gemelos y María y Ana, que habían decidido trasladarse con nosotros. Carolina y yo íbamos en mi coche. Recuerdo el viaje con horror, los dos vehículos en caravana parando a menudo, porque con tantas curvas, si no era la niña la que tenía ganas de vomitar, era un gemelo o el otro, e incluso Ana devolvió varias veces. Yo por mi parte, hubiera preferido marearme y vomitar hasta la bilis, antes que la angustia con la que viajaba por lo que probablemente me esperaba al llegar. También estaba triste de dejar atrás mi tierra y mi trabajo y de que ese mes de tranquilidad sin Don Per hubiera llegado a su fin. Don Per se había decidido por alquilar un espléndido y céntrico piso que habíamos localizado durante una escapada que hicimos con el fin de buscar casa antes de que él se fuera de Cercana. A mí me había encantado, pero su renta era tan alta que me preguntaba si no sería abusar de la confianza de la empresa, pero a Don Per le parecía que estaba dentro de los límites de lo que se entiende por la vivienda de un directivo de su nivel, y aseguró que su trabajo en la empresa iba a dar muchísimo más dinero que lo que pudieran valer mil alquileres como ése. El piso estaba amueblado con magníficos muebles de muy buen gusto. Don Per había decidido mantener la casa de Cercana; era una buena inversión que se revalorizaría con el tiempo y nos vendría muy bien para habitarla en las visitas que sin duda realizaríamos con frecuencia.

Cuando por fin llegamos, la casa estaba invadida por uno de los desmesurados despliegues florales de Don Per. En cada uno de los numerosos ramos había una dedicatoria distinta de bienvenida, todas muy románticas. También había comprado juguetes a los niños. Me sorprendió más esto segundo que lo primero. Ya estaba acostumbrada y hasta harta de esos excesos con las flores a los que Don Per era tan aficionado, y aunque solían ser consecuencia de alguna paliza de la que se hubiera arrepentido, y precisamente por ello, no me volvían loca de ilusión, por mucho que el objetivo fuera ahora darme la bienvenida. Pero el que Don Per, por una vez en su vida, tuviera en cuenta a sus hijos sí que era una novedad. Como también fue una novedad el que yo no me hubiera tenido que ocupar de trasladar y ordenar todos nuestros efectos personales. Había contratado una empresa de transportes varios días antes de que yo saliera y ahora cada cosa estaba ya en su sitio, la ropa en los armarios, los libros en las estanterías, los objetos de decoración desempaquetados y colocados aquí y allá; toda la casa en perfecto orden, como si lleváramos tiempo viviendo en ella. Asimismo, en el frigorífico y en la despensa estaba no sólo todo lo indispensable, sino también algunos caprichos elegidos con buen criterio. Si ya lo de los juguetes para los niños me había sorprendido, que Don Per se hubiera rebajado a hacer la compra me parecía algo fuera de toda lógica, como si un yunque se saltara la ley de la gravedad y un buen día empezara a flotar como una pompa de jabón. Efectivamente, luego supe que le había pedido el favor a su secretaria y había sido ella la que se había encargado de comprarlo todo. No me parecía una bonita forma de empezar a tratar a una subordinada, pero, en fin, ése era problema de Don Per y su secretaria. El mío era el de que después de tantos detalles, sabía que la paliza que me daría por la noche sería de las serias; no me cabía duda. El hecho de que hubiera preferido a los americanos de los cosméticos que a mi marido, que tanto me quería y se preocupaba por mí, estaba segura de que sería considerado por él como un error de los graves y que tanta aparente benevolencia era una maquiavélica táctica más. Con la ilusión de sus juguetes y de la nueva casa, los niños no tardaron en montar su habitual follón infantil. Don Per empezó a ponerse nervioso y a protestar por lo mal educados que estaban. «Ya está –pensaba yo– , ya va a saltar y se va a desmoronar la extraña calma y la simpatía con que nos ha recibido»; pero no. Pedí a María que se los llevara a una habitación lejana y se ocupara de ellos y Don Per recobró enseguida su serenidad. Mientras tomábamos una cerveza, me contó lo a gusto que se encontraba en esa tierra, la gente tan simpática que había conocido y entre la que ya había comenzado a hacer amigos, los lugares preciosos que había visitado, lo bien que se comía y los magníficos restaurantes que había. Me propuso cenar los dos a solas en uno que le había parecido excelente, después de hacer una visita por las oficinas y la fábrica de su nueva empresa. Como de costumbre, nada podía objetar, por mi bien y porque tampoco me parecía mal el plan, aunque seguía recelosa. Pude comprobar por mí misma lo simpáticos que eran sus compañeros de trabajo, entre los que destacaba Pedro, el director de producción, un ingeniero con el que Don Per había congeniado muy bien. Durante el mes que tardé en llegar al País Vasco, Pedro le había presentado a Don Per a sus amistades, de la misma forma que Miren, su mujer, no tardaría en llamarme para proponerme planes y presentarme gente con el objeto de que no me sintiera sola. Pronto se convirtieron en nuestros íntimos amigos con los que quedábamos tanto para salir a cenar los cuatro juntos como para ir de excursión con los niños, y Carolina se hizo amiga de su hija, que era de su misma edad. La visita a la fábrica la dejamos para otra ocasión, porque aquella primera vez en que me presentó a la gente de su oficina nos entretuvimos demasiado charlando con unos y otros, y teníamos mesa reservada en el restaurante que Don Per ya conocía. Dimos una vuelta por la ciudad y cenamos maravillosamente. Pero, ¿qué me esperaría al llegar a casa? Para mi sorpresa, nada ocurrió. Si mencionó el hecho de que yo hubiera tardado tanto en dejar mi trabajo, fue únicamente para decirme que me había echado mucho de menos durante ese tiempo, sin que hubiera reproche en sus palabras. Me había librado por esa noche, pero eran ya demasiadas las ocasiones en las que había aplazado sus castigos como para que yo me confiara por tan poco.

21

La vida en el País Vasco transcurría con una inesperada y esperanzadora tranquilidad, aunque esto último, lo de esperanzadora, tardé cierto tiempo en sentirlo. Milagrosamente las palizas habían cesado. Habían pasado dos o tres meses sin que me tocara ni una sola vez y sin que me humillara ni verbalmente ni de otra forma. Don Per era todo un prodigio de amabilidad: se desvivía por que yo fuera feliz y por primera vez me contaba aspectos relacionados con su trabajo y me consultaba mostrando interés por mi criterio. Yo, por supuesto, trataba de adivinar su opinión y dar una respuesta que se acomodara a ella. No quería, ni por lo más remoto, provocar la menor vibración que desmoronara el castillo de naipes que yo sospechaba que era esa inexplicable tregua. Me animaba a que disfrutara de la vida, a que me fuera de compras, por ejemplo, e insistía en que empleara los servicios de Joseba, su chófer. En alguna ocasión me fui con Joseba a Francia y vine con ropa y cosas para la casa difíciles de encontrar en España en aquella época. Otras veces me llamaba desde la oficina y me pedía amablemente que, si no tenía nada mejor que hacer, me acercara para comer juntos y de esa forma distraerse de los problemas del trabajo. Salíamos con frecuencia con Pedro y Miren y con los amigos de ellos, que ya eran los nuestros, y aunque eran mayores que Don Per y consecuentemente mucho mayores que yo, congeniamos estupendamente. Entre ellos estaba Luis María, un prestigioso médico que enseguida se hizo como de la familia y que iba a ser vital para mí en el futuro. Me sentía tratada como persona, lo que para mí era más que mucho. Mi única preocupación era la enfermedad de Miguel, que tuvo que ser ingresado otra vez. Por fortuna la crisis fue pasajera y Don Per dejó su importantísimo trabajo para visitar al niño en la clínica, algo que hasta el momento nunca había hecho. ¿A qué se debía este cambio? ¿Quién o qué había movido el timón para que fuéramos ahora en rumbo opuesto? ¿De dónde venía el viento propicio que soplaba y cuánto iba a durar? Ya he comentado que no pensaba, ni pienso ahora, que mi leve rebelión durante las vacaciones tuviera que ver con ello; más bien el nuevo puesto de Don Per, el sentirse triunfador y poderoso en el trabajo, le hacían innecesario el comportarse como un despota en su hogar. Porque Don Per era un acomplejado, de eso no me cabe duda. Lo certificaba el hecho que le había valido su mote de recalcar constantemente lo perfecto que era: dime de qué presumes y te diré de qué careces. El caso es que la buena racha era más duradera que nunca y su comportamiento conmigo, inmejorable. Yo estaba feliz y deseaba que la armonía se prolongara todo lo posible, pero no me olvidaba de lo que hasta entonces había vivido; no por rencor, aunque derecho habría tenido para ello, sino por simple precaución. No sentía rencor porque el anhelo de una vida normal para siempre, después de lo pasado, podía con él. Eran de nuevo los mecanismos del síndrome de Estocolmo. Y precaución sí, tenía que tener precaución porque era consciente de que con un individuo como Don Per, una no se debía fiar jamás y que detrás de las flores podía estar escondido el lobo. Él mismo, incluso en esta época benigna, me hacía recordar qué clase de persona era cuando echaba pestes de nuestro buen amigo Pedro a sus espaldas, pero seguía proponiendo planes para salir con él y Miren, y cuando quedábamos se mostraba enormemente afable y solícito con ellos. Podíamos haber tenido una velada maravillosa y habernos reído de lo lindo, que al volver a casa siempre tenía un comentario negativo. «A éste le quedan dos telediarios en su puesto –decía en cuanto nos montábamos en el coche tras habernos despedido de Pedro–. Es un fanfarrón y se cree imprescindible, y por el momento lo necesito, pero en realidad es un lastre del que me voy a tener que desprender.» A mí ni se me ocurría recriminarle su actitud. Volvía a mi papel de muda, que aparentemente había abandonado, y pensaba para mí cuántos telediarios le quedarían a la paz de nuestro hogar.

Transcurría ese tiempo sosegado cuando mi hermana me llamó pidiéndome un favor: quería que le prestáramos durante un mes nuestra casa de Cercana con el objeto de tener allí su primer hijo. Ellos vivían en otra parte de España y les tranquilizaba el tener a sus respectivas familias cerca, pero no tanto que tuvieran que compartir casa y estar las veinticuatro horas del día soportando a una u otra suegra. Estaba en avanzado estado de gestación y esperaban que el niño naciera al cabo de quince o veinte días. Don Per y yo nos íbamos en breve de viaje a varios países de América Latina, precisamente durante un mes entero (Don Per tenía que hacer negocios allí y había creído conveniente que le acompañara), así pues, no íbamos a tener oportunidad de necesitar la casa. Yo comenzaba a confiarme con la nueva y ya prolongada actitud de Don Per, cada vez me sentía más libre y, si bien no había perdido del todo el miedo, sí que se había atenuado bastante. En otra época le habría dado una negativa rotunda a mi hermana, pero entonces me sentí con la seguridad suficiente como para consultarlo con Don Per. Me dijo que la idea no le gustaba, que teníamos allí nuestras cosas y que además su relación con mi hermana era más bien tensa, pero, en su nuevo estilo complaciente, añadió que hiciéramos lo que yo quisiera, que si para mí era importante satisfacer a mi hermana, les dejáramos la casa. Pese a su afable actitud, me parecía una imprudencia aceptar su generosidad sin más y le respondí que prefería decirle que no, que incluso sería mejor para ellos el que fueran a casa de mis padres en Alnorte. Don Per insistió: «Paula, cariño, yo sé que tú prefieres que les dejemos la casa y yo lo único que quiero es que seas feliz; llama a tu hermana y dile que no hay problema.» No me parecían suficientes garantías las palabras de Don Per; había tenido numerosas experiencias en las que me había autorizado a cosas por las que luego había pagado como si le hubiera desobedecido. Fui sincera y le expliqué que no quería responsabilidades si algo se torcía, que prefería quedar mal con mi hermana a que luego tuviera que lamentarlo. No fui más explícita, pero la cosa estaba bien clara: «Mira, Don Per, estoy feliz de que lleves varios meses sin pegarme y no quiero que por un favor a mi hermana vuelvas a hacerlo.» Me tranquilizó diciéndome que no tendría importancia lo que pudiera ocurrir, que estaba encantado conmigo y con su trabajo y que tenía cosas más importantes en las que pensar que preocuparse porque mi hermana rompiera una persiana de la casa o se le cayera una copa en la alfombra. Argumentos tan cuerdos sonaban raros viniendo de él, y aunque yo quería creerle y deseaba con toda mi alma que las palizas pertenecieran de verdad al pasado, y estuviera incluso dispuesta a perdonar y olvidar, insistí todavía en que, si tomaba la decisión de prestar la casa, lo hiciera convencido y no sé con qué eufemismos recalqué que no quería represalias por ello. Zanjó la cuestión dándome un beso y diciendo que llamara a mi madre en ese momento y le dijera que sacara una copia de las llaves que tenía para dársela a mi hermana.

La cosa no podía ir mejor. Empezaba a creerme mi propia felicidad, que la apreciaba como el que está perdido en el desierto aprecia el agua, como el náufrago la tierra firme, como el soldado la paz que termina con una guerra; pero en este último símil podemos encontrar una sombra: no siempre el soldado es feliz en la paz. Para algunos, la guerra ha supuesto una forma de vida, son incapaces de acostumbrarse a una nueva sociedad donde las armas no detentan el poder, donde la violencia no es la razón. No quiero decir con ello que yo no me acostumbrara a la paz en mi hogar; yo no había luchado, no era soldado, sino inocente víctima civil. Quien sí había luchado era Don Per: era el soldado o, más bien, el general que comenzó la guerra. ¿Sería capaz de acostumbrarse a la paz? ¿Podría mantenerla? Se dice que el perro que ha probado la sangre volverá a atacar, pero entonces yo no me detenía en estas reflexiones. El gesto de Don Per de dejarle la casa a mi hermana parecía sincero y me había pedido que le acompañara en su viaje por América Latina. Todo parecía indicar que se había producido un milagroso cambio en él, y si el motivo que lo había desencadenado era su importante puesto y su nueva lujosa vida en el País Vasco, en tanto se mantuviera, no había peligro de vuelta atrás. Don Per tenía que viajar, en primer lugar, a México y luego a Argentina, Chile y Brasil. En México tenía que presentar un proyecto a un importante concurso de grúas que convocaba la Comisión Federal de Electricidad. José María, el director comercial de la empresa de Don Per, era amigo de un alto ejecutivo de esa empresa pública mexicana, el ingeniero Manuel Vargas. A Don Per le había parecido buena idea que yo viajara con José María y con él para tener la posibilidad de hacer grupo con Manuel Vargas y su mujer y que la visita tuviera un tono más amigable e íntimo. En el resto de los países iba simplemente a visitar a sus representantes comerciales y a presentar la empresa a posibles clientes futuros y yo no tendría una labor activa, pero con su atroz miedo a volar, le venía bien que yo estuviera a su lado. Yo estaba encantada por primera vez de ir con él, no sólo por viajar y conocer Latinoamérica, sino también para ayudar a que Don Per triunfara y se mantuvieran por ello las circunstancias que hacían posible mi felicidad.

El vuelo del País Vasco a Madrid fue medianamente llevadero, pero de ahí a Miami, donde hicimos escala, Don Per se sumergió en *whisky* y se comportó como solía hacerlo en los aviones, para asombro de José María, que no estaba advertido y no se le ocurrió mejor idea que comprar un libro sobre el triángulo de las Bermudas. Sólo la visión del título del libro hizo a Don Per entrar en un estado de pánico que no se le pasó hasta que llegamos al aeropuerto Benito Juárez de

México D. F. Allí nos esperaba un coche de la Comisión Federal de Electricidad que nos llevó al hotel. El estar de nuevo en la habitación de un hotel con Don Per me hizo recordar la primera paliza que recibí y las muchas que me había dado en distintos hoteles en nuestros viajes. Aun así, me atreví a sugerir que cambiáramos el plan que él había previsto para esa mañana y que consistía en visitar el museo etnográfico. Me parecía que al llegar a una ciudad desconocida, antes que encerrarnos en un museo, era mejor recorrer sus calles y respirar su aire (entonces no tan contaminado como ahora). Le pareció bien y nos dirigimos a la Zona Rosa, un barrio muy bonito y animado, lleno de tiendas preciosas y agradables cafeterías. Pocos meses antes, objetar algo a un plan de Don Per me habría supuesto las ya de sobra conocidas consecuencias, pero poco a poco yo iba cogiendo confianza, expresando mis deseos y soltándome en mis opiniones. Don Per lo iba aceptando de buen grado, sin advertencias ni amenazas. ¡Éramos un matrimonio normal! Esa misma noche conocimos al ingeniero Manuel Vargas y a su mujer, Guadalupe. Cenamos con José María y con ellos en un maravilloso restaurante situado en una hacienda colonial del siglo XVI. Tras las presentaciones y las cortesías de rigor (en México siempre muy prolongadas), le entregué a Guadalupe el regalo que Don Per me había pedido que le comprara. Tras muchas dudas, se me había ocurrido regalarle una mantilla española con su peineta, que a la mexicana le encantó de verdad, lo que supe no sólo por los elogiosos comentarios del momento, que podrían ser mero cumplido, sino porque en las sucesivas ocasiones en que salimos juntas me insistía en la ilusión que le había hecho y lo bonita que era. Por la noche, en la habitación del hotel, no hubo represalias ni por haber sugerido cambiar el plan de la mañana, ni por nada que yo hubiera hecho o dicho durante la cena, en la que no me mantuve recatada y callada, sino que participé activamente, comentando singularidades de nuestros respectivos países y hablando, entre otras muchas cosas y cuando por algún motivo salió el tema, de los trabajos que hasta hacía poco yo había desempeñado. No quiero ni imaginarme lo mal que le habría sentado a Don Per, unos meses antes, que yo hubiera acaparado la conversación durante cierto tiempo; lo habría considerado totalmente impropio de una mujer diez. Sin embargo, aquella noche, en el hotel, me felicitó y me expresó, como otras muchas veces, su amor por mí, pero en esta ocasión sus palabras me parecieron sinceras y yo me sentí orgullosa. Durante los siguientes días, mientras los hombres trabajaban, Guadalupe y yo salimos juntas e hicimos excursiones a sitios maravillosos como el santuario de la Virgen de Guadalupe o Teotihuacán, la ciudad de los dioses. Enseguida nos caímos muy bien y nos hicimos buenas amigas. Luego viajamos los cinco a Chiapas y a Tabasco, lugares en los que se instalarían las grúas del concurso para la construcción de varias presas en el río Grijalva. Nos trasladamos hasta Tuxtla Gutiérrez en una avioneta particular, y desde ahí en un helicóptero de la Comisión Federal de Electricidad, con el que visitamos las presas de La Angostura y Chicoasen, que estaban casi terminadas. No sé cómo Don Per pudo disimular su miedo a volar delante de su cliente mexicano. Supongo que el monto del posible contrato de las grúas consiguió lo imposible. Fue un viaje formidable en el que visitamos ruinas mayas, poblados indígenas y un montón de cosas interesantísimas. Manuel Vargas y Guadalupe fueron encantadores con nosotros y supongo que nosotros les caímos muy bien a ellos. A la vuelta a Ciudad de México nos invitaron a cenar a su casa y, cuando por fin tuvimos que dejar el país, en el aeropuerto hubo intercambio de regalos. Yo había tenido la idea de comprarles un cuadro de un cotizado pintor mexicano que en alguna conversación Guadalupe me había comentado que les encantaba. Aunque el regalo era un punto desmedido, Don Per me había dicho que no me preocupara, que lo pagaría la empresa como parte de las relaciones públicas. No sé si sería muy ético, pero, en todo caso, no fue determinante en la adjudicación del contrato. Guadalupe me entregó una cajita primorosamente envuelta y me pidió que no la abriera hasta que el avión despegara. Así lo hice, y dentro de la caja había un precioso colgante con un topacio y un sobre con un lazo con los colores de la bandera mexicana. Esperábamos que dentro de ese sobre estuvieran ampliaciones de las fotos de nuestro viaje, pero lo que contenía era el contrato aprobado y firmado a favor de la empresa de Don Per.

La siguiente etapa del viaje fue Argentina. Don Per estaba exultante con la adjudicación del contrato, tanto que casi se había olvidado de su miedo a volar y aterrizó sobrio en Buenos Aires. Allí nos esperaba Alberto, el representante comercial de la empresa de Don Per, que nos hizo de cicerone en la ciudad. Argentina estaba un tanto revuelta en aquella época: coincidió nuestro viaje con el regreso de Perón e Isabelita y nos tocaron varias jornadas de huelga en las que no se podía ni tomar un café. Sin embargo, nada de esto perturbaba nuestra alegría, en el caso de Don Per por el éxito de México, y en mi caso por lo que yo sabía que ese éxito suponía para que mi vida siguiera siendo maravillosa, es decir, normal. Buenos Aires nos encantó. Alberto y su mujer fueron unos guías estupendos que nos llevaron no sólo a los sitios típicos, sino también a los preferidos por los lugareños. Me quedé enamorada del tango y con ganas de aprender a bailarlo, pero no tardamos en irnos a Chile, donde a mi pesar apenas estuvimos un par de días. Nuestra estancia en México se había prolongado más de lo previsto y Don Per estaba deseando volver al País Vasco para poner en marcha el proyecto que ahí le habían adjudicado. Decidió dejar el viaje a Brasil para otra ocasión y regresamos a nuestra casa.

22

A pesar de lo maravilloso que había sido el viaje, yo estaba deseando volver a casa para estar con mis hijos y para disfrutar en mi hogar de la paz que yo ya consideraba asentada en mi relación con Don Per. Tener una vida normal, como cualquier familia, era para mí un lujo muy superior a alojarme en el mejor hotel de América, a tener un helicóptero a mi disposición para moverme a los lugares más paradisíacos o a cualquier colgante con topacios que me pudieran regalar. A medida que nos acercábamos a España, el tiempo se iba dilatando en mi percepción y el viaje en taxi del aeropuerto a casa se me hizo, por la ansiedad, más largo que el cruce del Atlántico. Por fin llegamos y pude abrazar y besar a mis hijos, a los que hacía un mes que no veía. Mayores temporadas había estado separada de Carolina, pero en ese viaje yo había llegado al convencimiento de que la actitud de Don Per no era circunstancial. Comenzaba, pues, una nueva vida, una vida corriente que estaba dispuesta a vivir a fondo. Como si me hubiera librado de una pesada carga que hubiera llevado toda mi vida, me sentía ligera; como si me hubiera curado milagrosamente de una incurable enfermedad de nacimiento, me sentía sana y con energía; como si me hubiera despertado de una terrible pesadilla, me sentía aliviada pensando que el pasado no era sino un mal sueño.

Ya sabía que durante nuestro viaje mi hermana había parido porque me habían informado de ello por teléfono. Era una niña y todo había ido bien, de lo que me alegré enormemente. Sin embargo, después de nuestro regreso, el tiempo pasaba y mi hermana no mostraba la menor intención de abandonar nuestro piso de Cercana, aunque había pasado con creces el mes convenido. No tuve valor para comentárselo a Don Per. Todavía los recuerdos del pasado me hacían obrar con precaución, al fin y al cabo, aunque yo hacía lo posible por alejarlos y mi optimismo me llevaba a percibir falsamente que pertenecían a épocas remotas, ahí estaban a la vuelta de la esquina, apenas unos pocos meses atrás. Llamé a mi madre y le rogué que intercediera y hablara con mi hermana, pues yo sólo había sido capaz de soltarle alguna indirecta que ella no captó y se me hacía muy violento pedirle claramente que dejara la casa. A mi madre también le parecía violento el hacer de intermediaria en una cuestión así entre hermanas y, por más que le insistí, lo único que llegó a decirme fue que lo haría si veía el momento oportuno.

No había pasado mucho tiempo cuando una mañana Don Per me telefoneó desde la oficina y me pidió que le acompañara en un viaje de trabajo que le había surgido repentinamente. Sin darme opción ni a responder ni a preguntar nada, me dijo que preparara una maleta para dos días. Tenía media hora para hacerlo, el tiempo que él tardaría en pasar con Joseba a recogerme. Le pregunté que adónde nos dirigíamos y sólo me respondió que preparara ropa como si nos fuéramos aquí al lado: el mismo clima. No sabía qué pensar. ¿Se trataba de una romántica sorpresa o era el fin de esa dulce temporada que terminaba como había comenzado: inesperadamente y sin causa? Como si un cuchillo hubiera hendido mi mente separándola en dos mitades, me debatía entre la terrible sospecha de que el destino del viaje fuera Cercana, con el objeto de cazar en flagrante a mi hermana ocupando nuestra casa, y el deseo de que Don Per hubiera cambiado realmente y, aprovechando un viaje de negocios, se propusiera sorprenderme llevándome a algún idílico parador de turismo. Elementos había que apuntaban hacia una y otra posibilidad: el tono imperativo con que me lo había propuesto parecía inclinar la balanza hacia la primera, pero el hecho de que viajáramos con chófer apoyaba la segunda, si bien cabía la posibilidad de que el viaje de negocios fuera simplemente a Cercana, donde estaba la empresa matriz, y quisiera aprovecharlo para comprobar si mi hermana seguía o no en nuestra casa. De la misma forma, el tono imperativo tampoco determinaba nada; con frecuencia hasta en los mejores momentos era incapaz de sustraerse de él y lo utilizaba para propuestas positivas. Por otra parte, el hecho de que no me dijera el destino del viaje era ambivalente: encajaba tanto si me quería dar una sorpresa, como si quería evitar que alertara a mi hermana. ¿Y la premura con que salíamos? Parecía más corresponder a esta segunda premisa, pero bien podía deberse a una reunión inesperada y urgente en algún lugar bonito y una decisión repentina de que le acompañara su esposa. En cuanto a lo del mismo clima, ¿cuál podía ser nuestro destino? Cercana tenía el mismo clima que el País Vasco, pero toda la cornisa cantábrica también e incluso Francia, aunque en ese caso me habría pedido que cogiera los pasaportes; y además hacía muy buen tiempo, nada norteño, y probablemente estaría igual en toda España. En fin, estaba hecha un lío. Me tranquilizaba el éxito del reciente viaje a México y la insistencia con que le había dejado claro que no quería responsabilidades por prestar nuestra casa a mi hermana. Aunque esto último en realidad me tranquilizaba muy poco.

Breve fue la relativa calma con la que entré en el coche. No pregunté nada por miedo a la respuesta y por esperar a ver cuánto tiempo mantenía Don Per la intriga. Cuando vi que Joseba cogía la salida de la ciudad que llevaba a Cercana, no pude más: «¿A dónde vamos?» «Por ahora hacia el oeste», dijo Don Per con una sonrisa. Poco después y sin que le preguntara nada más, añadió que al día siguiente tenía consejo de administración en Cercana y que había pensado que era una buena oportunidad para darnos una vuelta por nuestra tierra. Inmediatamente comencé a sudar, y lo hice tan profusamente que Don Per lo percibió. «¿Tienes calor, cariño? ¿Por qué no bajas la ventanilla?», me dijo con un tono trivial en el que yo creí adivinar cinismo. Me entró el pánico de anteriores ocasiones que yo había querido olvidar y me bloqueé. Yo pensaba que le debía decir con total naturalidad que mi hermana seguía en nuestra casa y que ya había hecho gestiones con mi madre para que con tacto le dijera que tenía que pensar en ir desalojando, pero que la realidad era que mi hermana aún estaba allí y que esperaba que no le diera importancia; que si le incomodaba compartir casa, podíamos ir a un hotel y que era una pena que no me hubiera avisado con tiempo de ese viaje, porque en tal caso le habría metido prisa para que pudiéramos utilizar la casa, que por algo era nuestra. Pero no dije nada, lo único que hice fue seguir sudando y pasar un viaje espantoso, temerosa de lo peor, haciendo infructuosos esfuerzos por mantener el optimismo y por hacerme creer a mí misma que el objetivo del viaje era darnos de verdad una vuelta por nuestra tierra y que, si visitábamos nuestra casa, Don Per no se tomaría a mal que mi hermana estuviera todavía en ella. A medida que nos acercábamos, la esperanza en ese sentido era menor, y ya era una tenue lucecita en medio de la oscuridad cuando Don Per le indicó a Joseba que no cogiera la desviación a Cercana, que se dirigiera a Alnorte. La lucecita empezó a brillar de pronto y yo empecé a concebir esperanzas. Había percibido la disimulada mirada de soslayo que me había dirigido Don Per para espiar mi reacción ante aquella orden al chófer y luego creía haber visto un amago de sonrisa en las comisuras de sus labios. ¿Qué significaba? ¿Algo bueno o algo malo? En todo caso, había una puerta abierta por el mero hecho de dirigirnos a Alnorte en lugar de a Cercana. Don Per fue indicando a Joseba las calles por las que circular dentro de la ciudad de Alnorte y le pidió que detuviera el coche delante de determinado hotel. Se trataba del mejor hotel de Alnorte, en el que, por tener mis padres ahí la casa, nunca me había alojado. «Paula, querida, he pensado que te haría ilusión dormir en este hotel», me dijo cariñosamente Don Per. La lucecita se convirtió en un enorme foco que acabó con la oscuridad y tuve remordimientos por haber sospechado que el Don Per actual volvía a su ser anterior. Mandó a Joseba sacar las maletas y, una vez que en recepción comprobó que no había ningún problema con el coche de alquiler que tenía reservado para el día siguiente, le dijo al chófer que iría al consejo de administración por su cuenta y que ese mismo día podría volver al País Vasco, pero que esperara porque todavía iba a requerir sus servicios durante esa tarde.

Una vez en la habitación, ya relajada y tras una ducha con la que me limpié de los sudores que había pasado, mostré preocupación por Joseba, al que le quedaba una tirada hasta volver al País Vasco. Le pregunté a Don Per si era realmente necesario retenerle, y le dije que durante esa tarde podíamos movernos en taxi o ir caminando a donde quisiéramos. «No lo creo –replicó él–, tenemos que ir a un sitio al que no se puede ir andando, y teniendo aquí a Joseba es absurdo gastar tanto en un taxi.» «¿Adónde?», pregunté. «Esta tarde tenemos que cumplir el objetivo principal de este viaje», siguió él manteniendo la incógnita. Le pregunté, todavía confiada, qué objetivo era ése y entonces él me respondió con una de sus fatídicas frases favoritas que ya había olvidado o había querido olvidar: «Por Dios, Paula, tú es que todavía crees en los Reyes Magos.» No dijo más, pero yo sabía qué significaba. Comencé a sudar de nuevo. Tras deshacer las maletas, bajamos y nos montamos en el coche. Le pidió a Joseba que nos llevara a Cercana. «¿Has traído las llaves del piso, Paula?», me preguntó con fingida indiferencia. Le respondí que no porque no sabía adónde íbamos de viaje. «No te preocupes, cariño, yo sí las he traído. Supongo que, como yo, estarás deseando comprobar que tu hermana ha dejado el piso en perfectas condiciones, ¿verdad? –siguió fingiendo con un tono amable que me espeluznaba–; porque tu hermana habrá dejado ya la casa, ¿o no?» Le contesté con un tembloroso hilo de voz que la semana pasada todavía se encontraban ahí, pero que había pedido a mi madre que les dijera que debían marcharse ya. No se enfureció, quizá por la presencia de Joseba o tal vez porque quería seguir con el cínico juego de aquí no pasa nada. Sonriendo me informó de que esa misma mañana había llamado por teléfono al piso y le había respondido una voz, que esperaba que fuera del marido de mi hermana y no de un ladrón, porque él no preguntó nada y colgó. En ese momento me di definitivamente por perdida, supe entonces que hasta ahí había durado mi felicidad, que todo iba a volver a ser como antes, que me había hecho falsas ilusiones y que me esperaba una paliza que reanudaría la rutina de la violencia. Era consciente de que, aunque mi hermana se hubiera ido milagrosamente del piso después de esa llamada y lo hubiera dejado impecable e incluso con un regalo en agradecimiento, y yo me librara de la paliza esa noche, todas las ilusiones de una vida normal se habían desmoronado. Esa insidiosa forma de proceder de Don Per era conocida por mí y significaba que no había cambiado. Si me libraba de ésa, poco tardaría en surgir otra por cualquier excusa. No sé cómo pude contener las lágrimas delante de Joseba, ni luego, cuando subimos al piso y sorprendimos a mi hermana con su marido y su hija y vimos cierto desorden en la casa, que a Don Per le parecería un auténtico caos.

Me pegó en la habitación del hotel, por la noche, dándome fuertes golpes con un zapato, para no mancharse las manos con mi apestoso sudor, según dijo. Pero antes había dilatado todo lo que pudo ese momento precisamente para que sudara de la tensión, para que la incertidumbre me desquiciara. En nuestra casa se había mostrado muy amable con mi hermana y su marido, a los que no reprochó que siguieran ocupando nuestra vivienda, y llegó a hacer alguna carantoña a su bebé. Luego fuimos a pasear por Alnorte, agarrados de la mano, diciéndome lo mucho que me quería.

Después vino la romántica cena, y he de decir, sintiéndome tonta ahora por ello, que en algún momento me hizo creer que no iba a reaccionar mal, que había cambiado y que quería demostrarme que podía pasar por alto un «error», que incluso ni siquiera lo habría considerado como tal o por lo menos como error mío, siendo consecuente con el hecho de que él había aceptado la responsabilidad del préstamo de la casa. Tras la paliza, tuve que aguantar, como tantas veces lo había hecho anteriormente, sus repugnantes argumentos de que había actuado así por mi bien, para ayudarme a ser una mujer diez.

23

Me vi sumida de nuevo en una espantosa vida. El que hubiera tenido varios meses de paz no me creaba la esperanza de que se repitieran; antes al contrario, al haber acabado así, por un motivo nimio, tenía la certeza de que todo seguiría igual, o peor. Sabía positivamente que no podría ilusionarme ya por un futuro cambio, porque estaba segura de que no duraría mucho. Yo había confiado en que mientras Don Per mantuviera su privilegiada vida de alto ejecutivo, su carácter se mantendría manso, pero me equivocaba. Estaba bien reciente el éxito de México y a Don Per no le podía ir mejor en su trabajo. No tenía siquiera la excusa (inaceptable, por supuesto) de que su violencia fuera producida por su frustración..., o tal vez sí la tenía porque unos pocos meses de alto ejecutivo le habrían bastado para crearse aspiraciones superiores con las que estar frustrado. Supe desde el momento en que me dio la paliza que todo volvería a ser como antes de ese corto período de tranquilidad, que no era posible que se tratara de un aislado episodio de violencia y que, tras pedir perdón y expresar propósito de enmienda, hubiera otra nueva etapa de paz duradera. Enseguida comprobé que no me equivocaba. No pasó mucho tiempo hasta la siguiente paliza por defender a Pedro, a quien Don Per le hacía la vida imposible en el trabajo para forzar que dejara la empresa. Miren me había contado algunas cosas desesperada para que yo intercediera con tacto ante Don Per. «Abogadilla de causas perdidas», me llamaba Don Per mientras me aleccionaba violentamente para que no me metiera en sus asuntos. El pobre Pedro sufrió lo indecible por la crueldad de Don Per, que le mantenía absolutamente relegado de sus funciones, y aunque conservaba el título y el sueldo de director de producción, no contaba absolutamente para nada con él, no era convocado a ninguna reunión y le había cambiado su flamante despacho por un mínimo cubículo en la planta baja donde anteriormente estaba el vigilante de la empresa. Semejantes humillaciones por parte de su jefe y supuesto amigo le agravaron la úlcera de estómago que padecía, que empezó a sangrar y tuvo que coger la baja. No volvería ya a la empresa: le internaron en el hospital, le sometieron a una complicada operación y, más adelante, le descubrieron un cáncer de estómago, del que terminó muriendo. Don Per disfrutaba humillando a Pedro, «aplastando a un mediocre», como él lo llamaba. No contento con haberle arruinado su vida profesional, en el ámbito personal, cuando sus diferencias afectaron a la común cuadrilla de amigos en la que Pedro nos había introducido, Don Per fue tan hábil en sus manipulaciones que todos tomaron partido por nosotros. Años más tarde, uno de ellos, Luis María, habría de lamentarse de haber concedido crédito a las mentiras de Don Per y haber dado la espalda a ese amigo, pero ya era tarde. Otros nunca reaccionaron en ese sentido y terminaron incluso dándome la espalda a mí cuando ya me había liberado. Yo seguí en contacto con Miren, que se desahogaba conmigo en largas conversaciones por teléfono y, como yo siempre le había dado la razón respecto al pésimo comportamiento y a la crueldad de Don Per con Pedro, no se recataba a la hora de criticar duramente e incluso insultar a mi marido. Lejos de molestarme, como se hubiera molestado cualquier esposa, me agradaban estas conversaciones. Encontraba por fin a alguien que conocía el lado oscuro de Don Per y eso me gratificaba. En más de una ocasión estuve tentada de revelarle a Miren los malos tratos a los que me sometía, pero de nuevo me abstuve.

Cuando ya estaba resignada otra vez a la rutina de la violencia, cuando estaba convencida de que nada haría cambiar a Don Per y me encontraba atrapada en su tela de araña, incapaz de tomar iniciativas para liberarme, surgió un elemento inesperado que llegó a crearme nuevas esperanzas: la conversión de Don Per. Desde que nos conocimos, habían quedado claras nuestras similares actitudes ante la religión. Ambos éramos medianamente creyentes, pero no practicantes. Confiábamos levemente en la existencia de un ser superior y teníamos la esperanza de que hubiera algo después de la muerte, si bien no le profesábamos especial simpatía a la Iglesia y sus ritos. Los dos nos habíamos educado en colegios católicos donde nos habían saturado de actos religiosos. Don Per aborrecía especialmente a los curas, a los que tachaba con frecuencia de depravados; mantenía que más de uno había intentado tocamientos con intenciones sexuales con él cuando era niño. Yo no les tenía tanta aversión ni a los curas ni a las monjas, y por ello, cuando tuve que preocuparme de la escolarización de Carolina, visité, aconsejada por Miren y Pedro (antes de que éste cayera en desgracia), el colegio de monjas a donde enviaban a su hija. Era un centro con buena reputación y sus monjas tenían fama de liberales y nada mojigatas. Así me parecieron cuando hablé con ellas. Le conté a Don Per la buena impresión que me había producido ese colegio, poniendo especial énfasis, para salvar el escollo de su anticlericalismo, en lo moderno que era aunque fuera religioso, y le propuse que Carolina entrara en él. Me respondió que ya la había inscrito en otro, en uno de una importante orden religiosa, y asimismo había reservado plaza para que los gemelos ingresaran en una guardería también de la misma orden. Sólo me tendría que ocupar de comprar los libros y el uniforme de la niña. No me sorprendió que hubiera tomado esa decisión sin consultármela, pero sí que el impío Don Per de pronto tuviera simpatías por una organización religiosa de tan exagerada ortodoxia. Imaginé que no lo había hecho por razones ideológicas, sino por una cuestión de prestigio, como el que se compra un coche de lujo, pues eran los colegios más caros, adonde debían ir los hijos de todo un director general. Yo no sabía entonces demasiado de esa organización, pero por lo poco que conocía de ellos no me eran simpáticos. No me hacía feliz que mis hijos fueran a esos colegios, pero sabía que lo único que conseguiría tratando de que Don Per cambiara de opinión era llevarme una paliza.

Un día Don Per comenzó a acudir a misa. Salvo para ir a bodas, bautizos y primeras comuniones, a nosotros nunca se nos ocurría pisar una Iglesia, pero él empezó a frecuentarlas con asiduidad y también comenzó a asistir a reuniones en una casa de la organización. Pronto empecé a ver ejemplares del libro más representativo del fundador de la organización por todas partes, estratégicamente distribuidos en distintos rincones de nuestra casa, en la guantera del coche, en el bolsillo de la americana de Don Per... Y multitud de pequeños rosarios metidos en discretas fundas de piel. Observaba atónita y en silencio estos signos del nuevo fervor religioso de Don Per. Yo nada preguntaba y él nada me decía. Quien debía haberse refugiado en la religión, dado que su vida terrenal era tan horrible, era yo y no él. Era paradójico, pero a mí nunca me había dado por ahí. Después de que al principio alguna vez pidiera a Dios que cesaran las palizas y al ver que mis ruegos no eran atendidos, dejé mi fe en suspenso, sin preocuparme demasiado por ella y sin utilizarla como consuelo. Ahora de pronto e inesperadamente, la fe acudía en mi ayuda, pero era la fe de Don Per y no la mía. Estaba tan ocupado en misas y reuniones de la organización que se había olvidado de pegarme. Paraba poco por casa, lo cual era estupendo, y cuando lo hacía, se dedicaba a leer con mucha concentración el libro de la organización o a rezar el rosario, aunque esto segundo lo solía hacer sin tanta concentración, simultaneándolo a menudo con la visión de la serie de televisión *Bonanza* y con la degustación de un enorme paquete de pipas. ¿Sería posible que mi liberación llegara por una extraña conversión de Don Per? ¿Habría tenido una epifanía en la que se le hubiera revelado la maldad que había en sus maltratos? ¿Tal vez con la edad el miedo al más allá le habría hecho considerar que debía corregir su comportamiento y actuar con bondad? ¿Serían capaces los curas y miembros de la organización de inculcarle la noción de pecado y que de ese modo se acabara la violencia? La respuesta a esas preguntas no tardó en llegar: una mañana de domingo me dice que me arregle y que vista a los niños porque nos vamos todos juntos a misa y que me dé prisa porque hay que llegar con tiempo para poder confesarnos. No me parece buena idea y así se lo hago saber. Confiada por su nueva y pacífica actitud religiosa de la última temporada, argumento que los niños no tienen edad para estarse quietos durante toda una misa y que por mi parte no estoy dispuesta a asistir a un acto religioso que no siento. Le explico que creo en Dios, quizá más que él, pero que lo hago a mi manera y que las misas no están incluidas en ella. «No me has entendido, Paula –me dice mientras me lleva a empujones al cuarto de baño de nuestro dormitorio, lugar a donde me solía conducir en sus ataques de ira por ser el más aislado de la casa–, tú vas a venir a misa conmigo todos los domingos y fiestas de guardar, y antes de la ceremonia te vas a confesar con un cura de la organización.» Lo que me dice me parece una intromisión en mi conciencia personal que no estoy dispuesta a aceptar. Hace mucho tiempo que le obedezco sin oposición en todo tipo de cosas, pero esto me molesta especialmente. No quiero sentirme falsa fingiendo que me interesa la misa, fingiendo que rezo con devoción; bastante fingimiento hay ya en mi vida. Me niego por segunda vez a ir a misa. Me pregunto si será capaz de pegarme en nombre de Dios. Me grita que le voy a acompañar a la iglesia aunque tenga que llevarme a golpes (utilizando la conocida blasfemia sinónimo de golpes) y me jura por Dios que me voy a confesar con el cura que él me diga. No quiero contarle mis pecados a nadie, no soy capaz de sincerarme ni con mis mejores amigas y no lo voy a hacer a un hombre vestido con sotana. Me niego por tercera vez. Me coge de los pelos y me empieza a golpear la cara contra el lavabo. Giro la cabeza como puedo para evitar que me golpee en la cara y me dejen marcas. Sé que las marcas no me sirven de nada, no delatan lo que Don Per me hace, me obligan a mentir y la gente me cree; algunos sólo fingen creerme: mis padres, como sabré después, y el servicio, como ya he sabido. Me grita que voy a ir a misa por las buenas o por las malas y que una estúpida como yo no le va a arruinar su carrera profesional y política. Ahora comienzo a entender el sentido de su fe, aunque estoy para entender poco, preocupada únicamente por intentar que no me golpee en la cara. Logro que la mayoría de los golpes me den en otras partes de la cabeza, aunque eso no evita que tenga que acudir a misa cubierta con un pañuelo que oculta un moratón en un lateral del rostro y con grandes gafas de sol en prevención de que un ojo se me ponga morado; tengo ya experiencia y sé que esto puede tardar cierto tiempo en ocurrir. Don Per se queda con los niños en el banco y me ordena que me vaya a confesar. No me advierte de que no le cuente nada de lo que me ha hecho; sabe que no es necesario. Todavía recuerdo de cuando era niña el protocolo de la confesión: «Ave María Purísima», me dice el cura detrás de la celosía; «sin pecado concebida», respondo. Comienzo mintiéndole al decirle el tiempo que hace que no me confieso. Continúo mintiéndole al contarle cuatro tópicos pecados veniales para que la cosa dure lo menos posible. Vuelvo al banco. Ahora es el turno de Don Per. Acude al mismo cura. No tiene miedo de que le acuse de torturador, de ser un pecador a gran escala, de que no haya penitencia posible para purgar tanto mal. Sabe que yo no le he dado pistas para ello y yo sé que él no se las va a dar. Le miro con odio y le veo en actitud contrita arrodillado en el confesionario. Alarga la confesión todo lo que puede, estoy segura de que recursos no le faltan, hasta que en la iglesia ya hay suficiente gente que le vea dejar el confesionario que tiene el cartel con el nombre del cura de la organización y retirarse a un discreto banco a cumplir con fervor la penitencia. En este momento decido cambiarle mi forma mental de referirme a él. A partir de ahora le llamaré San Per.

24

Esa organización religiosa fue desde entonces una presencia constante en nuestras vidas. Al poco de haber acudido a esa primera misa, San Per me dijo que los métodos anticonceptivos se habían acabado para nosotros. Tras rezar un rosario y leer unas máximas de su libro fundamental, me empezó a hablar de que había que santificar el matrimonio: «Hijos, muchos hijos, y un rastro imborrable de luz dejaremos si sacrificamos el egoísmo de la carne», me leyó citando al autor del libro. Yo no daba crédito a lo que estaba oyendo. ¿Pretendía que me creyera que realmente comulgaba con esas ideas? No sólo me había pegado para que fuera a misa, sino que mientras lo hacía me había gritado que yo no le estropearía su carrera profesional y política. En ese momento, por razones obvias, yo no pude preguntarle a qué se refería, pero no dudaba de que nada tenían que ver con la religión sus devaneos con esa organización religiosa. Me explicó que las ideas que su fundador promulgaba sobre santidad en la vida cotidiana en el lugar que a cada uno le había correspondido tenían mucho que ver con las suyas propias sobre la perfección de las personas. ¿Era posible que confundiera su particular y esquizoide concepción de la perfección con algo tan en las antípodas como la santidad? Me contó que había solicitado el ingreso en dicha organización y me pidió que no se lo dijera a nadie, ya que uno de los preceptos era observar un prudente silencio sobre la pertenencia a la misma, si bien me aclaró que había previsto que ciertos signos le delatarían, especialmente delante de las personas introducidas, como eran los pequeños rosarios guardados en sus específicas bolsitas de piel y, más evidentemente, un ejemplar del libro de cabecera u otro libro del fundador olvidado sobre una mesa o en la guantera del coche o una estampa con la imagen del futuro beato y no mucho más futuro santo sacada involuntariamente en el momento adecuado del bolsillo de la chaqueta al ir a coger unas llaves. Me habló del lugar para el que él estaba destinado, donde ejercería su perfección/santidad, un lugar de poder en la política y en los negocios. Trataba de camuflarlo y hacerme tragar que admiraba las premisas religiosas de esa organización, pero su megalomanía le perdía. La vehemencia le llevó a explicarme que en el 1969 doce de los diecinueve ministros del Generalísimo pertenecían a esa organización y que, aunque ahora parecía tener menor influencia, eran sólo apariencias, pues desde Roma su fundador y su organización manejaban todo un imperio económico y de poder que se iba extendiendo día a día por todo el mundo. Parecía que la cosa se aclaraba: San Per quería ser ministro y había encontrado un vehículo que le llevaría velozmente a ese objetivo. ¿A qué venía entonces el paripé de rezar el rosario cuando me tenía a mí de única testigo? ¿Para qué hablarme de santidades y perfecciones cotidianas? Y lo que era peor y realmente me preocupaba: ¿por qué íbamos a tener tantos hijos como Dios nos diera si él los aborrecía y nadie podía saber si usábamos o no métodos anticonceptivos?

San Per comenzó a acudir a misa todos los días y a reuniones a una casa de la organización con no mucha menor frecuencia; a las doce de la mañana dejaba de trabajar durante un rato para rezar el Ángelus; decía que se duchaba con agua fría, ensalzando sus efectos estimulantes, pero con la intención real de que se supiera que cumplía con uno de los sacrificios cotidianos recomendados en la organización; rezaba absurdamente el rosario mientras veía sus series favoritas; se confesaba semanalmente, estudiaba los distintos escritos del fundador de la organización como si fueran la tabla de multiplicar y, en fin, hacía todo lo posible para que su ingreso como miembro en la categoría para los casados tuviera lugar lo antes posible. Seguro que no tendría gran problema para convencer a su director espiritual, de la misma forma que no había tenido dificultades para convencer a Luis María y a los otros amigos de que Pedro era el demonio y él era el santo. A imitación del fundador, emprendió los trámites legales para unir sus dos apellidos, que para su desgracia eran demasiado vulgares y por tanto poco útiles en su carrera política, y no compró un título nobiliario como hiciera el preboste porque no debió encontrar ninguno a la venta o tal vez porque no quería pasarse, que el régimen franquista estaba en su última fase y nadie sabía lo que vendría después.

En cuanto a mí, me exigía menor grado de compromiso que a sí mismo. Se conformaba con que acudiera a misa los domingos y de vez en cuando se me viera volver del confesionario. A cambio, las palizas se habían reducido considerablemente. Respecto a los métodos anticonceptivos, traté de usar en la medida de lo posible el de la abstinencia, porque los otros me habían sido vedados, y aunque seguí tomando la píldora a escondidas mientras tuve existencias, cuando se me acabaron, no pude recurrir, como había hecho hasta el momento, a mi amiga Diana de París, ya que San Per podría enterarse por su marido, y en España todavía no era de venta legal, ni yo conocía a nadie que me la pudiera proporcionar. Salíamos mucho con amigos, aquellos que nos había presentado Pedro y otros que habíamos conocido después, y mi vida transcurría algo más pacíficamente de lo que era habitual. «¡Bendita organización!», pensaba yo, aunque bien sabía que ni la religión ni nada era garantía para que la paz durara. Había asumido que las épocas violentas y las de calma llegaban y se iban como llegan y se van los fenómenos meteorológicos, por causas ignotas o difíciles de precisar: así como con todo el conocimiento de la ciencia y con toda la tecnología que el hombre dispone actualmente, las predicciones meteorológicas apenas aciertan a más de tres días vista, yo tampoco era capaz de saber cuándo San Per iba tener uno de sus ataques de ira o iba a ser un perfecto caballero. Igualmente, aceptaba sus palizas, desprecios y humillaciones como el campesino acepta el granizo que le estropea la cosecha, el cantante el chaparrón que le dispersa el público o el pescador los temporales que no le permiten salir a navegar. Afortunadamente, yo como ellos, disponía de estaciones por las que sabía a grandes rasgos a qué atenerme. Había épocas enteras, como esta de los primeros escarceos de San Per con la organización religiosa, en las que era raro un episodio violento.

Quizá porque aquella paliza cayó en plena época tranquila, como una nevada en agosto, reaccioné de la forma en que lo hice. Ocurrió en Madrid, adonde viajamos para acudir a una cena de un banco en el cual San Per era consejero por estar relacionado con la empresa donde trabajaba. Se trataba de una celebración de resultados a la que las mujeres de los consejeros estábamos invitadas. San Per, en su afán por hacer ostentación de riqueza y pensando que ello le reportaría en aquel círculo de banqueros prestigio para su carrera de ministro, me pidió que me vistiera con ropas de la marca de mayor categoría y que llevara mis más lujosas joyas. Escogí unos pendientes y una gargantilla de brillantes, regalo de boda de unos potentados amigos de mis padres, y me puse en la muñeca el fastuoso reloj de platino y diamantes que San Per me regalara el día en que se me declaró. Iba manifiestamente exagerada para la ocasión y destacaba entre las demás mujeres, que, aunque elegantemente vestidas, en general lucían atuendos más discretos. Pero a San Per le debieron parecer pocos los quilates que llevaba encima y durante la cena me preguntó al oído que por qué no me había puesto la sortija de brillantes que me había regalado en la pedida. Le respondí, sin darle importancia, que me había parecido excesivo llevar tantas joyas y que la había dejado en casa. La cena prosiguió con normalidad; si acaso, San

Per trató de sustituir el brillo de la sortija por el suyo propio e hizo lo posible por destacar. Pero cuando llegamos a la habitación del hotel, empezó el interrogatorio y los reproches habituales, magnificando de tal modo la ausencia de la sortija que sólo le faltó calificarla como un cataclismo. Se lamentaba de que despreciara de esa manera los regalos que me hacía, y en realidad no sabía él hasta qué punto tenía razón; ganas tuve de decirle que la buscara en los desagües del parador de turismo, que tal vez se hubiera quedado atascada en el sifón del retrete adonde la arrojé. No hizo falta decirle nada parecido para que empezara con los golpes. Una vez más, en un hotel de lujo, era vapuleada sin compasión. Al día siguiente teníamos una comida con unos amigos del País Vasco que también estaban en Madrid, precisamente para que nos presentaran a un hombre que traía zafiros de contrabando de Amsterdam. Por ello San Per no me pegó en la cara, aunque me hizo agradecerle de rodillas que no lo hubiera hecho. A la mañana siguiente se levantó de buen humor, como si no hubiera pasado nada, pero a mí todavía me dolía el cuerpo por los golpes. San Per, como tantas veces, arrepentido por lo que había hecho, se mostró exageradamente amable conmigo. Me prometió que si los zafiros tenían certificado y le parecían fiables, me compraría los que yo quisiera. Luego se fue a trabajar y quedamos en vernos en la cafetería del hotel al mediodía. Una incontenible rabia me dominaba esa mañana; siempre sentía esa inmensa rabia, nacida de la impotencia, de mi incapacidad de respuesta a las palizas y humillaciones. El hecho de que pensara que con la compra de un zafiro expiaba sus culpas, me sulfuraba sobremanera. Como mi rabia, su actitud no era nueva, pero en aquella ocasión, no sé por qué, estaba dispuesta a rebelarme. Dominada por un impulso, sin meditarlo, cogí el reloj de platino y diamantes y me fui con él al Rastro. Entré en la primera tienda de antigüedades que vi y le ofrecí mi reloj al anticuario. El hombre, un señor mayor, se quedó impresionadísimo y lo observó detenidamente. «Es un Caterphilis auténtico», exclamó asombrado. Luego me lo devolvió y me dijo que no tenía dinero en ese momento para comprármelo, y precisó que no es que no lo tuviera en la tienda, sino que ni siquiera en el banco disponía de suficiente para pagarme un precio medianamente justo. «¿Cuánto tiene ahora en la tienda?», le pregunté. Me respondió que tenía unas treinta mil pesetas, pero que no iba a comprarme el reloj por tan poco dinero. Me sugirió que, si por alguna causa necesitaba urgentemente el dinero, lo empeñara antes que perder tan preciada pieza. «No se trata de dinero –le respondí–, lo que quiero es deshacerme de él; me trae malos recuerdos.» Fui tan contumaz que el hombre terminó comprándome el reloj por las treinta mil pesetas que tenía en la caja. En agradecimiento, cerró la tienda y me llevó en su coche hasta el hotel. En la Puerta del Sol, le pedí que parara un momento. Me bajé y le entregué el sobre con las treinta mil pesetas a un pobre que estaba mendigando. Volví al coche y le pedí al boquiabierto anticuario que continuara hacia el hotel, sin dejar que el pobre, que ya había visto el contenido del sobre y daba grandes gritos de agradecimiento mientras se acercaba al coche, nos alcanzara. Me sentí liberada y valiente: aquel atrevido gesto me dio fuerzas. De pronto me sentía capaz de decir a San Per que todo se había acabado, que no estaba dispuesta a soportar más violencia y humillaciones, que no quería seguir viviendo con él y que los niños y yo nos iríamos de casa. Fue un pensamiento súbito que me llegó como una revelación. No lo había meditado hasta que llegué al hotel, y, sin embargo, me parecía que era una firme conclusión que había alcanzado tras madurarla concienzudamente, quién sabe si así había sucedido en el interior de mi subconsciente. Por supuesto, yo había considerado numerosas veces el separarme, pero ahora era distinto, ahora estaba convencida de que sería capaz de hacerlo. En anteriores ocasiones, me había amenazado con matarme a mí y a los niños si se me pasaba por la cabeza la idea de dejarle. Nunca me había atrevido siquiera a insinuarle que lo haría, pero él sospechaba que yo tendría por fuerza que pensarlo y por si acaso me advertía de las consecuencias. Pero ahora, como si hubiera dado con una sencillísima solución a un problema aparentemente irresoluble, como si hubiera inventado la rueda, me parecía que esas amenazas eran pura farsa, bravuconadas con las que amedrentarme. Aunque sabía que la crueldad de San Per no tenía límites, sólo se había atrevido a sacar su violencia cuando nos encontrábamos a solas y sin testigos. Se trataba de no coincidir a partir de entonces con él entre cuatro paredes y, si era posible, no volverle a ver. Yo había sido capaz de trabajar y ganar suficiente como para mantener a mi familia. Podría volverlo a hacer sin problemas. Sólo tenía que decirle a San Per que no volvería a pegarme porque me iba a marchar para siempre. No podría ponerse violento ahí en la cafetería del hotel, delante de la gente, ni tendría posibilidad de llevarme a la fuerza a la habitación porque yo me resistiría. Una vez que se lo hubiera dicho, pararía un taxi y le diría que me llevara al aeropuerto, donde cogería el primer vuelo para el País Vasco, recogería a mis hijos y me iría a un hotel lejos de nuestra casa. Así de sencillo. Pedí una botella de champán y me senté a una mesa de la cafetería a esperar a que San Per llegara. El pedir la botella de champán, utilizando su propio estilo, me parecía un gesto insolente que reforzaría mi decidida actitud. San Per se retrasaba. Apenas pruebo el champán, quiero tener la cabeza despejada. Miro continuamente el reloj, el de diario que llevo en la muñeca. Me descubro a mí misma pensando cómo voy a hacer para ocultar que me he deshecho del de platino y diamantes, pero es absurdo puesto que me voy a separar y no le volveré a ver. Mi corazón se acelera. De pronto se me ocurre que no tengo por qué esperar a San Per, que puedo coger ya el taxi e irme. Pero no, debo enfrentarme a él, por una vez, de otra forma me ocurrirá lo que en ocasiones anteriores, que he terminado volviendo. No puedo controlar mi pulso, que va a toda velocidad. No tengo más remedio que reconocer que tengo miedo. Veo a San Per entrar en la cafetería y buscarme con la mirada. Me entra una enorme angustia. Hace apenas un momento me sentía segura, pero ahora su presencia me aterra. Se acerca sonriendo. «¿Qué celebramos, cariño?», me dice al ver la botella de champán. Sonrío, no sé qué decir. Me había imaginado que me lo preguntaría y tenía pensada la respuesta: «Mi liberación, celebramos que he decidido liberarme de ti, que no me vas a poder pegar nunca más en la vida porque me voy a marchar y no vas a volverme a ver, y si tratas de impedírmelo, me pondré a chillar y pediré socorro.» No soy capaz de decírselo. Insiste: «¿Qué celebramos, Paula?» «Mi liberación» es lo único que soy capaz de decir. Hay un silencio. Su sonrisa desaparece de su cara y los ojos se le achinan detrás de sus gafas: «¿A qué te refieres?» «A nada –respondo como si fuera tonta de baba–, a que estoy contenta y me siento liberada porque me he pesado en una farmacia y no he engordado a pesar de la cena de ayer.» Me siento cobarde, idiota e ínfima, pero no lo he podido evitar, es superior a mi voluntad. San Per tarda todavía un momento en volver a sonreír. «Cualquier motivo es válido para tomar champán», dice antes de dirigirse a la barra para pedir una copa. Vuelve a la mesa y se sirve de la botella. Propone un brindis: «Por nosotros y nuestra felicidad.» Tras beber un trago, añade en voz baja: «Nosotros vamos a estar siempre juntos, Paula, y si alguna vez se te ocurre intentar marcharte de mi lado, te juro que te mato, ¿entiendes? Te mato porque tú eres mía, grábatelo bien en tu cabecita.» No respondo nada. De nuevo muda. Me he traicionado a mí misma.

25

La ausencia de métodos anticonceptivos no tardó en dar sus resultados. Para mi sorpresa, San Per recibió la noticia de mi nuevo embarazo mostrando cierta alegría. No era que de pronto hubiera empezado a sentir simpatía por los niños. Estaba bien reciente un episodio en el que Miguel se había pillado la mano en el ascensor produciéndole el accidente serias quemaduras y, como otras veces, San Per había preferido quedarse viendo la televisión a acompañarme al hospital. Tampoco acudió a ninguna de las curas que a diario y durante tres meses hubo que hacer al niño. Su única reacción fue despedir a María, que tan bien trataba a los niños. Yo creo que la causa de que San Per se alegrara por este nuevo embarazo fue que debió de pensar que cuanto más numerosa fuera la familia, mejor visto estaría él entre la gente de la organización. Al poco tiempo le admitieron como miembro. Corría el 1975, año tan lleno de acontecimientos que, entre unas cosas y otras, me dejó bastante en paz mientras gestaba a mi siguiente hijo. Tras admitirle en la organización, le invitaron a una exclusiva recepción en el santuario de la organización con el mismísimo fundador, que moriría un mes más tarde para desconsuelo de San Per. Le lloró como no habría llorado ni la muerte de su padre, ni la de un hermano, si lo hubiera tenido, ni mi propia muerte, que a menudo parecía desear. En ese año murió también Franco, por el que vertió semejantes lágrimas (mientras yo lo celebraba interiormente). ¿Por qué lloraba ese hombre sin corazón, sin creencias, sin capacidad para la piedad? ¿Para qué le servían esas lágrimas de cocodrilo si no iba a ser yo quien le nombrara o le dejara de nombrar ministro? Además de violento, San Per era a menudo ridículo. Confiaba en que el franquismo sobreviviera a Franco y él tuviera cabida en la nueva clase dirigente. Afortunadamente, ni el franquismo ha perdurado, ni San Per tampoco, para bien de todos los españoles. Pero el caso es que entre esas muertes, las consiguientes visitas primero al santuario y luego a Madrid, para rendir homenaje a sendos próceres, sus misas y reuniones con la organización, sus intentos por congeniar con cualquier persona influyente en el régimen, y un nuevo y prolongado viaje que hicimos a Latinoamérica, sólo recibí dos palizas durante los nueve meses de embarazo y en ninguna de ellas se ensañó especialmente. ¡Cómo llega una a acostumbrarse a todo! Sólo dos palizas en nueve meses me parecían una bendición, como también me pareció una bendición que por una vez San Per no me exigiera mantenerme sin engordar un solo gramo. Resultado de ambas cosas fue que por fin tuve un parto sin problemas y un bebé de peso normal, una niña de tres kilos doscientos, que a San Per le pareció enorme y, cómo no, fea.

A nuestros tres primeros hijos les había escogido yo los nombres sin que su padre se hubiera interesado lo más mínimo en la materia, haciendo un despectivo alarde de indiferencia, pero, ignoro por qué causa, en esta ocasión quiso intervenir. Proponía llamarla Clotilde, lo cual como broma no estaba mal (que me perdonen las Clotildes, pero es un nombre que me suena a tebeo), pero únicamente por encima de mi cadáver estaba yo dispuesta a que se llamara así mi niña. Yo proponía llamarla Alba, pero a San Per se le había metido en la cabeza que era un nombre de rojos. Barajamos más nombres para tratar de encontrar uno de consenso. Ninguno de los que yo proponía le gustaba a San Per. Por su parte, él insistía con Clotilde y sólo me ofrecía la alternativa de Natalia, que, aunque me molestaba mucho menos, tampoco me hacía feliz. Cuando más acalorada estaba la discusión y cuando ya pensaba que me había ganado una paliza por llevarle la contraria, San Per, inesperadamente, me dio la razón y accedió a que la llamáramos Alba. Y si grande fue mi sorpresa por esa insólita reacción de San Per, mayor fue la que un mes más tarde tuve junto con Luis María, que era el padrino, al oír al cura en el bautizo de la niña decir «Clotilde Natalia, yo te bautizo en el nombre del Padre, del Hijo y del Espíritu Santo...». Para mi desesperación, el desgraciado la había registrado como Clotilde Natalia. Parece broma, pero no lo es y además en este caso son los nombres reales porque afortunadamente nadie conoce a mi hija por ellos; más adelante pude cambiarle el nombre y llamarla uno tan bonito como el de Alba, que ése sí, ése es el seudónimo que he escogido para mi querida hija pequeña en estas memorias. Y si San Per me autorizó a hacerlo, fue más porque no supo muy bien cómo explicar su jugada ante Luis María y su mujer, que creían como yo que iba a ser bautizada como Alba, que porque tuviera algún tipo de arrepentimiento. Mientras tuve ocasión de visitar a unos abogados y empezar los trámites para ello, en casa a la niña cada uno la llamaba de una forma. Los gemelos se divertían llamándola Cloti de Nata delante de mí y Alba delante de su padre.

A pesar de la férrea disciplina que San Per les imponía a base de azotes y tortazos, o a lo mejor precisamente por ello, los gemelos eran de la piel del diablo. No hacía mucho que nos habíamos cambiado de casa a otra alquilada pero sin muebles, con el objeto de que pudiéramos vivir con los nuestros de la casa de Cercana. Carolina se encontraba con mis padres, y sus hermanos, que eran muy aficionados a destripar los juguetes de la niña, tenían prohibido entrar en su cuarto. Ironías del destino, era la noche del día de los Santos Inocentes. San Per y yo estábamos profundamente dormidos cuando oímos a los gemelos gritar: «¡Fuego!, ¡fuego!» Nos despertamos y San Per accionó el interruptor, pero no se encendió la luz. Salimos al pasillo, donde estaban los niños asustadísimos. Un resplandor salía de la habitación de Carolina. Nos asomamos y vimos que había fuego y que las llamas se extendían con gran rapidez. Había prendido la puerta y en cuestión de segundos el fuego se encontraba en el pasillo. Corrí a coger a Alba, mientras San Per iba a la zona de servicio y, cubriéndose con una manta y metiendo luego a las dos empleadas bajo ella, lograron pasar por entre las llamas del pasillo. Salimos corriendo de la casa, avisamos a los vecinos y les pedimos que llamaran a los bomberos. Ya en la calle, San Per estaba desesperado. En la caja fuerte había nada menos que treinta millones de pesetas de la empresa, así como una cantidad importante de dinero nuestro y un décimo de lotería en el que nos habían tocado tres millones de pesetas. Llegaron los bomberos y apagaron el fuego, pero el piso había ardido entero y un par de viviendas más estaban también afectadas. Cuando pudimos entrar de nuevo en la casa, comprobamos con alivio que la caja fuerte había aguantado y lo que había en su interior estaba intacto. Por lo demás, un seguro que providencialmente había hecho San Per el día anterior, aunque todavía estaba pendiente de firma, se hizo cargo de los daños, que eran cuantiosos. Los bomberos dedujeron que la causa del fuego había sido un cortocircuito. Años más tarde, cuando los gemelos tenían diez años, me confesaron que ellos habían sido los culpables, que habían prendido fuego a los juguetes de Carolina porque no les dejábamos cogerlos. Por supuesto, no les reñí, habían pasado cinco años y había sido confesión de motu proprio; pero es que además, tras comprobarse que no había habido daños personales, yo me alegré en su día por aquel incendio. ¿No me había destrozado San Per todas mis pertenencias y con ellas mis recuerdos cuando las llevé a Madrid? Ahora le tocaba el turno a las suyas, aunque con ellas fueran las que teníamos en común y las que había adquirido durante nuestra convivencia, pero, salvo algún que otro regalo de personas queridas, yo no les tenía ningún apego.

26

San Per me anunció que nos mudábamos a Alnorte justo cuando acabábamos de vender el piso de Cercana y comprar uno en el País Vasco, al que estábamos a punto de trasladarnos tras haber vivido, después del incendio, durante unos pocos meses en una provisional e incómoda casa alquilada. Le habían nombrado director general de otra de las compañías del grupo, radicada en Alnorte, una empresa más importante que en la que trabajaba hasta entonces. Suponía, pues, un nuevo peldaño en su ascensión a la cima del poder. Seguiría teniendo relación con la empresa del País Vasco, de la que sería consejero delegado, así como con otra en Andalucía en la que ya desempeñaba similar función, amén de su puesto de consejero en el banco de Madrid. Me apenaba enormemente dejar el País Vasco, aunque fuera para ir a mi tierra, y mi único consuelo era que con tal acumulación de responsabilidades, sumadas a su dedicación a la organización religiosa, a San Per le quedaría escaso tiempo para torturarme, como efectivamente así ocurrió..., en un principio.

Nos fuimos a vivir a Alnorte sin haber estrenado siquiera la nueva casa del País Vasco. Con lo que ganaba San Per, no fue necesario venderla para poder comprar otra en la mejor zona, un lujoso piso acorde con el nivel propio de alguien tan importante como él, lo que no resultó fácil de encontrar pues todos los que le enseñaba le parecían miserables. Al principio, mientras me dedicaba a reformar y acondicionar ese lujoso piso y criaba a Alba, contrataba nuevo servicio y me ocupaba en tareas semejantes, con San Per absorbido por sus responsabilidades, no me di cuenta de lo que supuso el cambio de ciudad, pero enseguida empecé a echar mucho de menos mi vida en el País Vasco, donde había hecho numerosas amistades con las que quedaba a menudo, en muchas ocasiones sin San Per, y pese a que no disponía de ese refugio que en tiempos pasados había supuesto mi trabajo, sí tenía parcelas en las que podía ser feliz y olvidarme de que mi vida no era normal, que estaba marcada por una oculta y permanente desgracia que nadie conocía y que condicionaba la mayor parte de mi existencia. Había perdido el contacto con mis amigas de la infancia de Alnorte, muchas de las cuales ya no vivían ahí. San Per se relacionaba principalmente con miembros de la organización religiosa (hombres que, siendo seglares, han decidido no casarse y vivir en casas comunitarias de dicha organización); solían ser profesionales de prestigio muy preparados que hacían gala de una extensa cultura, pero también de una ideología, en esos tiempos de transición y efervescencia política, opuesta a la mía. Difícilmente señores tan rígidos y sesudos podían sustituir a los alegres matrimonios con los que yo podía respirar en mi etapa anterior, aunque con el tiempo llegué a congeniar un tanto con tres de ellos, Mario, Roberto y Andrés, especialmente con este último; pero entre tanto, yo me sentía muy sola en Alnorte. Estaban mis hijos y mis padres, que ahora los tenía en la misma ciudad, pero me faltaban esos espacios propios fuera de la familia que suponían un alivio necesario para soportar mi cuitada vida. El volver a trabajar era algo absolutamente impensable. San Per no admitiría el desprestigio que supondría, según su mentalidad, el que la mujer de un hombre de su posición trabajara, como si él no fuera capaz de ganar suficiente dinero como para vivir dando envidia al prójimo. Estaba deseando hacer algo que me proporcionara vida, porque yo entonces empecé a pensar que estaba malgastando mi existencia sin hacer nada más que sobrevivir. Empecé a considerar el volver a estudiar, realizar la carrera de derecho, esa promesa tantas veces incumplida. Comencé a plantearme que el licenciarme en derecho podría ser una salida a mi situación (así de largo me lo fiaba), porque yo había achacado mi incapacidad de separarme de San Per a no estar dispuesta a que mis hijos perdieran el privilegio de la posición económica de la que disfrutábamos, y pensaba que, con una carrera como derecho terminada, podría pagarles una casa amplia, colegios privados del mejor nivel, toda la ropa necesaria para que fueran bien vestidos, no negarles un juguete en Reyes por causa del precio y, en fin, ese tipo de cosas en las que yo creía que se encontraba la felicidad de los hijos. Hoy día pienso que ése no era en absoluto el motivo de que no fuera capaz de separarme; era la explicación racional que yo buscaba a algo que no pertenecía a la esfera de lo racional, sino más bien a algún tipo de cortocircuito en el subconsciente. No hace demasiado alguien me comentó que había oído el testimonio en un documental de una mujer torturada en la dictadura militar argentina. Su torturador la sacaba de la cárcel y la llevaba a pasear por la ciudad. La mujer dispuso de multitud de oportunidades para escapar, pero no lo hizo. El militar sabía que no escaparía y por ello le brindaba la oportunidad de hacerlo. La mujer explicaba que suponía que el torturador disfrutaba comprobando el poder psicológico que tenía sobre ella, pero no sabía explicar por qué no aprovechó esas oportunidades. Me siento identificada con esa mujer. También pienso hoy día que la felicidad de los hijos no está en los bienes materiales, e incluso que un colegio de buen nivel de enseñanza es secundario, desde luego mucho menos importante que un hogar en armonía. Y sé, como otra mucha gente, que el tener una carrera no es sinónimo de nivel económico, que se lo digan si no a tantos universitarios que no pueden trabajar en nada relacionado con lo que estudiaron y están malviviendo con trabajos basura. Sin embargo, entonces yo ponía mis esperanzas en la carrera de derecho, aunque sólo sirviera para tener algo que desear, porque no me atrevía siquiera a planteárselo a San Per. Numerosos días me levantaba prometiéndome a mí misma que no me acostaría sin habérselo propuesto, pero siempre volvía a la cama sin haber logrado reunir el valor para hacerlo. Pasó el plazo en el que tendría que haberme matriculado y todavía mantuve durante un corto período las esperanzas; tal vez pueda acudir este año de oyente, me decía, y matricularme y examinarme al siguiente. Pero el curso avanzaba y yo seguía sin encontrar el momento para plantear mi regreso a los estudios y a esas alturas ya era ridículo hacerlo: tendría que vivir con mi frustración hasta el siguiente año. ¿Qué más daba un año más que un año menos?

Como paliativo de mi frustración, se me ocurrió una idea que sí me atreví a planteársela a San Per. La pude llevar a la práctica y su ejecución me mantuvo ocupada y medianamente viva durante una buena temporada. Fue un reto en el que me demostré a mí misma mi capacidad y de paso se la demostré también a San Per, que si me dio la autorización para llevarlo a cabo, fue tan sólo por su seguridad de que me daría un tremendo batacazo, con lo que disfrutaría tanto como el militar argentino al comprobar que su víctima no era capaz de huir. San Per había decidido vender la casa del País Vasco y construirnos un chalet en la costa de la provincia de Alnorte para poder pasar en él fines de semana y vacaciones, e invitar a amigos y conocidos para deslumbrarles. No quería una casa ya construida por algún mediocre, sino algo hecho a su grandilocuente gusto, de modo que me encargué de buscar un terreno donde edificar. Encontré uno maravilloso, un lugar paradisíaco al borde de un acantilado, con una pequeña playa particular, lo cual en esa época, en la que no se había aprobado todavía la ley de costas de la democracia, estaba permitido. Lo compramos inmediatamente. Por esas fechas, Eduardo, un conocido de San Per dedicado, como antaño su padre, al negocio de la chatarra, nos invitó a que visitáramos un viejo barco de pasajeros que acababa de adquirir para su desguace. Se trataba de un elegante *ferry* que había realizado durante años la línea de Alnorte a Inglaterra y que había tenido vocación de transatlántico. Nos vendía a precio de saldo los muebles y enseres que nos interesaran de su interior. El barco me pareció una preciosidad y aunque algunas de las cosas que vi dentro me interesaban, mucho más me interesó el exterior. En mi cabeza empecé a madurar un plan descabellado. Días después llamé a Eduardo y le pedí una copia de los planos del barco. Ante Eduardo y San Per mantuve que los quería para ver la posibilidad de enmarcarlos y hacer láminas con ellos, pero en realidad empecé a estudiarlos como si fuera una ingeniera. Con la osadía de quien cree que la ilusión puede suplir a todos los conocimientos, tomé medidas, hice cálculos, dibujé croquis y luego realicé algunas llamadas en las que consulté distintas dudas. Cuando se lo planteé a San Per, aprovechando un momento en el que estaba de especial buen humor, ya había realizado una investigación previa que respondía a muchas de las primeras y asombradas objeciones que mostró a mi peregrina idea. Se trataba de colocar el puente de mando del barco en nuestro terreno de la costa y convertirlo en una vivienda. La idea en sí le pareció maravillosa, el original chalet que quedaría se ajustaba perfectamente a su afán por impresionar, pero enseguida la tachó de disparate irrealizable. «Dime, Paula, ¿cómo piensas transportar una estructura que mide por lo menos treinta metros de largo?», me preguntó como condescendiendo de mala gana a analizar mi plan. «Mide cuarenta y dos metros –respondí orgullosa con seguridad– y lo trasladaría cortándolo en piezas de un máximo de doce metros que serían cargadas en un transporte especial. Me he informado y un camión capaz de llevar piezas de ese tamaño puede llegar por la carretera a nuestro terreno. Una vez allí, se volverían a soldar.» La seguridad de la respuesta le dejó un tanto descolocado y puso una nueva objeción: «Bueno, no dudo de que se pueda hacer, el hombre ha llegado a la Luna, pero el coste debe de ser altísimo.» «No te creas –repuse yo–, me he enterado de que el kilo de chatarra está de tres a cinco pesetas, y no he podido calcular exactamente cuánto puede pesar ese puente, pero teniendo en cuenta que uno de esos camionazos con tráiler pesa de quince a veinte toneladas, no creo que pese mucho más, por lo que en el peor de los casos nos lo venderían por unas ciento veinticinco mil pesetas. En cuanto al corte, es un trabajo que tienen que hacer para desguazarlo, y supongo que les dará igual cortar por un sitio que por otro, así que sólo en materiales saldría mucho más barato que la construcción de un chalet. Respecto al transporte, he preguntado precios orientativos y te sorprendería saber lo poco que supone; por supuesto, habría que hacer una plataforma de hormigón con sus instalaciones, pero eso equivale a los cimientos necesarios para construir una casa normal. En fin, estoy convencida de que el coste total es muy inferior a construirnos una casa convencional, y a mí por lo menos me parece mucho más bonita una casa-barco.» Por una vez, San Per fue el mudo. No se esperaba que la descerebrada de su mujer, esa ignorante imperfecta que nunca lograba ser la mujer diez que él deseaba, hubiera sido capaz de idear algo semejante. Siguió preguntándome, cada vez más interesado, y yo respondiéndole con posibles soluciones a todas sus pegas, hasta que logré contagiarle la ilusión y me dijo que iba a estudiar el asunto más a fondo y a hablar con algún experto de su fábrica, tras lo cual decidiría algo. A los pocos días confirmó que mi labor de investigación previa no había estado descaminada y que el proyecto era realizable y barato comparado con la construcción de una casa tradicional. Pero argumentó que faltaba por resolver una importante cuestión, que era encontrar una persona que diseñara los detalles de la operación y la dirigiera, alguien con conocimientos, que habría que ver cuánto nos iba a cobrar. Le repliqué que conocía a esa persona y que además no cobraría nada: era yo. Aunque en un principio a San Per le pareció una osadía por mi parte y utilizó sus sarcasmos habituales para tratar de quitarme la idea de la cabeza, al poco tiempo, algo le hizo cambiar de opinión. Creía yo que había accedido porque mi hermano, que acababa de licenciarse de ingeniero, estaba dispuesto a ayudarme, pero más tarde sabría que en realidad él siempre tuvo el convencimiento de que no sería capaz de llevar el proyecto a cabo, tanto con la ayuda de mi hermano como sin ella, y precisamente por eso me autorizó a hacerlo. Era una vez más una forma de sentirse superior, de demostrar que yo no era capaz de hacer nada sin él, de abundar en la relación de dependencia que había logrado urdir día a día, sólo permitiéndome que trabajara en la época en que fue necesario que yo aportara dinero, evitando que estudiara, mentalizándome de que yo era una inútil. Pero yo sabía que lo iba a lograr, que sería capaz de llevar el puente del barco al terreno que habíamos comprado y hacer de él un precioso chalet. Estaba tan convencida de mi capacidad porque necesitaba hacerlo, necesitaba hacer algo grande y aquello podía ser un disparate, pero desde luego no había duda de que era grande.

Ataviados con cascos y monos de trabajo, mi hermano y yo estuvimos cerca de un mes dirigiendo en el puerto el corte de las piezas, numerándolas y almacenándolas en perfecto orden para que no hubiera problemas al reconstruir el puzle. Yo era feliz con esta actividad. Además, nos permitimos todos los días comer a lo grande porque canjeamos en un restaurante cercano las abundantes botellas de todo tipo de bebidas que había en la bodega del barco, y que Eduardo había incluido en el lote, por comida gratis sin límite mientras durara la operación. Luego vino el transporte, que fue espectacular. Construimos la plataforma de hormigón y dispusimos una grúa en el terreno. San Per empezó a sentirse molesto con todo lo relacionado con la casa, y cuando yo le contaba las dificultades que teníamos, que las hubo y muchas, él insistía en que, por mi cerrazón, por no haberle hecho caso y no haber contratado a una persona capaz y con conocimientos, me había metido en un berenjenal del que no sería capaz de salir. Magnificaba cualquier gasto que la obra producía y, aunque realmente nos estaba suponiendo un enorme ahorro respecto a lo que habría sido la construcción de un chalet, él se quejaba de que mi empecinamiento nos iba a llevar a la ruina. Yo seguía adelante a pesar de los problemas que tuvimos que afrontar, como el que la grúa se nos cayera en dos ocasiones porque era demasiado ligera para el peso de algunas piezas, y, a fuerza de ilusión y trabajo, la casa avanzaba y el imponente puente de mando del barco, al borde del acantilado, empezaba a lucir en nuestro terreno. Entonces San Per se dio cuenta de que lo iba a conseguir y trató de boicotear la construcción. Se empeñó en que estaba gastando muchísimo dinero y me obligó a despedir a casi todos los trabajadores. Me adjudicó una cantidad semanal por encima de la cual me prohibió gastar y me dio un plazo de dos meses para que terminara o abandonara la obra. Yo desviaba dinero de la compra y de otros gastos, pero aun así, apenas llegaba para los materiales necesarios y para pagar al único obrero con el que al final me quedé. Mi hermano y yo decidimos empezar a ensuciarnos las manos: aprendimos a soldar y completamos el montaje de la estructura, aprendimos a encolar y atornillar madera para colocar el revestimiento que las paredes llevaban, ayudamos a instalar la electricidad y el agua y, en definitiva, hicimos todo lo que fue necesario, sin reparos ni miramientos. Y estaba casi todo a punto para estrenar la casa barco, únicamente a falta de los muebles de cocina y los sanitarios, y todavía no había concluido el plazo perentorio que San Per me había marcado, cuando decidió venderlo lo antes posible y para que no cupieran dudas de que no había posibilidad de discutirlo, me lo dijo con una de sus palizas.

Como al condenado a muerte al que le hacen cavar su propia tumba, San Per me encargó la venta de la casa-barco. Calculó lo que me había gastado en hacerla, sumó lo que había costado el terreno y añadió un millón de pesetas. Me dijo que lo vendiera por ese precio. Mi comentario de que yo creía que se podía vender por mucho más dinero fue contestado por una ristra de insultos. Entre lágrimas, saqué unas fotos a mi querida obra y acudí a una inmobiliaria. Ellos mismos me animaron a que tratara de venderlo por más y subí en siete millones el precio propuesto por San Per, sin informarle de tal incremento. No se trataba de ganar dinero para nuestra familia; el dinero nos sobraba y si San Per se había quejado del excesivo gasto, era solamente porque no soportaba que yo tuviera un éxito, que me saliera con la mía, y fue la forma de boicotear mi proyecto. Decidí, aun a riesgo de no venderla y sufrir las consecuencias, incrementar el precio de la casa-barco para demostrar que mi casa tenía valor, que no había trabajado en balde, que había sido capaz de hacer algo grande. Apenas habían pasado tres días desde que había anunciado la casa-barco en la inmobiliaria cuando me cayó la siguiente paliza porque no se vendiera. Desde aquel día y durante todo el siguiente mes, San Per me hizo la vida insufrible, exigiéndome la venta inmediata, amenazándome de muerte continuamente, despertándome a puñetazos en medio de la noche y empujándome de la cama, haciéndome dormir en el suelo. Repetía sin cesar: «Barco, barco, barco...» Me llamaba varias veces al día desde la oficina para decirme a través del teléfono: «Barco, barco, barco...» Habría parecido un estúpido juego infantil si, al llegar a casa, no hubiera acompañado esa palabra con su violencia. Pero ni esa suerte de absurda locura, ni todos los golpes y maltratos que me infligió, me hicieron cambiar el precio en la inmobiliaria. Yo sabía que la casa-barco lo valía y que no era cuestión de unos millones de más o de menos, sino de que apareciera alguien interesado y la visitara. Para mi alivio, San Per se tuvo que ir de viaje a Valencia; desde allí seguía llamándome a menudo y repitiendo como un imbécil: «Barco, barco, barco.» Cuando volvió, se encontró con dos millones de pesetas esparcidos por la cama. Era la señal que me había dado el propietario del terreno colindante, el cual, en cuanto vio que colocaba un cartel de «se vende» en la casa-barco, se acercó a interesarse y ese mismo día cerramos el trato por la cantidad que yo había fijado. Cuando San Per se enteró de que habíamos tenido ocho millones de beneficio en poco más de tres meses, su actitud cambió radicalmente y durante un tiempo me concedió el título de mujer diez, sin olvidarse de señalar que sus lecciones habían propiciado el que yo hubiera conseguido una venta tan provechosa.

27

Con el tiempo San Per se iba convirtiendo en un ser cada vez más grotesco. No sólo tenía que soportar su violencia, sino también sus absurdas paranoias, cada vez más frecuentes. El hecho de repetir como un demente la palabra «barco» fue sólo un aperitivo de lo que vendría después. Hicimos un nuevo viaje a Latinoamérica. En Uruguay estaba convencido de que los militares nos espiaban y habían puesto micrófonos en la habitación del hotel, así que mantenía fingidas conversaciones conmigo en la que los exaltaba exageradamente como si nos estuvieran escuchando. Por lo menos su chaladura evitó que pudiera tener sexo conmigo, lo que supuso un gran alivio para mí, aunque no impidió que, por haber organizado en un restaurante un menú que no era de su agrado en una comida con los clientes, me diera una paliza. Primero se excusó ante los micrófonos asegurando que yo había escogido tan absurdo primer plato (una ensalada tropical con toques modernos) con la mejor de mis intenciones y alabó la excelente educación de los uruguayos que no sólo no habían protestado por semejante bazofia, sino que la habían alabado. Después encendió el televisor, subió exageradamente el volumen, me tapó la boca con la almohada, me amenazó de muerte en voz baja al oído si se me ocurría expresar la más mínima queja y empezó a golpearme. En otra ocasión, durante las vacaciones, habíamos estado cenando con Julián, un antiguo compañero suyo del País Vasco que estaba veraneando por la misma zona que nosotros. Tras los postres, jugamos una partida de mus y, a propuesta de San Per, yo hice pareja con Julián. En el viaje de vuelta a casa, mientras conducía, se empeñó en que Julián había estado mirándome fijamente durante toda la partida con intención de comerme con los ojos. Por supuesto que no me había quitado el ojo de encima; así es el mus, en el que hay que estar atento a las señas del compañero. Inútil fue explicárselo porque, jugador de mus empedernido como era, lo sabía mejor que yo. Sospechaba asimismo que habíamos estado rozando nuestros pies por debajo de la mesa y que, al despedirnos con dos amistosos besos, nos los habíamos dado demasiado cerca de la boca. Como yo negara ambas cosas indignada, San Per frenó bruscamente y el coche derrapó y se cayó a la cuneta, quedando de medio lado. A pesar del accidente y después de salir del coche como pudimos, me dio una paliza amparado por la oscuridad de la noche y por la soledad de la carretera. «¡Eres mía!, ¿te enteras?, ¡eres mía!», me repetía mientras me golpeaba. Ese verano no pude volver a la playa y tuve que fingir una gripe para evitar que nuestros amigos y conocidos vieran mis moratones. Mis «errores» habían perdido ya cualquier conexión con la realidad y podía ser castigada por fantasías que sólo existían en la cabeza de San Per.

Yo seguía siendo incapaz de separarme y continuaba confiando en la carrera de derecho como la única salida para mi liberación. Me había encontrado recientemente con una compañera del colegio que se iba a matricular en esa carrera y había acudido con ella a enterarme de los plazos y los requisitos para la matrícula. Tenía que atreverme a proponérselo a San Per. Aunque me lo había prometido en varias ocasiones, yo sabía que la cosa estaba difícil, máxime ahora que estaba metido en esa organización religiosa de marcado carácter machista, en la que se propugnaba una actitud pasiva de la mujer como simple madre de sus hijos y al servicio de su marido. «Ellas no hace falta que sean sabias, basta con que sean discretas», había escrito el fundador, máxima que habría de oír más adelante continuamente en boca de San Per. Pero ya había pisado la facultad de derecho con mi amiga al ir a enterarnos de los trámites para el ingreso y había observado con envidia el ambiente de la universidad, había recordado esos tres primeros meses en Madrid, mi juventud perdida apenas iniciada. No sólo pensaba ingenuamente que sería la vía de mi liberación, sino que durante los cinco años que duraran mis estudios volvería a tener una parcela de vida privada, un nuevo círculo de amistades fuera del ámbito de San Per. Por intentarlo, no perdía nada. Lo peor que podía suceder era que me llevara una paliza, pero lo mismo me la podría llevar porque a San Per se le antojara que había estado implicada en la muerte de Carrero Blanco o que era la culpable de que ese día lloviera.

Al poco de haber visitado la facultad de derecho, una noche en la que le noté de buen humor, me puse melosa y le pedí que me invitara a cenar a un buen restaurante. Accedió con mucho gusto, aunque desde el principio le noté algo escamado. Me vestí exageradamente elegante y me adorné con lujosas joyas, que era como le gustaba verme. La estrategia era burda y fue descubierta en cuanto empecé a acercarme al tema, como no podría haber sido de otra forma. A lo largo de tantos años había conseguido mantenerme aterrorizada, impedir que me escapara, que estuviera permanentemente vigilando mi comportamiento para evitar que se ofendiera, pero salvo durante el islote de ilusoria felicidad que había vivido al principio de nuestra estancia en el País Vasco, nunca le daba muestras de cariño. Cuando cenábamos a solas, siempre era a propuesta suya, y si yo veía la posibilidad de incluir a alguien más sin peligro de que me agrediera por ello, hacía lo posible para que así fuera. El que de pronto le solicitara una cena romántica y durante los dos primeros platos me dedicara a darle coba, le mantuvo en actitud recelosa. Fui con tiento, acercándome sinuosamente al tema. Al hilo de la conversación, empecé a elogiar a Roberto, uno de sus amigos de la organización, que era catedrático de derecho, y a mostrarme admirada de sus conocimientos. Luego dejé que la charla fuera por otros derroteros para más adelante volver a la carga y relatarle mi encuentro con mi ex compañera de colegio. Pero todos los meandros que hice no lograron ocultarle hacia qué mar iba a desembocar y me preguntó, de pronto y directamente, si le había pedido que me invitara a cenar y me había puesto tan guapa para solicitarle permiso para matricularme en derecho. Estuve en un tris de sincerarme y contestarle afirmativamente, pero me lo pensé un instante y decidí continuar con la función. «Me encantaría matricularme en derecho y tú lo sabes muy bien desde que nos conocimos –le respondí procurando parecer enamorada–, pero el objeto de esta cena era, al menos por mi parte, estar contigo a solas y hablar de nuestras cosas y rememorar nuestras primeras cenas en Madrid. Sentía la necesidad de recordar esos primeros encuentros.» La estrategia era burda, pero dio resultado. No creo que él se tragara el cuento, me parece imposible que un hombre que lleva años vapuleando a su pareja y comportándose con extrema crueldad con ella pueda esperar que esté enamorada de él. San Per no era tonto y tenía que ser consciente de ello, aunque tal vez dentro de su locura creyera que yo era capaz de amarle a pesar de los malos tratos; es posible que llegara a creer que me convencía cuando me decía que lo hacía por mi bien; probablemente esperaba que yo me creyera sus palabras de amor porque me consideraba tonta. Sin embargo, yo me inclino a creer que no se le escapara el objetivo real y único de esa cena y de mi actitud amorosa. ¿Entonces por qué tuvieron efecto mis palabras? Porque a San Per lo único que le importaba eran las apariencias. Era un pragmático sin matices: su mujer no era más que una pieza de la maquinaria de representación que le llevaría a realizar sus desmedidas ambiciones, un cuerpo con el que saciar su apetito sexual, una secretaria que le organizara su hogar, un despertador que lograra arrancarle de la cama para que acudiera a trabajar y una válvula de escape con quien pagaba sus complejos y frustraciones. Tuve la mala fortuna de que me eligiera a mí, pero le podía haber valido cualquier otra, cualquiera que hubiera sido suficientemente atractiva para poderla mostrar ante los demás como un triunfo y, sobre todo, que la hubiera podido esclavizar como a mí, que le tuviera tanto miedo como yo le tenía. No podía esperar que le amara, pero eso le traía sin cuidado. El hecho de que yo tuviera que fingir que le quería le daba la medida del dominio que tenía sobre mí, y eso era para él más que suficiente. Mi cínica estrategia dio resultado; tal vez le divirtió observar cómo aplicaba sus mismos métodos o quizá pensó, como con la casa-barco, que era una nueva oportunidad para dejarme en ridículo y humillarme. Aceptó que me matriculara en derecho, pero impuso sus condiciones. Me dejó bien claro que la prioridad estaba en los actos sociales y viajes a cuya asistencia obligaba el ser la mujer de alguien de su elevada posición, y luego la casa, la familia, los niños; y que si después de ello me quedaba tiempo, podría estudiar. Añadió que si en junio no había logrado aprobar dos asignaturas, no volvería a ir a la universidad en mi vida. Se lo agradecí enormemente.

Asistía a clases por las mañanas. Nada más llegar a casa, me ponía a estudiar, sin apenas parar para comer si San Per no venía al mediodía, como sucedía las más de las veces. Por la tarde tenía que dejar los libros para ir a buscar a los niños al colegio, incluida Alba, que ya iba a la guardería. Me ocupaba de ellos a la hora de la merienda, y si todavía no había vuelto San Per, les dejaba al cuidado de Machu, la niñera que tenía entonces, y aprovechaba para sacar otro rato. A San Per no le gustaba verme estudiar. Si él estaba en casa, quería que yo estuviera atendiéndole o por lo menos con él, aunque se dedicara a rezar el rosario mientras veía la televisión. Por supuesto, yo cumplía con todos los compromisos sociales e iba de viaje acompañándole cuando lo requería, lo que me obligaba a pedir apuntes de clases perdidas y a hacer un sobreesfuerzo. No me importaba, era feliz estudiando. Mientras estaba concentrada en las materias, me evadía de mis problemas. El ambiente en la facultad me encantaba y, aunque por mis obligaciones no podía hacer demasiada vida universitaria, simplemente asistir a las clases y poder tomarme un ocasional café con mis compañeros me parecían un verdadero lujo. En épocas de exámenes, esperaba que San Per se durmiera para levantarme sigilosamente y estudiar a escondidas. En muchas ocasiones fui a la facultad sin haber pegado ojo. Resultado de todo ello fue que aprobé en junio tres asignaturas: derecho romano, historia del derecho y derecho político I. Derecho natural, que era la cuarta asignatura del curso, se me atragantó. San Per no daba crédito a que yo hubiera conseguido pasar tres de las cuatro asignaturas. Entre las amistades, se mostraba orgullosos de mí, destacando que era capaz de llevar una carrera sin descuidar mis obligaciones, pero cuando me fui a matricular del siguiente curso, empezó a ponerme más dificultades. Me advirtió muy seriamente que si suspendía una sola asignatura, me haría dejar los estudios porque no estaba dispuesto a que le avergonzara y le humillara con los suspensos. También me dijo que no se fiaba de mí y que iría personalmente a la facultad a comprobar las notas en el tablón de anuncios. «No es mi problema a qué hora estudies –añadió con tono amenazante–, pero quiero dejarte claro que cuando oigas que mi llave está a punto de abrir la puerta de la calle, debes cerrar inmediatamente los libros y si no lo haces, seré yo quien los cierre en tu preciosa cabecita. Con respecto a la organización de la casa, siguen vigentes todas las normas y obligaciones que tenías hasta ahora, pero procura ser especialmente cuidadosa, ya que si en algún momento se nota tu falta de interés en la organización de la casa o descuidas el más mínimo detalle de mi ropa, también será suficiente motivo para que tengas que abandonar los estudios.»

Sólo el convencimiento de que en la carrera de derecho se encontraba mi liberación pudo obrar el milagro de que ese segundo curso aprobara todas las asignaturas. San Per hizo los máximos esfuerzos que pudo para que no fuera así. Después del desagradable ritual matutino, ya convertido en costumbre, de insultarme y lanzarme cualquier objeto que encontrara a su alcance por haberle despertado, escudriñaba el armario en busca de algún mínimo error que Lena, la chica de servicio, hubiera cometido con su vestuario. Si a uno de los botones de una de sus innumerables camisas le salía un milimétrico hilo, arrancaba todos los botones de esa camisa y de unas cuantas más y los depositaba en un cenicero lleno de colillas. Si una de las camisas deportivas se había colocado imperdonablemente entre las de vestir, sacaba camisas y pantalones y los esparcía por toda la habitación. Raro era el día en que yo no tuviera que coser, planchar o reordenar su vestuario. Él sabía que no se lo encargaría a Lena, porque, de hacerlo, seguro que no tendría tanta paciencia como yo y se buscaría otro trabajo al segundo desplante del señor. El ocultar la despótica personalidad de San Per suponía con frecuencia que llegara tarde a mis clases. Presa como siempre de la vergüenza, yo ponía todo mi empeño en que nadie conociera la maldad de San Per, cosa que a él parecía traerle cada vez más sin cuidado, seguro como estaba de que yo me esforzaría por taparlo todo. Incluso tuve que ceder a continuados chantajes a los que me sometió Machu, la niñera. «Qué pena me da usted, señora, por lo que le hace su marido –me dijo en una ocasión–, pero no se preocupe por mí, porque yo no voy a ir contando nada por ahí a otras niñeras. Yo estoy muy contenta con usted y con cómo me trata, otra cosa sería si yo no estuviera contenta, ¿me entiende, señora?» Al día siguiente de decir esto, me pidió un aumento de sueldo que tuve que concederle. La jugada me la repitió alguna vez más, y siempre que me pedía permiso para librar se las arreglaba para insinuarme que su silencio tenía que tener compensaciones. Amparada en ello, fue progresivamente perdiéndome el respeto y tuve que aguantarle algunas contestaciones que, sin el temor a que cotilleara lo que veía en casa, habrían supuesto el despido inmediato. Era una actitud carroñera que añadía sufrimiento a mi vida, así como la preocupación de que mis hijos estuvieran en manos de una mala persona. Qué irónico el que fuera yo la que me preocupara porque mi situación no se conociera, cuando en realidad mi liberación estaba precisamente en que se hiciera pública y no, como creía yo entonces, en terminar la carrera. Si en el primer curso de derecho ya tuve que acompañar a San Per a algún viaje y a varios actos sociales, a partir del comienzo del segundo, no desperdiciaba ocasión para distraerme de mis estudios. Los viajes y actos sociales se multiplicaron y siempre requería mi presencia en ellos. Tal como me había advertido, en cuanto él llegara, yo tenía que dejar de estudiar, y si alguna vez adelantaba su regreso y yo no le oía entrar, tiraba al suelo bruscamente todo lo que hubiera en la mesa de estudio. En una ocasión en la que me encontró estudiando, me lanzó un pisapapeles de bronce. Yo me pude apartar y me salvé del golpe, no así la puerta de cristal de la terraza, que se rompió en mil pedazos. Asustada por el estruendo, la pequeña Alba entró en el despacho. «¿Qué le has hecho a mami?», le espetó a San Per. «A tu mami no le he hecho nada –respondió su padre–; simplemente se ha cerrado la puerta de la terraza de golpe y se ha roto el cristal.» «No es verdad –dijo la niña–, antes yo estaba pintando aquí con mami y la puerta estaba cerrada.» A pesar de que entonces era muy pequeña, mi hija recuerda hoy en día el incidente y mantiene que nunca se creyó las explicaciones que le dio a continuación San Per.

Alba lograba con frecuencia desarmar a San Per. Era la más tranquila de los hermanos, por lo que no sufría tanto los azotes, bofetadas y castigos que su padre infligía continuamente al resto. Era muy inteligente y se enfrentaba a él con lógica aplastante de niña pequeña. Ninguno de los niños llamaba papá a San Per, sino que lo hacían por su nombre propio, lo que no parecía importarle demasiado. Si al poco de nacer Carolina tuve que enviarla repetidas veces a vivir con mis padres para alejarla de la violencia de San Per, ahora, con cuatro niños, no tenía posibilidad de hacer lo mismo. Yo trataba de protegerles y, aunque su crueldad con ellos no llegaba al nivel de la que tenía conmigo, por lo menos nunca les hizo lesiones ni tuve que llevar a ninguno al hospital, sí que había ciertas similitudes en el trato. Estaba también obsesionado con que sus hijos fueran «niños diez». Pese a que mis hijos tenían una bonita dentadura, San Per quería que sus dientes fueran como teclas de piano. Se empeñó, en contra de la opinión del odontólogo, en ponerles ortodoncia a Carolina y a los gemelos, y a Alba le salvó la edad. Y si veía torcidos unos dientes que estaban rectos, peor fue el que se empeñara en que los gemelos llevaran gafas para que parecieran más estudiosos e irles dirigiendo ya por el camino intelectual. No sé de qué forma logró convencer al oculista, porque los niños veían perfectamente, pero lo consiguió. Como él llevaba gafas y se creía perfecto, por una simple regla de tres dedujo que un niño perfecto habría de llevarlas. El nivel de exigencia que pedía en los estudios era altísimo, y cualquier nota que estuviera por debajo del sobresaliente constituía para él un fracaso. Para evitar las duras represalias que caían sobre ellos, más de una vez falsifiqué yo misma las notas de mis hijos. Si les pillaba jugando cuando les había puesto a estudiar, rompía con furia los juguetes. San Per pisó coches hasta reducirlos a dos dimensiones, pinchó balones y decapitó y desmembró muñecas sin ablandarse ante la desesperación de sus hijos. Les estaba examinando continuamente, cuando íbamos de viaje, a la salida de misa, mientras tomábamos un aperitivo, al llevarlos a algún cumpleaños; cualquier ocasión era buena para que San Per les preguntara nombres de capitales, el linaje completo de los reyes de España o les planteara cálculos matemáticos. Cuando la respuesta no era correcta, repartía bofetadas a diestro y siniestro. Pero no sólo era duro en los estudios: solía ordenar al servicio que preparara las comidas que los niños más odiaban, y pobre del que hiciera el más leve gesto de desagrado; les insultaba con frecuencia y la mesa era su lugar favorito para hacerlo, porque era el momento en el que estábamos todos juntos y de ese modo nadie se quedaba sin conocer los terribles defectos de los demás: a una la llamaba gorda y cheposa, al siguiente burro, al tercero mariquita de playa, pies grandes o cabeza de vaca. Las comidas de los fines de semana las convertía en un desagradable y estúpido drama. San Per era un sádico que disfrutaba viendo cómo sufrían los que le rodeaban.

28

Aunque resulte difícil de concebir porque partía de un punto que parecía ya la degeneración absoluta, con el tiempo San Per iba degenerándose cada vez más. Su maldad y perversión habían sido patentes desde el principio, pero ahora se había convertido en su propia caricatura, como si fuera carne ya podrida a la que con el tiempo le surgen gusanos y el olor que parecía ya insoportable se convierte en realmente insoportable. Siempre había sido un buen bebedor, aunque dentro de unos niveles relativamente normales. En muchos casos de mujeres maltratadas, el alcohol ha sido uno de los protagonistas; en el mío, hasta la etapa final, apenas tenía un papel secundario. Durante largos años, su afición a beber no le había impedido, además de tener éxito profesional, ser considerado un hombre extremadamente correcto, amable y simpático por todos los que le rodeaban salvo contadas excepciones, como Isabel, aquella chica de servicio que se marchó por no ver los malos tratos, o como Pedro, aquel director de producción y supuesto amigo al que defenestró. Había cometido pocos deslices que revelaran a sus amistades su lado siniestro, y ni aquella vez ante sus amigos de París en que me trató despectivamente, ni el registrar a Alba como Clotilde Natalia, que dejó perplejo a Luis María, que era el padrino, fueron suficientes para levantar sospechas sobre su verdadera personalidad. La gente le apreciaba y le consideraba un marido ejemplar. En más de una ocasión tuve que soportar poniendo cara de póquer felicitaciones de amigos y amigas por la suerte que había tenido casándome con él. Ahora cada vez bebía más, sobrepasando con frecuencia una medida socialmente aceptable. Siempre le había costado levantarse por las mañanas, hasta el punto de que le despidieron del trabajo en Madrid por reiteradas faltas de puntualidad. Yo era la encargada de hacerlo, y lo mínimo que me ocurría por ello era que añadiera a mi nombre una lista de adjetivos ofensivos, pero en esta última etapa, de frecuentes resacas, sacarle de la cama era más difícil que despegar un chicle de la suela de un zapato y mucho más peligroso, dado que me podía agredir tanto por insistir demasiado en que se despertara como por lo contrario. Pero no sólo en el alcohol se fundamentaba su degeneración: sus ansias de poder y de enriquecerse por las que había sido un franquista convencido, había entrado en una organización religiosa y por las que luego aceptó la democracia y en un primer momento estuvo considerando afiliarse a Alianza Popular, le llevaron finalmente a afiliarse a la UCD después de que ese partido hubiera ganado las elecciones de 1977. Consiguió hacerse amigo de un poderoso ministro con el que salimos en alguna ocasión, y cuando ya estaba medianamente introducido y bien relacionado en los círculos centristas, la UCD empezó a desmoronarse y los sondeos predecían su derrota segura. Entonces empezó a ocultar los rosarios y los libros religiosos, y aunque siguió metido en la organización y recibiendo en casa a miembros de ella, extremaba su discreción, justo lo contrario de lo que había hecho hacía pocos años, porque preparaba ya su cambio de chaqueta por la de pana de los socialistas. Era penoso observar cómo modificaba sus convicciones sin ningún pudor. Si no se afilió al PSOE después de que en el 1982 este partido ganara por mayoría absoluta, fue porque tenía problemas más acuciantes y porque finalmente no le dio tiempo. No creo que al principio San Per fuera el paradigma de la honradez en los negocios; no lo fue conmigo cuando me engañó cínicamente produciéndome lástima al confesarme compungido los malos tratos que su padre le infligía a su madre y a él mismo, y no tenía por qué ser muy diferente en el trabajo, pero hasta esta última etapa yo no había detectado ingresos injustificados. Con el paso del tiempo y ya instalados en Alnorte, además de su magnífico sueldo, aparecían importantes cantidades que muchas veces depositaba en metálico en la caja fuerte y que él justificaba como primas de la empresa. También nos íbamos de viaje de placer a París o a Londres sin que nos costaran una peseta los billetes de avión y el hotel, o pasábamos un veraneo en una casa cuyo alquiler era cero. Yo no osaba preguntar quién y por qué nos hacía esos regalos. En cuanto a la violencia conmigo, había empezado con tal brutalidad que su aumento sólo podía degenerar en mi muerte, como así estuvo a punto de suceder en las dos agresiones más fuertes que, entre otras muchas, todavía habría de padecer.

La primera ocurrió un verano. Nos encontrábamos pasando las vacaciones en un chalet cerca de la costa en la provincia de Alnorte. San Per había quedado en esa casa con un empresario llamado Tomás para tratar de negocios y luego nos iba a invitar a cenar junto con Victoria, su mujer, a un buen restaurante. Era un matrimonio bastante mayor que nosotros, de pelo blanco ambos, muy amables y un tanto paternales conmigo. Les veíamos con relativa frecuencia y yo les tenía mucho cariño. Él era propietario de una pequeña empresa de unos quince o veinte empleados que dependía enteramente de las subcontratas que le proporcionaba la empresa en la que trabajaba San Per. Siempre solían tener algún detalle poco comprometedor conmigo, unos bombones o alguna simpática pieza de bisutería. No sé si con San Per tenían que tener detalles más comprometedores, pero sí que antes de que llegaran estuvo despotricando contra ellos por lo miserable de los regalos que me hacían, y de paso también se despachó a gusto conmigo por lo ingenua que era, que me conformaba con una caja de zapatos vacía y una cuerda para tirar de ella. «Seguro que te regala bombones para que te pongas tan gorda como su mujer –decía– y esa horrible bisutería porque tiene envidia de que él no puede comprarle las joyas que yo te regalo, y así te ves obligada a ponerte esas baratijas cuando estamos con ellos.» En algún momento comentó que esperaba que Tomás trajera lo convenido, pero sin especificar nada más, ni yo hice el menor intento de averiguar a qué se refería. Por fin llegaron y San Per desplegó su encantadora sonrisa para recibirlos. Tomás y él pasaron al salón para hablar de sus cosas mientras Victoria y yo nos quedamos en el jardín jugando con los niños. Pasado cierto tiempo, San Per nos llamó pidiéndonos que acudiéramos al salón. Las dos nos dirigimos hacia allí animadamente, charlando entre nosotras, pero al entrar se nos hiela la sonrisa y nos quedamos mudas. Tomás está de rodillas ante San Per, llorando y suplicándole piedad. Es un hombre alto y de buen porte, que su pelo blanco hace todavía más respetable, y su figura ahora, postrado ante alguien mucho más joven y más pequeño, gimiendo y suplicando, pasando una dolorosa vergüenza, compone un cuadro que es la quintaesencia de la humillación. San Per se ríe de él, le entrega su pañuelo y le dice que se lo quede, que ya se lo devolverá limpio y planchado, a ver si es capaz por lo menos de cumplir eso. Por lo que se le entiende entre llantos a Tomás, deduzco que el problema es que San Per no le va a encargar más proyectos, pese a que en los últimos tiempos le han obligado a trabajar en exclusiva para ellos. San Per se dirige a nosotras y nos pide que nos sentemos en el sofá a observar, que la escena puede ser larga. No reaccionamos. San Per continúa con sus sarcasmos: «Tomás, búscate la vida y siembra patatas, pero no cuentes con mi ayuda para que puedas comer langosta; te he dado una oportunidad y la has rechazado.» Nos insiste para que nos sentemos. Yo salgo del salón corriendo escaleras arriba y me encierro en el dormitorio. La escena me parecía insoportable; ver la crueldad de San Per aplicada a terceras personas, y sobre todo a un hombre mayor que podría ser su padre, me producía una profunda tristeza y una desesperación similar a cuando la sufría en mis carnes. Permanecí llorando sobre la cama un tiempo considerable. No sé qué ocurriría abajo; imagino que San Per todavía le daría algunas vueltas de tuerca más al pobre Tomás, tal vez hizo arrodillarse también a Victoria, pero el caso es que de pronto entró en el dormitorio y dijo como si tal cosa que nos íbamos ya a cenar, que me arreglara, que Tomás y Victoria nos estaban esperando. No podía creer que después de lo que había ocurrido fuéramos a tener una cena los cuatro alegremente. Dirigí mi vista a San Per y él percibió el odio que había en mi mirada. «Paula, cariño, eres un auténtico cubo de estiércol –fue su reacción–, tu sensibilidad llega a límites insospechados. La verdad, he de confesar que te creía a mi lado, que creía que estabas con tu marido, pero ya veo que eres incapaz de entenderme y menos de entender la rectitud de mis actos. Jamás tendrás ovarios para enfrentarte al mundo, tus dotes de mando son peores que los de la gorra del guardagujas del pueblo de mi abuela. Tú lo que pretendes es ser como Jesucristo y al final lo conseguirás y terminarás crucificada, pero tranquila, aún no ha llegado tu crucifixión, todavía tengo cuerda para rato, pero como vuelvas hacerme un feo delante de un mierda como Tomás, te vas a enterar de una vez de quién soy yo.» No pude probar un bocado en la cena. Tomás y Victoria, los pobres, trataban de mantener el tipo como podían aparentando normalidad. San Per estuvo exageradamente alegre y muy chistoso. Es imaginable la gracia que nos hacía su cínico sentido del humor. Tras los postres se tomó varios *whiskies* mientras los demás, que no estábamos para beber nada, simplemente esperábamos a que se cansara de disfrutar de la sádica farsa. En mi caso, además, sabía que no me aguardaba nada bueno al llegar a casa y estaba deseando que lo que tuviera que ocurrir sucediera cuanto antes. Como de costumbre, retardó cuanto pudo el momento. A la vuelta del restaurante, en el chalet, me pide que le prepare un *whisky* más y que sigamos de charla en el salón. Mientras se toma su bebida, comenta divertido detalles de la humillación a la que ha sometido a Tomás. Yo no participo, estoy muy seria:

sé que, haga lo que haga, no me voy a librar de la paliza. Espero resignada a que decida que ha llegado el momento. Por ahora parece que prefiere insultar a Tomás; mantiene que ha incumplido un trato y no le ha traído lo que esperaba, que por ello se merece lo que le ha hecho y mucho más. Le espeto que no me interesan sus chanchullos. Ya está, ya la he armado. Lo he hecho sin querer, la frase me ha salido sola, sin pensar en las consecuencias, pero es mejor así. Me da dos bofetadas mientras grita que él no tiene ningún chanchullo. Me ordena subir al dormitorio. Él lo hace detrás de mí mientras me insulta. Siempre prefiere pegarme en el dormitorio o en el cuarto de baño. He llegado al dormitorio y estoy parada, de pie, esperando a que me pegue, pero no lo hace. Está frente a mí, mirándome con ojos achinados y rojos. Está sudoroso y muy borracho; parece que se ha calmado, no hace nada, no dice nada. Yo tampoco. Bebe lo que le queda de *whisky* de un largo trago. «Paula, tengo calor, abre la ventana», me dice. Lo hago. Acabo de abrir las hojas y estoy abriendo las contraventanas exteriores. De pronto noto que me agarra de las piernas y me empuja hacia afuera..., estoy cayendo. Es un primer piso, pero de altura considerable. Durante el segundo que tardo en llegar abajo pienso que voy a morir. Recibo un fuerte golpe y estoy aturdida, pero creo que no me he muerto. Estoy encima de unas tupidas hortensias que probablemente me han salvado la vida. No puedo respirar, me ahogo, pienso que puedo morir ahora por falta de aire, pero no, poco a poco logro que algo entre en mis pulmones, aunque encuentro un tope en cuanto aspiro un poco. Mi respiración es entrecortada y acelerada, jadeante como la de un perro. No me muevo, no estoy segura de poder hacerlo, pero en cualquier caso no tengo ánimo para ello. Me gustaría dormirme y despertarme feliz o no despertarme nunca. Permanezco así durante un rato, no sé si es largo o corto. Oigo pasos que se acercan y se detienen junto a mí. Noto la presencia en la oscuridad de la noche de San Per y noto que me observa. Escucho su voz: «Te dejo la puerta abierta para que puedas entrar.» De nuevo sus pasos, que se alejan. Sigo inmóvil. Ahora el rato es largo, estoy segura. Me duele todo el cuerpo, pero especialmente el tórax y un brazo. No consigo que mis respiraciones sean más profundas. Decido tratar de levantarme, apoyándome en el brazo que me duele menos. Lo consigo con esfuerzo. Oigo la ventana del dormitorio, que se cierra. Llego cojeando hasta la puerta de la casa. Entro en ella y me dirijo al salón. Me dejo caer en una butaca.

Permanecí sentada en esa butaca durante toda la noche. Cuando amaneció, mientras San Per seguía durmiendo, me fui al hospital conduciendo con una sola mano. Tenía rotas varias costillas y el brazo izquierdo. A los médicos les dije que me había caído por las escaleras y no lo pusieron en duda. Volví a casa escayolada y vendada, todavía con dificultades para respirar. Machu, que estaba veraneando con nosotros, se había hecho cargo de los niños esa mañana. Cuando me vio, no me dijo nada. Mis hijos sí me preguntaron. Les dije lo mismo que a los médicos y tampoco lo pusieron en duda, aparentemente, porque la realidad es que empezaban a hacerse mayores y se daban perfecta cuenta de lo que le ocurría a su madre, como sabría no mucho más tarde. San Per seguía durmiendo cuando llegué, pero se despertó al poco. Como hiciera tiempo atrás, cuando me hizo una brecha en la frente en la casa de León, actuó como si él no hubiera tenido nada que ver con mis lesiones. Luego mostró arrepentimiento. «Paula, amor mío, si tú me dices que yo te he hecho eso, me corto las manos para que no pueda volvértelo a hacer.» Eran palabras ya oídas y sabía que eran falsas. Estuve convaleciente durante varios meses en los que sólo salí de casa para ir al médico. Había contado ya tantas veces accidentes inventados para justificar las marcas y lesiones debidas a los malos tratos, que se me había agotado el repertorio. Prefería no ver a nadie. Terminó el verano y comenzó el curso en la universidad. No me incorporé hasta que no me quitaron la escayola y los vendajes.

29

El arrepentimiento de San Per duró poco más que mis lesiones. Una vez que me hube recuperado, todo volvió a la normalidad de la violencia cotidiana. Asistía esperanzada a las clases de la universidad cuando no tenía marcas. Y cuando las tenía, permanecía en la medida de lo posible encerrada en casa. Desde el día en que me tiró por la ventana, yo había adoptado una actitud taciturna. Era algo habitual después de palizas de especial gravedad, pero también lo era que con el tiempo me fuera acostumbrando a la convivencia y depusiera mi arisca actitud. En este caso no había sido así y seguía esquiva después de meses. No en vano durante mucho tiempo cada mañana mi escayola y me vendaje del tórax me habían recordado lo sucedido. También se lo habían recordado a San Per, que había esperado pacientemente a que los vestigios de su salvajada se borraran para recuperar a su sumisa mujer; pero hacía tiempo que me habían quitado la escayola y el vendaje y yo me mantenía distante con él. Pronto comenzaron de nuevo las agresiones. Pero lo único que consiguieron fue que me encerrara más en mí misma. En esas circunstancias, evitaba llevarme a actos sociales, a los que comenzó a acudir solo disculpándome con alguna enfermedad. En una ocasión volvió a las tantas de la madrugada de una de las cenas a las que yo no había acudido. Venía borracho, apestando a alcohol, me despertó y quiso tener sexo conmigo (no le llamo hacer el amor porque nunca tuvo nada que ver con el amor). Me negué. Me dio una paliza y me violó. No me rompió nada, pero me dejó la cara con visibles moratones.

De nuevo tendría que quedarme encerrada en casa, sin acudir a la facultad.

A los dos o tres días llamó por teléfono Luis María, uno de nuestros amigos del País Vasco. Se encontraba en Alnorte en un congreso de medicina y estaba deseando vernos. Acababa de terminar una de las sesiones del congreso y tenía tiempo libre hasta el día siguiente. Propuso pasar por nuestra casa en ese momento para tomar algo y luego ir a cenar los tres. Por supuesto, yo también estaba deseando verle, pero las marcas que tenía en la cara me hicieron buscarme una excusa. Luis María me había visto multitud de veces magullada y yo ya no sabía qué contarle que fuera creíble, máxime cuando era médico y solía preguntarme por detalles del accidente, preocupado profesionalmente por si acaso hubiera alguna lesión oculta. Le dije que lo sentía, pero que tenía exámenes en breve y debía estudiar. San Per estaba todavía en el trabajo y le sugerí que quedara con él por su oficina y que cenaran los dos juntos. Con su campechanía habitual y haciendo uso de la confianza que teníamos, me dijo que le importaban un bledo mis exámenes, que ya recuperaría el tiempo de estudio y que se iba a presentar en nuestra casa quisiera o no, porque al día siguiente tendría que volver al País Vasco y hacía tiempo que no nos veía. Inútil fue insistir. Me dirigí al cuarto de baño y disimulé con maquillaje tanto como pude los moratones, pero Luis María los percibió nada más entrar. «¡Paula, no me fastidies que aún sigues siendo el patito mareado!», me dijo con simpatía. Le conté que me había resbalado en el suelo de mármol de la entrada al portal, mojado por la lluvia, y había ido patinando hasta darme de bruces con la puerta. La historia era un poco como de dibujos animados, pero era la que se me había ocurrido. Estuvimos charlando y tomando unas cervezas hasta que llegó San Per, que recibió la visita de Luis María con alegría. Nos fuimos los tres a cenar. Supongo que San Per pensó que mis moratones disimulados con el maquillaje podrían dar que pensar a su amigo. Es decir, si yo no hubiera tratado de disimularlos y me hubiera encontrado en casa con Luis María con toda la crudeza de mis marcas al descubierto, San Per no habría tenido dudas de que yo le habría contado algún tipo de accidente como excusa; pero mis moratones estaban cubiertos por el maquillaje y tal vez a San Per al principio le parecieron imperceptibles, pero durante la cena pensó que eran más que notorios o es posible que el maquillaje se hubiera ido desvaneciendo y ahora fueran más visibles. El caso es que San Per debió de pensar que yo no le había contado nada a Luis María, ni él habría preguntado nada, en vista de la intención clara de tapar los moratones y dado el que hasta el momento ni él ni yo los habíamos mencionado, y que el hecho de ocultarlos y no hablar de ellos era en sí algo que podría levantar sospechas. En todo caso, fuera ése o fuese otro el razonamiento interno de San Per, avanzada la cena me dijo, como queriendo darme ánimos, que mi maquillaje había logrado ocultar bastante mis moratones, y añadió para Luis María, a modo de explicación, que había tenido un accidente automovilístico y, por no llevar el cinturón de seguridad puesto, me había golpeado contra el parabrisas. Luis María me miró fijamente. Si San Per percibió esa mirada, debió de creer que era para observar los moratones, y no vio, como yo vi, los signos de interrogación que había en sus ojos. Me mantuve callada y me puse roja, aunque esto segundo no se me debió notar debido a la gruesa capa de maquillaje. La cena continuó sin que se volviera a mencionar el asunto. Tampoco yo le dije nada a San Per al llegar a casa.

A la mañana siguiente Luis María me llamó por teléfono. Quería quedar conmigo ese mediodía para tomar un aperitivo antes de volverse al País Vasco, y se adelantó a mis posibles excusas diciendo que me robaría poco rato de estudio y que además un breve descanso hace que cunda más el resto del tiempo. Por su tono, no me pareció que fuera a preguntarme sobre la disparidad entre mi versión de la causa de los moratones y la de San Per, sino que supuse que se había visto con tiempo libre antes de volver al País Vasco y no tenía quien le hiciera compañía. Quedamos en una cafetería, tomamos el aperitivo y charlamos animadamente sobre cosas sin importancia. Luego me convenció para que comiéramos juntos. Tras los postres y de sopetón, después de un silencio en el que me estuvo mirando, me dijo con tono grave: «Paula, en realidad debía haber salido esta mañana hacia el País Vasco, pero me he quedado para hablar contigo de un tema que me parece de extrema gravedad; quisiera saber de verdad cuál es la causa de esas marcas que te he visto en varias ocasiones.» No me había puesto tanto maquillaje como el día anterior y se me debió notar el color rojo en mi rostro. Me quedé callada: un silencio elocuente. Luis María no dejó que se prolongara demasiado: «Estoy seguro de que esos golpes se deben a malos tratos de tu marido.» No contesté; mantenía la mirada en el plato, sin atreverme a levantarla, percibiendo en el borde de la visión que él me miraba fijamente. ¿Qué hacer? Mi cerebro procesaba a toda velocidad en busca de una excusa, un argumento que cuadrara las versiones diferentes, pero sabía que era tarde, que si mi silencio me había descubierto, la lágrima que ahora me secaba con el dorso de la mano me delataba aún más. Me refugié, como otras tantas veces, en evadirme, en concentrarme, por ejemplo, en los restos de la tarta en el plato, que era de frambuesa, y empecé a imaginar cómo habrían recogido esos frutos manos campesinas y qué camino habrían recorrido hasta llegar al plato, luego reparé en que el plato era demasiado grande para ser de postre y que era una moda que se había impuesto en muchos restaurantes, después mi mente voló hasta el colegio de mis hijos y los vi en el recreo, jugando alegres con otros niños. Logré que el tiempo se detuviera durante unos momentos hasta que Luis María me agarró la mano, yo levanté por fin mi húmeda mirada y con una afectuosa ternura me dijo que no era necesario que le contestara si no quería. Yo asentí con la cabeza. «Ha sido él», añadí; «siempre ha sido él», confirmé.

Ese momento marcó el principio de mi liberación. Después de tantos años, un desliz de San Per me había abierto el camino de mi libertad. Aunque todavía me quedaba por sufrir el repecho final, gastar en él mis últimas fuerzas con la incertidumbre de si sería capaz de conseguirlo, de superar el miedo atroz que me había paralizado hasta entonces. Pero así de sencillo fue el principio; por un desliz, alguien íntegro había conocido los malos tratos que sufría. Anteriormente otras personas lo habían sabido: el médico o el practicante que me atendió de la brecha en la frente, mi madre que escuchó desde el pasillo la paliza de León, mi padre, al que le informó mi madre, el servicio doméstico con sus distintas reacciones, vecinos, empleados y clientes de hoteles. Ninguno tomó una actitud activa, refugiados sin duda en el pensamiento de que, si yo no lo sacaba a la luz, ellos no eran quiénes para hacerlo, ignorantes de lo que supone la vergüenza y el bloqueo que la violencia produce en las víctimas. Tuve la suerte de que San Per cometiera su desliz ante Luis María. Nunca le agradeceré lo suficiente que no hubiera tomado la postura cómoda de ignorar lo que sospechaba y que se hubiera preocupado por ello. Estoy enormemente agradecida a Luis María por sus comprensivas y reconfortantes palabras que siguieron a mi confesión. Se quedó impresionadísimo, aunque mi relato no entró en detalles y me limité a contar generalidades. Lo primero que me dijo es que se iba a quedar hasta el día siguiente para hacerme compañía y brindarme su amistad en ese duro momento. Su trabajo le impedía prolongar más su estancia en Alnorte, pero estaría pendiente de mí constantemente, como así fue a través de continuas llamadas en las que se interesaba por mi estado y me animaba a ser valiente. Lo segundo que me dijo es que tenía que separarme cuanto antes de ese monstruo maltratador de niños. Me impelió a que le abandonara sin contemplaciones y a que, por encima de todo, jamás volviera a tolerar la más mínima violencia. Me explicó que como médico había sabido de numerosos casos de violencia en el hogar que habían terminado con la muerte de la mujer, silenciados entonces, camuflados en accidentes muchos de ellos o mostrados como crímenes pasionales de un único momento de enajenación. Qué me iba a contar a mí, que mi marido me había tirado por la ventana. Pero estaban mis hijos, a los que no sabía cómo iba a poder mantener y el miedo a enfrentarme a San Per. Luis María comprendió la dificultad psicológica de terminar con una situación de años. Me ayudó a razonar, a llegar a la conclusión de que tenía que separarme, y entendió que necesitaba mi tiempo, aunque insistió en que no lo demorara demasiado, porque además de ser un comportamiento absolutamente indigno el de San Per, que no debía sufrirlo una sola vez más por mucho que ya lo hubiera aceptado en numerosas ocasiones, era peligroso para mi vida y mi integridad física. Yo le aseguré que tomaría las riendas y que en breve me separaría, pero le pedí que, en tanto no lo hiciera, no hablara con San Per de ello. Accedió, aunque me confesó que lo que le pedía el cuerpo era presentarse en ese mismo momento en su oficina y partirle la cara.

Durante los siguientes días yo no dejaba de plantearme en todo momento la separación. Los consejos dados por Luis María habían hecho mella en mí. Además, él me telefoneaba con frecuencia tanto para preocuparse por si había sufrido alguna nueva agresión como para impelerme a que tomara la decisión de plantear la separación. Sin embargo los días se convirtieron en semanas e incluso las semanas se convirtieron en meses, porque más de uno o más de dos pasaron y yo seguía sin reaccionar. Durante ese tiempo hubo agresiones, no muy fuertes ni muy graves, pero claro que las hubo. Yo se las ocultaba a Luis María y, cada vez que lo hacía, me sentía impotente, me sentía fatal, me despreciaba a mí misma por cobarde. Pero era superior a mí, era como si a un tetrapléjico se le dijera que moviera sus miembros, que sólo es cuestión de voluntad. Jesús lo hizo, «levántate y anda», le dijo al paralítico, y el paralítico se levantó y comenzó a caminar. Fuera mito o realidad, yo sólo podía confiar en algo similar. Fueron los gemelos los que me dijeron, en su forma infantil, levántate y anda. Estaba jugando con ellos al veo veo, un juego en el que hay que adivinar qué cosa ha visto uno revelando únicamente su color. «Veo una cosa de color morado», dijo Ignacio cuando le tocó su turno. En la habitación no había nada de ese color, de modo que yo no sabía qué contestar. Suponía a qué se refería, pero quería obviarlo. Intervino Miguel: «Es muy fácil, mami, lo que pasa es que tú nunca lo ves; si vas al espejo ahora, a lo mejor logras verlo.» Le hice caso por seguirle el juego y ganar tiempo para pensar cómo desviar su atención de eso y fui al cuarto de baño. Me miré largamente en el espejo y lo vi. Ahí estaba el moratón en la barbilla. Me sentí triste. Volví con los niños y dije, como si tal cosa, que era el golpe que me había dado en la cara sin querer. Luego, con su burda habilidad infantil para llegar adonde querían, propusieron cambiar de juego a uno que consistía en decir la verdad de algo que nunca se había contado y no valía mentir. Pensé en dar por terminados los juegos con la excusa de que era la hora de la merienda o de que tenían que estudiar, pero no sé por qué me dejé llevar. Empezaron ellos, para dar ejemplo y conseguir en mi turno que yo también fuera sincera. Me contaron que la invasión de ratones procedentes del garaje que hariamos tenido hacía tiempo no era tal, sino que ellos habían comprado dos parejas de hámsters que habían criado a escondidas en la casa y habían tenido hijos que se les habían escapado. Era un negocio que habían creado para vender las crías a los compañeros de su colegio. Lo que yo creía que había sido una plaga de ratones que me había puesto histérica y que logramos acabar con ella a base de cepos, había ocurrido hacía más de un año y la historia me pareció enternecedora, pero ahora me tocaba mi turno. Me dijeron los dos que querían saber quién me hacía los moratones y las roturas de huesos y todos los accidentes que me pasaban. Yo estaba segura de que querían llegar ahí. Tenían diez años y ya no era fácil mantenerles al margen. Protesté diciendo que yo no les había preguntado en su turno, que ellos habían contado la verdad que habían querido y que prefería contarles otra más divertida. Replicaron que si no quería contestar a esa pregunta, no jugaban más. «Pero que sepas, mami –añadieron–, que sabemos la respuesta. Muchas noches nos hemos levantado de la cama para escuchar cómo San Per te pega –siguieron explicándome mientras yo contenía como podía las lágrimas– y si no nos crees, pregúntaselo a Alba, que a ella también la sacamos de la cama para que se entere de lo que te hace. Pero mami, tranquila, que cada día crecemos un poco más y cuando tengamos dieciocho años lo mataremos.»

En ese momento tomé con total firmeza la decisión de separarme. Únicamente esperé unos días porque los niños iban a marcharse a esquiar durante una semana y así podría hablar con San Per con mayor libertad y evitar que mis hijos fueran testigos de una última posible paliza. En cuanto nos quedamos solos se lo planteé a San Per. Le propuse una separación temporal para suavizar las cosas, evitar represalias mayores y también como estrategia para reservarme una carta: una prueba para que supiera lo que era vivir sin mí y se diera cuenta de lo que le habían costado los malos tratos que me había infligido; y si pasado cierto tiempo me daba sinceras muestras de que estaba realmente arrepentido y hacía un verdadero propósito de enmienda, volvería a su lado para que viviéramos como una familia normal. En esos términos se lo expuse, aunque mi intención era muy distinta: yo estaba absolutamente convencida de que San Per no cambiaría jamás y, aun en el hipotético e imposible caso de que lo hiciera, las agresiones sufridas eran tan graves que yo no podría olvidarlas y hacer borrón y cuenta nueva, pero yo no podía arriesgarme a decirle que todo había acabado para siempre, hubiera sido como enfrentarse a Goliat sin honda. Si él se hubiera convencido de que ya estaba todo perdido, probablemente me habría matado. Necesitaba decirle que era sólo temporal, dejarle así una puerta abierta, la esperanza de que pudiera mantener su posición de dominador, de perpetuar su sádica afición a torturar a su mujer, recogiendo velas y variando el rumbo cuando fuera necesario para evitar que la situación volcara, pero volviendo enseguida a la actitud previa, tal como había hecho hasta ahora. Su primera reacción fue la que yo esperaba: comenzó a insultarme y a amenazarme; me recordó la cantidad de regalos que me había hecho, como si yo fuera una mercancía que él hubiera comprado, lo mucho que se había preocupado por mí y por mis hijos, como si las palizas y vejaciones fueran un esfuerzo que él hubiera realizado por mi bien y como si los hijos fueran sólo míos; me restregó el espléndido nivel de vida del que disfrutábamos y mantuvo que sólo para que yo viviera como una princesa había trabajado tan duro, como si su ambición desmedida y ridícula no hubiera tenido nada que ver; me dijo que me mataría si me iba de su lado, que era de su propiedad y que si le hacía pasar por una separación ante sus amigos, sus conocidos y sus relaciones y frustraba así sus expectativas de triunfo, que mejor desapareciera de la faz de la tierra, ya que si me encontraba, me cortaría el cuello y me colgaría del palo mayor. Apretó amenazante el puño delante de mis narices, pero yo aguanté, sin quedarme muda por una vez, diciéndole simplemente que yo quería separarme y que si sufría un sólo maltrato más, la separación sería definitiva. La táctica de plantearle la separación como temporal dio resultado. Se dio cuenta del serio peligro de tensar la cuerda más de lo debido y perderme para siempre o tenerme que matar, y cuando vio que sus ataques verbales no me hacían cambiar de opinión, se hundió o más bien hizo como que se hundía y comenzó con una nueva estrategia mojada en lágrimas, que yo sabía de cocodrilo. Empezó a expresarme su volcánico amor que había nacido el día en que vio mi foto en el escaparate de aquella tienda y desde entonces se había mantenido en erupción, y ahora que le decía que le quería dejar, se daba cuenta de que me amaba como nadie había amado en toda la historia de la humanidad, incluidos los personajes literarios de Romeo y Julieta, y que su corazón sólo latía por mí y que yo era el único sentido de su vida. Si esperaba que me fueran a ablandar semejantes disparates, estaba equivocado de plano; era el mismo discurso que había oído multitud de veces tras muchas de las palizas, sólo que en un grado superlativo ya más que ridículo. Le dije que no hacía falta tanta desmesura, que simplemente cuando dos personas no pueden convivir juntas y menos hacerse felices y hacer felices a los que les rodean, lo mejor es tomar una decisión para solucionar el problema y que nuestra única solución era la separación. Insistió con una tercera estrategia: decidió mostrarse arrepentido, reconocer su culpa y sus errores al tiempo que admitía mis méritos y mi valor, todo ello entre lágrimas y gimoteos. «Sé que no te he tratado como merecías –comenzó diciendo–, que se me ha ido la mano pegándote, que he sido cruel, pero me muero si te pierdo, me suicidaré si no estás a mi lado, si tú me faltas, la vida no tiene sentido, si tú no estás conmigo, ya nada importa. Paula, de verdad, sin ti me es imposible seguir trabajando –continuaba poniendo exagerada pasión en sus palabras– y menos tener ganas de vivir; cariño, todo lo que soy te lo debo a ti; sí, es cierto que tengo unos estudios y hablo varios idiomas, pero jamás hubiera llegado tan alto sin una mujer como la que tengo. Paula, sabes perfectamente que si tú no estás por las mañanas para despertarme o para disculparme ante mi secretaría de que hoy no puedo ir a trabajar por estar enfermo o por mil disculpas más que tú te inventas, ya me habrían despedido, como lo hicieron en la compañía en la que trabajaba en Madrid, sabes que no soy capaz de vivir solo, te necesito, yo sin ti no soy nadie ni nada.» Esto era nuevo: San Perfecto reconocía por primera vez no ser tan santo ni tan perfecto. Pero nada variaba en mi interior. Recalqué, para ver si zanjaba el tema, que se trataba de una separación temporal y argumenté que pasados unos meses, si sus palabras habían sido sinceras y seguía sintiendo lo mismo, podríamos volver. Desplegó entonces una cuarta táctica: se puso de rodillas, actitud en la que tanto le gustaba ver a los demás, y juntando sus manos como si estuviera delante del mismísimo fundador de la organización resucitado, me pidió una última oportunidad: «Por favor, Paula, no te vayas, te prometo que jamás volveré a ponerte la mano encima ni a insultar, concédeme sólo unos meses, medítalo durante unos meses viviendo bajo el mismo techo los dos y si te vuelvo a tocar o me porto mal contigo en cualquier sentido, te concederé la separación.» No es que me convenciera toda esa artillería que descargó, ni que creyera llenas esas palabras vacías, tampoco que lograra despertar en mí algún sentimiento de piedad, como hiciera al principio con las historias de maltratos de su madre, ni que yo hubiera claudicado por tanta insistencia; simplemente vi en esa última petición suya, precedida de tantos lloros y lamentos, una ventaja frente a mi falsa proposición de separación temporal. Si yo me separaba ahora, con San Per engañado pensando que podría volver, iba a tenerlo continuamente reclamando mi vuelta, enviándome valiosísimos regalos, telefoneándome y achicharrándome la oreja a través del auricular con sus trasnochadas expresiones de amor. De esta otra forma, sólo tenía que esperar a que incumpliera su promesa y ya todo habría terminado. Era seguro que la incumpliría, y más temprano que tarde, pues aunque durante el principio de nuestra estancia en el País Vasco había logrado permanecer varios meses sin tocarme y con un comportamiento ejemplar, el San Per de ahora era todavía peor que aquél. Lo único malo es que implicaba una paliza más, pero a mí entonces una paliza más o una menos no me parecía gran cosa. Por supuesto, ahora sé que estaba muy equivocada y que obré mal. Debía haberme ido sin más, sin haberle siquiera dado explicaciones o diciéndoselo en un lugar público en el que no pudiera pegarme, una vez puestos los niños a buen recaudo y trasladadas mis cosas mientras él estuviera en la oficina. Pero, en fin, bastante era el haber dado por fin el paso de plantearle la separación.

30

Yo sabía que había comenzado la cuenta atrás. Tenía que aprovechar ese último tiempo para preparar mi siguiente etapa vital. Abrí una cuenta corriente y comencé a ingresar en ella pequeñas cantidades de dinero que sustraía de lo que manejaba para los gastos del hogar. Lo hacía con ciertos remordimientos de conciencia, pensando que, llegada la separación, en la cuestión económica San Per no iba a poner ninguna dificultad. Era más que nada un seguro por si acaso me equivocaba, y por ello las cantidades que ingresé fueron siempre muy modestas. ¡Qué tonta fui! ¡Por supuesto que me equivocaba! ¿Cómo podía pensar que quien me había estado torturando durante años y años y me había demostrado en innumerables ocasiones no tener alma iba a ser justo con la repartición de bienes y con la pensión? Interpreté la fanfarrona despreocupación de San Per a la hora de gastar como desprendimiento, como falta de apego al dinero, cuando en realidad, junto con el poder, el dinero era el principal objetivo en su vida, la forma de superar sus complejos. También empecé a buscar trabajo discretamente. Envié mi currículum a distintas empresas de la provincia de Alnorte, exceptuando las de la capital, en donde mucha gente sabía que era la mujer de San Per, y aquellas en las que éste podía tener relaciones. No sé si porque el abanico así se limitó mucho, si porque la coyuntura económica no era buena o por simple mala suerte, pero no recibí ninguna contestación. Yo mantenía al corriente de todo a Luis María, que seguía siendo mi confidente. Estaba de acuerdo conmigo en que San Per no cambiaría y me insistía en que al menor indicio de violencia me separara para siempre. Mientras tanto, San Per se comportaba pacíficamente. Al poco de haberle planteado la separación, había tenido que irse a Estados Unidos. Había querido que le acompañara para que el viaje sirviera como celebración de nuestra reconciliación. Nada más lejos de mi deseo. Me negué en redondo y pude disfrutar de unos días sin su presencia. Cuando volvió vino cargado de regalos, tanto para mí como para los niños. En cuanto a los míos, se trataba de montones de ropa carísima de tiendas de la Quinta Avenida, así como la joya de rigor, en este caso por duplicado, una sortija de Cartier y una cadena de Tiffany. ¿Cómo podía no darse cuenta a esas alturas de que esos regalos eran contraproducentes? Me ofendía el que pensara que por medio de esos regalos purgaba sus males, pero qué más daba; ya no había marcha atrás, yo estaba absolutamente decidida y sólo tenía que esperar la ocasión que me brindara la excusa. No tardaría en llegar.

Ocurrió, cómo no, después de una de esas cenas románticas que tanto le gustaba prodigar. Había propuesto que fuéramos a celebrar esa nueva etapa en la que íbamos a ser por fin felices para siempre. Una vez más estábamos en un restaurante de lujo con una botella de champán por medio. Sería la última. Me había reservado una sorpresa que, como hacía habitualmente, sacó a los postres: me informó de que tenía la posibilidad de cambiarse de empresa a una del País Vasco. Él sabía lo mucho que yo echaba de menos esa tierra, donde se habían quedado nuestras mejores amistades. El puesto era tan bueno y tan bien remunerado como el de Alnorte, pero tenía el inconveniente del peligro del terrorismo en el País Vasco, que se había intensificado cruelmente desde que nos habíamos ido de allí. Con un puesto tan destacado como ése podría estar expuesto a amenazas y extorsiones de ETA, pero por mi felicidad estaba dispuesto a correr el riesgo. Tuve ganas de decirle que me daba igual que se cambiara de trabajo al País Vasco o a la Patagonia. Estuve tentada de aclararle que para mí todo había acabado, que sólo estaba esperando el inevitable momento en que él perdiera una vez más el control para sentirme libre para siempre. No me imaginaba entonces que iba a estar tan cercano, pero le respondí que no era partidaria de volver al País Vasco, y la excusa la tenía en bandeja: le comenté que la situación me parecía muy peligrosa y no quería vivir aterrorizada, cuando en realidad, y evidentemente esto también me lo guardé para mí, lo que sí era verdaderamente peligroso, en acto y no en potencia, era su violencia doméstica con la que había vivido y seguía viviendo aterrorizada, sin que con este comentario quiera restar gravedad a la violencia terrorista en el País Vasco. Sí que añadí que mi felicidad no dependía tanto del lugar donde viviéramos como de la forma en que viviéramos, fuera donde fuese. La frase, a pesar de la carga eufemística que llevaba, le debió de sonar a reproche y yo percibí que había fruncido el entrecejo durante un instante antes de sacar su beatífica sonrisa para recibir en ese momento a unos amigos que se acercaron a nuestra mesa a interrumpir nuestra velada. Eran Tomás y Victoria, aquel empresario al que San Per había hecho arrodillarse y su mujer, que se encontraban cenando en el mismo restaurante. Nos habían visto al principio de la cena, pero les dimos la impresión de estar teniendo una conversación tan íntima y romántica que habían preferido no molestarnos hasta después de los postres. A invitación de San Per, se sentaron con nosotros a tomar una copa y luego nos fuimos con ellos a tomar alguna más en otro lugar. Cuando por fin se fueron a su casa y San Per y yo nos volvimos a quedar solos, él quiso tomar un último *whisky* donde nos encontrábamos. Tal como hiciera fray Luis de León, que continuó sus clases después de cuatro años de prisión con un «decíamos ayer...», San Per me contestó a mi intervención interrumpida por nuestros amigos como si no hubieran pasado varias horas. «¿He hecho algo que merezca un reproche? ¿Acaso no me estoy portando bien? Tienes un marido ejemplar, con una posición social que muchas envidiarían. Gracias a mi inteligencia estoy haciendo una fortuna sin necesidad de esperar a que herede la de mi padre, que luego se sumará a la mía. Y vale, he cometido algún error contigo, pero eso es el pasado. No sé a santo de qué viene ahora criticar mi comportamiento.» ¡Qué pronto San Per se consideraba con derecho a ser perdonado! ¡Qué poca importancia le daba a sus gravísimas faltas! No sé por qué no lo dejé pasar y no le di la razón como a un loco. En realidad, ¿qué importaba ya?, ¿para qué abundar en algo ya dicho? Cuanto menos le recordara que le había dado una última oportunidad, antes incumpliría sus promesas, y todo habría acabado. Desprevenido por su selectiva capacidad para olvidar, se le escaparía la mano un día, que era como él llamaba a menudo a sus agresiones, como si su mano, miembro independiente de su voluntad, fuera la verdadera culpable. Pero para bien o para mal, los hechos no se ajustaron a ese razonamiento. Le dije que desde el último episodio había pasado poco tiempo y que sí, que hasta hoy las cosas eran normales, pero era pronto para volver a confiar en él y le recordé que no le perdonaría una nueva agresión por mínima que fuera. Y esas palabras fueron precisamente el detonante de su última paliza.

Cuando llegamos a casa, decido darme una ducha, que es una costumbre que tengo para no acostarme con el olor del humo de los bares. Estoy relajada, a punto de dormirme bajo el agua caliente. De pronto se corre bruscamente la mampara de la ducha. Es San Per. Cierra el grifo y comienza a gritarme. «¡Tú, pedazo de estúpida, ¿quién coño te crees que eres para amenazarme con la pérdida de tu presencia? ¡Tú para mí eres una auténtica basura y como tal basura no sé cómo te atreves ni tan siquiera a insinuarme que ésta será la última vez que me perdonas! ¿Quién diablos te crees que soy? Aquí el único que te ha perdonado la vida en reiteradas ocasiones he sido yo a ti, pero te advierto que esta vez no estoy dispuesto a continuar haciendo concesiones, y como te vuelva a oír hablando de separación, te juro que soy capaz de matarte. ¡Tú eres mía o de nadie!, ¿queda claro? Antes de verte con otro, te mato o te doy tal paliza que no te va a reconocer ni la madre que te parió, a ver si así de desfigurada te quiere otro. ¿Te ha quedado claro?» Estoy temblando de frío y de miedo. Sé que ya todo ha terminado, que soy libre, pero ahora tengo mucho miedo. Pienso que sería estupendo que la cosa quedara ahí, en simples insultos y que tras ellos pudiera vestirme y salir de casa para siempre, pero soy consciente de que es imposible. Cuando San Per se sulfura de esa manera, siempre acaba dándome una paliza. Temo la que me va a dar ahora porque él sabe que será la última..., o quizá no, tal vez crea que amedrentándome puede conseguir que me olvide de la separación; aunque posiblemente ni siquiera se plantee nada, sólo se deja llevar por su furia ciega. Me parece que he cometido un error dándole una última oportunidad. Creo que no me daba cuenta de lo que hacía cuando pensaba que no importaba una paliza más o una menos, pero no sé por qué pienso todas estas cosas, ¿qué más da ya? La suerte está echada. San Per ha dejado de chillarme. Me repite ahora que si ha quedado claro. Le respondo con un conciso sí y moviendo temblorosamente mi cabeza. Desnuda como estoy me siento más indefensa y además tengo frío. Le pido permiso para coger la toalla. No quiero enfadarle más y he de actuar con mucho cuidado. Me pasa la toalla y me empiezo a envolver en ella. «Yo sólo quiero que seamos felices los dos», le digo para intentar ganármelo, pero sé que es inútil. Nunca influye lo que yo diga, nunca influye lo que yo haga. Me ha pegado brutales palizas después de haberle pedido perdón de rodillas. Aun así, evito enfrentarme a él. Salgo de la ducha y me dirijo a la habitación. Antes de que cruce la puerta, me detiene con un nuevo grito: «¿Estás intentando obviar mi conversación? ¿Quieres hacer como el avestruz que esconde su cabeza debajo de sus alas?» Muevo la cabeza en señal de negación. «Vete al dormitorio», me ordena ahora. No sé si es una orden y realmente quiere que vaya o si me está retando a que me atreva a irme sin que él haya acabado. Por si acaso, me quedo quieta. Recibo un fuerte empujón que me lanza al interior del dormitorio y caigo al suelo. Me levanto, pero antes de que pueda hacerlo del todo, recibo un fuerte puñetazo en la cara que me tira de nuevo. Ha sido un golpe brutal, dado con toda su fuerza. Ahora es él quien me levanta, cogiéndome de los pelos, y me pega otro par de puñetazos en la cara. Me lanza contra la pared y me golpeo con ella. Me da un puñetazo en el estómago y otros en la cara. Recibo muchos más golpes, pero estoy aturdida y ahora no puedo precisar si esto está durando mucho o es más rápido de lo que parece. Ha dejado de pegarme. Me doy cuenta de que la toalla que antes era blanca ahora es prácticamente roja. Pero no sé por donde sangro. Debe de ser por la cara, porque la sangre me nubla la visión. No sé si tengo a San Per cerca o lejos, o quizá se haya ido del dormitorio. Procuro respirar con profundidad para recuperar el aliento. Con la toalla trato de limpiarme los ojos, pero está tan empapada en sangre que no consigo ver mejor. Medio a ciegas, me dirijo al cuarto de baño. Del armario cojo otra toalla. Me limpio la sangre de la cara con ella. Ahora ya veo mejor. Me echo agua en la cara. Me miro durante un instante al espejo, pero la horrible visión me hace desviar de inmediato la mirada. Ha sido el tiempo suficiente como para ver que tengo el labio superior partido y que la raja llega hasta la nariz; también tengo la nariz hundida y sangro abundantemente, tanto por el labio como por la nariz. Con la toalla trato de contener la hemorragia. Voy a denunciarle; voy a ir a la comisaría tal como estoy y denunciarle, ni siquiera voy a pasar antes por urgencias. Sólo necesito juntar la fuerza suficiente para vestirme y salir de casa. Fuera de casa estaré a salvo, me encontraré mejor. Suplico a Dios que él no me detenga, que me deje salir de casa. Me visto con las mismas ropas que he llevado esta noche, que afortunadamente están aquí, en el cuarto de baño. Cada vez que tengo que quitar la toalla de la cara para poderme poner una prenda, caen gotas de sangre sobre las baldosas. Espero no desangrarme. Ya está, estoy vestida. Ahora sólo tengo que salir. Lo voy a hacer lo más rápidamente posible; aunque me diga lo contrario, no voy a detenerme. Cojo otra toalla en previsión de que la necesite y cruzo el dormitorio. San Per no está. Voy por el pasillo. La toalla que estoy usando está ya empapada en sangre. Llego a la puerta de la escalera. No me lo he cruzado. Salgo a la escalera y decido bajar por ella en lugar de esperar a que venga el ascensor. Llego al garaje, me meto en mi coche, tiro al suelo la toalla y utilizo la otra que he cogido, arranco el coche, salgo del garaje... Ya estoy en la calle.

En aquel momento, cuando se abrió la puerta del garaje, la visión de la calle me produjo una grata sensación de plena libertad. Tenía la cara destrozada, pero ya no habría más palizas. La relación con San Per había acabado para siempre y una nueva vida me esperaba. Yo no sabía entonces que todavía habría de sufrir nuevas dificultades, aunque lo peor ya había pasado. Me dirigí hacia la comisaría de policía, pero por el camino cambié de dirección. No paraba de sangrar y la tercera toalla estaba ya empapada en sangre. Tuve miedo a morir desangrada y decidí acudir primero a urgencias. Fui a la casa de socorro de la Cruz Roja, que era el puesto de urgencias más cercano. Allí se quedaron impresionados por mis lesiones. Me hicieron una cura provisional, limpiando las heridas y poniéndome unos apósitos para contener la hemorragia, y me dijeron que iban a llamar a una ambulancia para que me llevara al hospital, ya que la raja del labio superior requería unos puntos de sutura de cirugía plástica, para evitar que me quedara una notable cicatriz, y además tendrían que sacarme radiografías de la nariz, que sin duda estaba rota y tendría que vérmela un médico especialista. Me negué a que llamaran a la ambulancia y a ir al hospital: mi prioridad era poner la denuncia. Fueron vanos todos los intentos que hicieron para convencerme. Me dirigí, pues, a la comisaría. Sé que muchas mujeres maltratadas han tenido problemas en las comisarías y no han sido atendidas como deberían. No fue mi caso. Los policías que me atendieron se portaron intachablemente conmigo, dándome todo su apoyo en cuanto les dije que mis lesiones me las había producido mi marido. Ellos también me aconsejaron que fuera antes al hospital y que luego pusiera la denuncia, pero entendieron mi necesidad psicológica de dejar cuanto antes constancia en la justicia de lo que me había ocurrido. Era la primera mujer víctima de maltratos que aparecía por esa comisaría. Levantaron un atestado que me he preocupado de rescatar y que transcribo con exactitud a continuación, ocultando únicamente los nombres de personas y lugares:

> La Inspección de guardia
>
> 6:30, veintisiete de noviembre, ochenta y tres
>
> Policía nacional ..., carnet número ...
>
> La que mediante Documento Nacional de Identidad número ..., acredita ser ..., nacida en ..., el día ... de mil novecientos ..., hija de ..., casada, estudiante de derecho y con domicilio en ..., calle ..., teléfono ...
>
> MANIFIESTA: Que desde hace dieciséis años se encuentra legalmente casada con ..., nacido en ... el ..., hijo de ..., casado y director de empresa y con el mismo domicilio que la compareciente, de cuyo matrimonio tienen cuatro hijos.
>
> Que las relaciones entre ambos no son buenas y en varias ocasiones anteriores la había agredido, sin llegar a formular denuncia por ello.
>
> Que en el día de la fecha, sobre las cinco treinta horas, cuando entraron en el domicilio conyugal, después de haber estado cenando y tomando unas copas con unos amigos en ..., sin mediar palabra alguna, su marido le propinó un puñetazo en la boca produciéndole heridas de las que fue asistida en la Casa de Socorro de esta ciudad, diagnosticándole «Herida Incisa» de pronóstico «leve», salvo complicaciones.
>
> Que ignora los motivos por los que su marido la golpeó, causándole las heridas mencionadas.

Que quiere hacer constar que en la Cruz Roja le fue manifestado que la herida necesitaba poner puntos de sutura, pero que, como era profunda, le aconsejaban que se los pusiera un medico de cirugía plástica para que no le quedasen cicatrices.

Que no tiene nada más que decir, firmando la presente en prueba de conformidad con el Señor Instructor, de lo que como Secretario CERTIFICO.

DILIGENCIA DE TERMINACIÓN Y REMISIÓN

No es un prodigio de exactitud esta denuncia, pero no tenía yo la boca como para hablar demasiado y contar con detalle ni la paliza ni los motivos que la produjeron. Tampoco mencionaba la nariz, ni el resto de los golpes, pero lo importante es que estaba formulada y en el hospital me harían un informe médico más detallado. Independientemente de que en cuanto leyeran la denuncia en el juzgado, lo más probable es que me citaran para que me reconociera el médico forense. Una vez que hube firmado la denuncia, una pareja de policías me acompañó al hospital. Al ingresar en la sala de urgencias, me llevé una sorpresa. Casualmente, el médico que estaba de guardia era un yerno de Tomás y Victoria que me conocía, aunque en un primer momento no fue capaz de reconocerme. «Pero, Paula, ¿qué te ha ocurrido? –exclamó cuando se dio cuenta de quién era–, ¿has tenido un accidente?» Traté de contarle algo, pero él me dijo que no hablara, que ya le diría qué había pasado cuando me curara. Me examinó las heridas y mandó llamar a dos médicos más para que le ayudaran. Todos daban por supuesto que había sufrido un accidente de tráfico. Incluso llegaron a reconvenirme porque no llevara el cinturón de seguridad. Me sacaron radiografías de la nariz, que efectivamente tenía una fractura con desplazamiento lateral. Me la redujeron con gran dolor y luego se preocuparon por el labio. Tenía dos rajas. Una en el labio superior, que era la que yo había visto en el espejo, que iba desde la boca hasta la nariz y era tan profunda que la carne estaba completamente rasgada y se veían a través de ella las encías y los dientes. La otra estaba en el labio inferior y era más leve. Afortunadamente, uno de los médicos era experto en suturas de cirugía plástica y pudo coserme. La cicatriz que me quedó no fue demasiado notoria, aunque fijándose mucho todavía es perceptible hoy día. Una vez que mi cara estaba recompuesta y vendada, el médico yerno de Tomás y Victoria me preguntó cómo había sido el accidente. «No ha habido tal accidente –respondí–, ha sido San Per, que me ha dado una paliza.» Se quedó estupefacto. Supongo que, sin embargo, cuando se lo contara a sus suegros, no se sorprenderían tanto; ellos mismos habían sido víctimas de la crueldad de San Per. Había perdido mucha sangre y los médicos fueron de la opinión de que pasara un día ingresada, pero yo quería resolver mi situación cuanto antes y preferí volver a casa. Entre el tiempo pasado en la Cruz Roja, en la comisaría y en el hospital, había amanecido y había avanzado la mañana. Me convencieron de que me quedara por lo menos a comer en el hospital, que habría de hacerlo, como en todo el siguiente mes, a base de líquidos sorbidos por una pajita. A primera hora de la tarde volví a casa, no sin que antes me hubiera preocupado porque me dieran una copia del informe médico para que me sirviera como prueba en el juicio. Pensé en irme directamente a la casa de mis padres, pero en la mía estaban mis hijos, que no sabían nada de mí. La denuncia estaba cursada y yo me sentía segura. Después de pasar por casa, explicar a mis hijos, no sabía de qué manera, que su madre estaría fuera unos días y coger algo de ropa, me iría a casa de mis padres y desde ahí ya vería más tarde cómo me las arreglaba.

Cuando llegué a casa, el labio se me había inflamado considerablemente, los edemas morados y amarillos habían invadido los alrededores de mi nariz y otras partes de la cara y mi aspecto debía de ser tan espeluznante que los niños salieron corriendo al verme. Cuando se dieron cuenta de que el monstruo que había aparecido era su madre, volvieron, pero sólo Alba se atrevió a darme un beso. San Per, por su parte, se llevó las manos a la cabeza y empezó a gemir y llorar. Le dije que como se acercara a mí, llamaría a la policía. Me encerré en el despacho a descansar. Estaba al borde de la extenuación. Tenía todavía que hablar con los niños, pero prefería que se les pasara el susto inicial. Decidí quedarme esa noche y hacerlo al día siguiente. Dormí en el sofá del salón y me desperté casi al mediodía siguiente. Hablé con los niños: esta vez no justifiqué con ningún accidente mis lesiones: sólo les dije que probablemente estaríamos separados unos días, pero que volvería a por ellos y nos iríamos de allí. Luego me fui a casa de mis padres. No podía aparecer ahí con mis cuatro hijos. Tenía primero que preparar el terreno. Pensaba pasar primero unos días con ellos y luego pedirles que nos acogieran a todos durante una breve temporada, hasta que por medio de una separación legal tuviera los medios económicos para alquilar un piso y vivir por nuestra cuenta. En cuanto estuviera recuperada, además, comenzaría a trabajar. Al verme, mis padres no me preguntaron siquiera qué me había pasado (se daba por sobreentendido), lo que sí me preguntaron fue qué pensaba hacer. Les respondí que separarme definitivamente sin posibilidad de vuelta atrás. Enseguida percibí sus reticencias hacia mi decisión. Comenzó un amargo interrogatorio en el que dejaron patente su nula intención de ayudarme. «¿De qué piensas vivir hasta que encuentres trabajo? ¿Quién pagará el colegio de los niños? ¿Adónde te piensas ir a vivir? Paula, ¿de verdad que crees que puedes mantener a tus hijos? Paula, ¡sois cinco, no te olvides! No sé cuánto te dará tu marido, pero para vivir como vives ahora, ni lo sueñes.» Me quedó meridianamente claro que estaban seriamente preocupados por si les salpicaba alguna carga que derivara de mi decisión de separarme. Su último consejo fue como otro puñetazo en la cara. «Mira, Paula, debes pensarlo, la vida es difícil y todos debemos aguantar; si sufres humillaciones sin dinero, tienes un problema, pero ése no es tu caso, vives como una auténtica reina y sólo debes evitar disgustarle.» No quise escuchar más, me levanté, les di las buenas noches y salí de la casa. Ahí estaba yo sola en la calle, huérfana de facto, con una profunda sensación de desamparo. La ciudad estaba activa y yo quieta, parada en la acera sin saber qué hacer. La gente al pasar me miraba de soslayo. Seguro que sentían más lástima que mis padres.

Volví a mi casa. No tenía alternativa y tampoco me quedaban apenas fuerzas, estaba hundida. Hacía escasamente unos días parecía que tenía las ideas completamente claras: espero a que San Per incumpla su promesa y me separo para siempre, busco trabajo y mantengo a mis hijos. Sin embargo, ahora me parecía todo muy difícil: no podía buscar trabajo en tanto el aspecto de mi cara no fuera el de un humano; mis padres me habían dado la espalda; a los niños les faltaban varios meses para acabar el colegio. Una separación legal llevaba su tiempo; San Per no iba a aceptar ningún acuerdo e iba a dilatar el procedimiento todo lo posible. Sólo una providencial llamada de Luis María me dio ánimos en ese momento. Le relaté por teléfono lo sucedido y quiso verme inmediatamente. Yo no quería que me viera con esa cara, pero él insistió. Vino al día siguiente desde el País Vasco y quedamos a comer en una ciudad de Alnorte. Lo de comer es un decir, porque yo sólo podía beber papillas bastante líquidas por una pajita, pero estuvimos juntos y me hizo compañía, que era lo importante. Me brindó su amistad incondicional, me dijo que me ayudaría a encontrar trabajo en cuanto estuviera en condiciones de buscarlo y mientras tanto me ofreció ayuda económica si la necesitaba. Me supuso una reconfortante tranquilidad el saber que podía contar con él.

Continué viviendo en mi casa durante un tiempo, encerrada sin salir para no tener que explicar a mis amistades y conocidos las causas de mi cara destrozada. Hacía una vida completamente separada de San Per, tratando de no coincidir en la misma habitación. Yo no le había contado nada de la denuncia ni le había propuesto la separación; simplemente no le hablaba. Pasado alrededor de un mes, llegó una carta del juzgado a nombre de San Per. La recogí yo y no la abrí; ya sabía de qué se trataba. Observé largamente el sobre con felicidad. El tener esa carta en mis manos me dio renovadas fuerzas: era un resultado palpable, físico, del gesto valiente de denunciarle al que tanto me había costado llegar. La denuncia seguía su curso. Me alegré de no haberle comentado nada sobre ella hasta entonces: entregarle la carta iba a ser mi gran momento. Esperé a que volviera de la oficina y le dije que teníamos que hablar. Cuando ya estábamos a solas en el salón, con las puertas bien cerradas, le entregué la carta. Me dirigió una mirada interrogativa. «Ábrela», le dije. Sus manos temblaban al rasgar el sobre. La leyó y levantó los ojos de nuevo hacia mí, ahora con odio. Le sostuve la mirada, sentía una especial seguridad. El tigre estaba encerrado en la jaula; ya no parecía una fiera peligrosa, sino una atracción de circo. «¿Qué es esto, Paula?», fue lo primero que dijo con extrema seriedad. «Está muy claro lo que es», le respondí. «Explícame qué significa esto.» No contesté. «Paula, ¿es cierto lo que estoy leyendo?» Ahora sí respondí, afirmando con la cabeza. «¿Cómo me has hecho esta putada? No sabes el daño que me estás haciendo. ¿No se te ha ocurrido pensar lo que puede ocurrir si esto transciende entre los consejeros de la empresa? ¿Pero, Paula, qué me has hecho? ¡Dios mío, Dios mío, ¿qué me has hecho? Paula, dime una cosa, ¿quién más sabe de la existencia de esta denuncia?» Le preocupaba sobre todo el perjuicio que ya le hubiera ocasionado, lo que ya era insalvable. Sin duda confiaba en que podría evitar daños futuros, en que yo retiraría la denuncia, no sé si por sus dotes de persuasión o por sus amenazas. No tuve inconveniente en responderle con sinceridad: lo saben los policías que estaban en la comisaría cuando puse la denuncia, el médico yerno de Tomás y Victoria, que estaba de guardia en el hospital, imagino que ya se lo habrá contado a sus suegros, lo saben mis padres, pero no te preocupes que no van a recriminarte nada, lo sabe un amigo común del que no te diré su nombre y, sobre todo, ya lo sabe el juez. «¿Paula, este amigo común es alguno de la organización?» Le respondí negativamente y pareció aliviarle la respuesta. Hizo una respiración profunda, como intentando armarse de paciencia, y adquirió un tono amable e imperativo al tiempo, un tanto paternal. «Mira, cariño, vas a retirar esa denuncia, ¿de acuerdo?, y yo voy a hacer como si nunca la hubieras puesto.» «No la voy a retirar, San Per, y te advierto que si se te ocurre tan sólo rozarme, pondré otra nueva denuncia», le dije con firmeza en mis palabras. «Paula, ¿de verdad no crees que has llegado muy lejos implicando a tantas personas en meras discusiones de familia? Veo que aún me faltaban lecciones por enseñarte; todavía no has aprendido que los trapos sucios se lavan en casa.» Era penoso que siguiera amenazándome; parecía el tigre enjaulado cuyos rugidos sólo asustan a los niños más pequeños. Le dediqué una despectiva sonrisa y le insulté con la mirada. «Paula, ¿de verdad que no vas a retirar la denuncia? –empezaba a mostrarse desesperado–, ¿vas a ser capaz de humillarme hasta ese punto?» «Sólo retiraré la denuncia si antes tú firmas un convenio de separación», le propuse por fin. Lo había estado madurando durante los últimos días. Lo único que quería era ser libre y olvidarme de San Per. Por mucho que me hubiera estado torturando durante dieciséis años, no sentía un deseo de venganza, no tenía interés en ver a San Per hundido, me bastaba con no volverle a ver, con que desapareciera de mi vida para siempre, separarme de él lo más rápidamente posible. Me conformaba con las mínimas condiciones económicas que me permitieran empezar una nueva vida, todavía era joven y me quedaba mucho por vivir. Luego, al ver cómo se portó durante la separación, me arrepentí de no haber seguido con la denuncia hasta que terminara en un juicio. Si bien a la vista de cómo ha actuado la justicia en muchos casos de mujeres maltratadas, es probable que mi decisión hubiera sido acertada.

A los pocos días San Per me entregó unos papeles. Mis ojos se iluminaron al leer «Convenio Regulador de Separación Conyugal». Las condiciones, más que de injustas, se podrían calificar de abominables. Se trataba de un contrato leonino según el cual se quedaba él con todo, desde el domicilio conyugal, del que yo me tendría que ir inmediatamente, hasta todos los bienes que integraban la sociedad de gananciales, cuentas corrientes, acciones, ajuar domestico, vehículos, etc., con la curiosa excepción del Rover 3.500, el mejor coche de los tres que teníamos, que me lo cedía a mí; los hijos permanecerían bajo mi guardia y custodia y su régimen de visitas era libre. Como contribución a la manutención de los niños, ofrecía quince mil pesetas por cada uno (sólo el colegio costaba más del doble) y para mí, como pensión compensatoria, fijaba cincuenta mil pesetas durante dos únicos meses.

Para sorpresa de San Per, que probablemente lo ofrecía como propuesta de partida para negociar, acepté de inmediato. Era tal el ansia que tenía de librarme de él que no quería correr el peligro de meterme en litigios que demoraran las cosas. Pese a que el dinero que me daba era irrisorio, consideré que era suficiente como para arreglármelas en un principio y confiaba en que no tardaría en encontrar trabajo. Únicamente le exigí que él se hiciera cargo de los niños durante lo que les restaba de curso escolar, lo que a mí me proporcionaría el tiempo necesario para buscar casa y trabajo fuera de la ciudad de Alnorte, pues yo había decidido ya, con buen criterio, que tenía que poner tierra por medio. No tardó en llegar la fecha en la que tuvimos que ir al juzgado a firmar el convenio de separación y a que yo retirara la denuncia, necesariamente y por imposición mía, en este orden. El día anterior me había dedicado a empaquetar mis efectos personales. San Per me había advertido que no me dejaría entrar en «su» casa una vez que hubiéramos firmado la separación, de modo que tenía que llevarme ya mis cosas para ir al juzgado. En el último momento, había tenido la fortuna de que una tía mía, propietaria de varios pisos como inversión, me dejara durante unos meses uno de ellos que estaba desocupado. Se encontraba en otra ciudad de la provincia de Alnorte, en la costa, y a la que me referiré como Transición, ya que mientras España estaba terminando su transición política, yo estaba empezando la mía personal. Me iría directamente hacia allí desde el juzgado, pero todavía San Per me reservaba una última humillación al salir de casa. Yo tenía preparadas unas maletas, unas bolsas con ropa y unas cuantas cajas con libros. Cuando ya nos disponíamos a salir, San Per llamó a Machu, la niñera, y a la otra señora de servicio que teníamos y les ordenó que abrieran mi equipaje y lo revisaran para comprobar si me llevaba algo que no era mío. Me fui al despacho durante esa ignominiosa operación. Allí saqué de mi bolso la cartilla de ahorros de la secreta cuenta que había abierto cuando accedí a darle una última oportunidad, y en la que apenas había ingresado ciento veinte mil pesetas, así como la llave de la caja fuerte del banco donde tenía guardadas mis joyas, y metí ambas cosas en mis botas en previsión de que San Per quisiera registrarme también el bolso. Efectivamente, cuando las señoras de servicio ya habían comprobado que entre mi equipaje no había nada que no me perteneciera, me pidió el bolso y volcó su contenido al suelo. Entre otras muchas cosas cayeron las llaves de casa. «¡Mira que eres zorra –me insultó–, querías llevarte las llaves para volver otro día y robarme! Pues que sepas que yo no soy tan imbécil como tú y he mandado llamar a un cerrajero para que esta misma tarde cambie las cerraduras.» Luego cogió mi cartera, la abrió y sacó el dinero que había en ella, diez o doce mil pesetas. «¿Cómo te atreves a robarme tanto dinero?; sabes perfectamente que en el convenio el dinero de la casa queda para mí. ¿Y dónde están las tarjetas de crédito?» «Las he dejado en la bandeja del correo», le informé. Las cogió y empezó a cortarlas con unas tijeras ceremoniosamente una por una. Cuando terminó comentó riéndose que lo había hecho para darse el gustazo, porque ya había dado orden de que las anularan hacía más de una semana. «¿Ya está?, ¿me puedo ir?», le pregunté. «¡No! –me respondió él–, creo que te llevas demasiadas cosas; la ropa que te llevas es muy cara y te la he comprado yo con mi dinero, no se puede considerar como efectos personales. Te dejo que te lleves o la ropa o los libros, elige lo que quieras.» Era una última vuelta de tuerca más. Estuve tentada de decirle que no quitaba la denuncia, que iba a llegar hasta el final con ella y que me largaba con lo puesto, pero que volvería con una orden judicial a por la mitad o más de las cosas y a echarle yo del piso para quedarme con su uso y disfrute hasta que los chicos fueran mayores, que la mierda de pensión por los hijos y la propina que me daba durante dos meses no merecía aguantar tantas vejaciones, pero nada de esto le dije y opté dócilmente por llevarme los libros. Me metió en una bolsa como un favor un par de prendas de ropa interior, unos pantalones y un par de jerséis, y añadió el neceser con mis cosas de maquillaje. «Te dejo que te lleves todos estos potingues –me dijo–, los vas a necesitar para pintarrajearte como un indio para trabajar de «calientapollas» en un club de carretera, que es el único trabajo que vas a poder encontrar.» Por último, le pedí las llaves del coche, del Rover 3.500 que extrañamente había dejado a mi nombre. No me las dio inmediatamente, antes me explicó que me lo había dejado porque, independientemente de que tanto su seguro como lo que gastaba o una posible avería harían que no lo pudiera mantener, hacía poco se había matado en uno igual la princesa Grace de Mónaco y desde entonces le daba mal fario, por lo que había pensado que era mejor que me lo quedara yo. No tardaría mucho el destino en hacerle pagar el deseo malsano que iba implícito en esas palabras. Me tiró las llaves del coche al suelo y, junto con ellas, cinco mil pesetas de las que había cogido de mi monedero, diciendo que era su último regalo. Cuando me agaché a cogerlas y a coger el resto de las cosas que había tirado de mi bolso, me empujó despectivamente con el pie. Luego abrió la puerta, cogí mis cajas de libros, la bolsa de ropa, mi bolso y salí.

Nos vimos algo más tarde en el juzgado. Todavía ahí hizo un último intento para que retirara la denuncia y no me separara. Apenas había pasado media hora desde que me había humillado en el recibidor. ¿Cómo podía ser tan lamentablemente grotesco? Procedimos a firmar y luego retiré la denuncia. A la salida, San Per vertió unas lágrimas, me pidió que siguiéramos viéndonos con frecuencia, que nos fuéramos a almorzar juntos en ese mismo momento y habláramos de reconciliación. Le respondí que no sólo nada había que me apeteciera menos que comer con él ese día, sino que en lo sucesivo no quería verle más, salvo lo imprescindible para que yo me llevara algún día a los niños durante esos dos meses que todavía vivirían con él, y después en los momentos en que él los recogiera y los entregara cuando los visitara, y añadí que ni siquiera le iba a revelar adónde me iba a vivir. Esto le sorprendió un tanto, pues él creía que me iba a casa de mis padres. Me pidió encarecidamente que le informara de mi nueva dirección, no para presentarse allí, me juró, sino por tenerme localizada por si le pasaba algo a él o a los niños. No caí en la trampa y le dije que en tal caso avisara a mis padres, que ya sabrían cómo ponerse en contacto conmigo. Nos despedimos. Él intentó darme un beso en la boca al hacerlo, pero yo aparté la cara. Me monté en mi Rover 3.500, mi única posesión junto con un montón de libros, arranqué, lo puse en marcha y me fui observando por el retrovisor la figura patética de ese hombre que tanto me había hecho sufrir y que a medida que me alejaba se iba haciendo más pequeña.

No me dirigí a Transición directamente. Antes pasé por el banco en el que teníamos contratada una caja fuerte para retirar mis joyas, con cierta preocupación de que San Per hubiera dado orden de que me denegaran el acceso o, lo que hubiera sido propio de él, que se presentara ahí para cazarme en flagrante. Afortunadamente se le había escapado esa posibilidad y no sucedió ni una cosa ni la otra. Metí las joyas en una bolsa. Muchas eran regalos de mi familia e incluso algunas anteriores a la boda; otras me las había regalado él, aunque ya se conoce el destino de las dos más valiosas. Además de las joyas, había siete millones y medio de pesetas. Los metí también en la bolsa, pero al momento me arrepentí y los devolví. Pensé en quedarme con medio millón, pero finalmente fui demasiado honrada o más bien demasiado tonta, y cogí únicamente las joyas, que me pertenecían. En caso de apuro, podría venderlas o empeñarlas. Salí del banco y me fui a Transición.

31

La sensación de haber roto definitivamente mis cadenas, de empezar una nueva vida, se vio empañada por un malestar físico que me acompañó durante el viaje a Transición. Sentía unas desagradables náuseas y un malestar general que, aunque muy molestos, no me impidieron que llegara a mi destino; en peores condiciones había conducido anteriormente. Yo no conocía el apartamento que me había prestado mi tía. No vivía en esa ciudad y no pudo estar para recibirme, así que dio las llaves el portero y subí. Estaba en la undécima planta. Era un piso humilde para lo que estaba acostumbrada, pero a mí me pareció maravilloso. Tenía unas espléndidas vistas al mar que me ayudarían a relajarme y a llevar mi soledad, pero además iba ser mi espacio propio, mi lugar de libertad donde ya no tendría miedo, donde nunca más mi conducta estaría condicionada al terror de llevarme una paliza, aunque los problemas todavía no habían desaparecido. Además de las dificultades económicas que iba a pasar, vendrían nuevas tribulaciones: la primera sería la soledad. Seguía encontrándome físicamente mal y no tenía fuerzas para comenzar a buscar trabajo. Me pasé varios días mirando el mar con lágrimas en los ojos. Echaba mucho de menos a mis hijos y les llamaba con frecuencia. Cada vez que lo hacía, San Per se ponía al teléfono y se mostraba enormemente arrepentido, me imploraba perdón y me transmitía su amor con grandilocuentes palabras. Confieso que en el estado de debilidad en el que me encontraba, estuve a punto de transigir y volver a su lado. Pero fui fuerte y aguanté, y pese a que me lo solicitó a menudo, no le di la dirección de donde vivía, aunque sí el número de teléfono, de lo que no tardaría en arrepentirme. Como al cabo de una semana el malestar, la debilidad y las náuseas no se me pasaban, decidí acudir al médico. Aunque no era el ambulatorio que me correspondía, conseguí que me atendiera en él una joven doctora. Tras tomarme la tensión, la temperatura y auscultarme, me preguntó que cuándo había sido la última vez que me había venido el período. Con la precipitación y la gravedad de los últimos acontecimientos, yo no había estado atenta a controlar mi menstruación y realmente no recordaba cuándo había tenido por última vez la regla, pero le respondí que era imposible que estuviera embarazada. Ella insistió y me pidió que recordara si había habido una sola posibilidad. Entonces caí en la cuenta de que la violación de San Per por la que me llevé la penúltima paliza estaba más reciente de lo que yo creía, algo más de dos meses. Ni se me había pasado por la cabeza la posibilidad de que estuviera embarazada. La doctora me realizó ahí mismo una prueba y cuando me dijo que había salido positiva, me derrumbé y comencé a llorar desconsoladamente. No podía ser. ¿Cómo iba a poder salir de esa situación? ¿Cómo iba a encontrar trabajo y mantener a mis cuatro hijos estando embarazada? Todo se me venía abajo. La doctora se apiadó de mí y empezó a consolarme. Entonces, entre gemidos, yo le conté mi historia. Le hablé de los malos tratos, las palizas bestiales, la denuncia y la reciente separación. Le dije en qué situación económica me encontraba y cómo mis padres me habían dado la espalda. La doctora sintió compasión por mí y me dijo que no me preocupara, que ella me iba a ayudar. Me citó en una cafetería cercana al cabo de una hora, en cuanto terminara de atender a su lista de pacientes. Ya más serena, le expliqué lo que me suponía ese embarazo. Con mucho tiento, me habló de la posibilidad de abortar, pues ella conocía a alguien que podía hacérmelo; me pidió que reflexionara a fondo y no tomara la decisión a la ligera, aunque no debía retrasarla demasiado porque el embarazo seguía su curso. Me dio su teléfono y me dijo que la llamara cuando hubiera decidido algo. Añadió que no me preocupara por el pago, que tendría tiempo para pagar cuando estuviera mejor de dinero. Se lo agradecí sobremanera y volví al apartamento. Inmediatamente llamé a Luis María, que como buen amigo y médico podría aconsejarme, pero desafortunadamente se encontraba de viaje en el extranjero y no regresaría hasta el cabo de quince días. No disponía de tanto tiempo. Esa noche no dormí, estuve dándole vueltas a la cabeza. Yo estaba educada en principios morales contrarios al aborto, pero mi situación era desesperada: tenía cuatro hijos que mantener; si lograba encontrar un trabajo antes de que se me notara el embarazo, me despedirían en cuanto se inflara mi barriga y aunque no fuera así, luego tendría que hacerme cargo de un bebé. Ya sabía que mis padres no iban a desvivirse por mí. Luis María me había ofrecido su ayuda económica, pero una cosa era su sincero ofrecimiento y otra que le pidiera dinero para que me mantuviera a mí y a mis hijos durante un mínimo de un año. La alternativa que tenía era volver con San Per. De nuevo ser maltratada, torturada y quién sabe si muerta en una paliza. Con las primeras luces del amanecer, me decidí. Sólo esperé a que fuera una hora prudente para avisar a la doctora.

A los dos días, el problema de mi embarazo estaba resuelto. Ahora tenía que lidiar con mis remordimientos, exacerbados por mi soledad. La doctora no pudo acompañarme a la consulta en que me practicaron el aborto. Acudí sola y todo fue muy frío y muy rápido. El médico que me atendió me informó, después de haber abortado, de que mi embarazo había sido de gemelos, lo que duplicó mis remordimientos. Se podía haber callado. Volví a casa y me dediqué a mirar al mar. Estaba profundamente deprimida. Por la noche, hablé de nuevo con mis hijos y al colgar decidí que no podía dejarme hundir. Me acosté y me puse el despertador muy temprano. Me levanté con energía, decidida a encarar el futuro. Compré el periódico y leí las ofertas de empleo. Mandé mi currículum a muchas de ellas, pero era consciente de que, de contestarme, tardarían en hacerlo. Había varias ofertas de comerciales con sueldo a comisión; además de ser trabajos en los que la incorporación suele ser inmediata, yo había trabajado de comercial en la editorial y me consideraba con dotes para vender. Por otra parte, el trabajo de comercial daba la posibilidad, si se tenía éxito, de llegar a ganar una cantidad estimable con mayor rapidez que en un trabajo con un sueldo fijo. No había ningún anuncio de venta de enciclopedias, pero sí uno de una distribuidora de productos de alimentación. Marcos, un amigo de Alnorte, había comenzado precisamente trabajando de comercial de productos de alimentación y ahora tenía una empresa de distribución con la que se podía permitir un alto nivel de vida; pensé por ello que era el sector más adecuado. Antes de responder al anuncio del periódico, me decidí a llamar a Marcos para que me instruyera sobre los usos comerciales en ese campo. A petición de San Per, habíamos convenido que por el momento no anunciaríamos a nuestras amistades nuestra separación. Para justificar mi ausencia quedamos en decir que yo me había ido de viaje para preparar una oposición. No podía contarle a Marcos por teléfono cuál era la realidad de mis circunstancias, así que se me ocurrió decirle que necesitaba información para una amiga que deseaba introducirse en el sector, una amiga que a San Per no le caía muy bien, por lo que le pedía que fuera discreto. Quedamos al día siguiente para comer los tres: Marcos, mi inexistente amiga y yo. Cuando Marcos llegó al restaurante y tras saludarme preguntó por mi amiga, le revelé que la amiga era yo y que no estaba precisamente preparando una oposición, sino buscando trabajo para poder mantenerme a mí y a mis hijos. Se quedó en silencio durante un momento asimilando esa inesperada información y luego, como expresión de su amistad, dijo que si yo no quería desahogarme, él no necesitaba saber más y que podía contar con su hermética discreción. Se lo agradecí y entramos directamente en materia. Me dio una completa lección sobre el funcionamiento de la distribución de los productos de alimentación que yo escuché tomando notas como si fuera una alumna. Pero no se quedó sólo en eso, quiso ayudarme más y me propuso que en lugar de contestar al anuncio, distribuyera yo en Transición algunos de los productos que él distribuía en Alnorte. Él podía conseguir que, a pesar de mi falta de experiencia, alguno de los fabricantes confiara en mí. De esa forma podría ganar más que trabajando para otros. Sólo necesitaría alquilar un pequeño almacén, contratar a un transportista y, por supuesto, esforzarme al máximo para conseguir vender. Esto último era lo que menos me preocupaba, ¿pero de dónde iba a sacar dinero para un almacén y para pagar a un transportista? Ya me había explicado Marcos que habitualmente las comisiones se cobraban a noventa días. No le comenté la penuria de mi situación económica; bastante me estaba ayudando y no quería que me ofreciera también dinero. Prefería, si era necesario, pedírselo a Luis María. A los pocos días volví a quedar con él y me dio la magnífica noticia de que una casa de conservas de pescado gallega, una de pimientos del Bierzo y otra de conservas de verduras de Murcia habían aceptado que las representara en Transición. Yo, mientras tanto, ya había solucionado los dos problemas fundamentales: el almacén sería la plaza de garaje del piso de mi tía y el transportista sería yo misma con mi lujoso Rover 3.500. Además, le había pedido dinero a mi padre y había accedido a prestarme setenta mil pesetas con las que podría hacer frente a gastos de teléfono, gasolina, tarjetas de visita, etc., sin que tuviera que agotar las ciento veinte mil pesetas de la cuenta corriente, que guardaba para cuando llegaran mis hijos, ni vender o empeñar las joyas, que estaban para una emergencia. No dejé pasar tiempo y en cuanto tuve los catálogos de las casas que representaba, me puse a hacer visitas para vender. Comencé por Pryca, que era la gran superficie más importante de la zona. Me recibió el jefe de compras e hice el ridículo más espantoso. Parecía que hablaba en otro idioma. Me preguntaba por rapeles, formatos, presentación, condiciones de pago, y yo no sabía ni a qué se refería; la lección de Marcos no había abarcado esos detalles. Cuando vi que era incapaz de salir del apuro, le confesé que era la primera visita que hacía y que no tenía ni idea del sector porque nunca había trabajado en nada parecido. Le debió de conmover mi ingenua sinceridad porque no sólo gastó su preciado tiempo en completar la lección que me había dado Marcos, sino que me hizo un buen pedido de varias referencias para animarme y darme suerte en el negocio que emprendía. Fue curioso porque cuando llamé a las casas fabricantes para encargarles los productos, no daban crédito a que hubiera conseguido vender a la primera en el Pryca de Transición con el jefe de compras tan «hueso» que había.

El resultado de los primeros días de trabajo fue muy alentador, ya que lograba vender los productos con relativa facilidad. Quise premiarme visitando a mis hijos durante el fin de semana. El jueves por la noche les anuncié que les recogería al siguiente día por la tarde a la salida del colegio y que nos iríamos a merendar por ahí. Se pusieron muy contentos, pero al cabo de un rato me llamaron y me dijeron que Machu había dicho que sólo podrían estar durante una hora conmigo porque tenían que hacer los deberes. Pregunté por San Per para aclarar esa estupidez, pero no estaba en casa. Volví a llamar varias veces hasta muy avanzada la noche y siempre me cogía Machu el teléfono, indicándome que el señor no se encontraba en casa. No quise discutir con la niñera lo de que sólo podría ver a mis hijos durante una hora porque estaba segura de que en ello estaba la mano de San Per. Llamé a la mañana siguiente, bastante pronto, pero el señor ya se había ido a la oficina, lo cual podría creérselo cualquiera menos yo, que desgraciadamente conocía de sobra su incapacidad para despertarse temprano.

Esperé a que avanzara la mañana y llamé a la oficina, donde tampoco me pasaron con él. Me fui a Alnorte por la tarde sin haber conseguido hablar con San Per. Cogí el autobús porque era más barato que la gasolina del coche, que además iba a ser ahora mi herramienta de trabajo y no quería exponerlo a una posible avería. Al llegar telefoneé de nuevo y me cogió otra vez Machu, que mantenía que el señor no se encontraba en casa, pero que yo podría recoger a los niños en la parada del autobús si los devolvía al cabo de una hora. Añadió que le dijera en qué hotel me alojaba para que el señor pasara a buscarme para que cenara con él. Aunque no pensaba devolver a los niños hasta que me diera la gana, me cuidé mucho de decírselo; era seguro que San Per estaba a su lado y era capaz de presentarse en la parada o incluso adelantarse a recogerlos en el colegio. En cuanto al hotel donde me alojaba, le dije que si el señor quería saberlo, que se pusiera al teléfono y me lo preguntara él mismo.

Los niños estallaron de alegría al verme, pero Carolina no venía en su autobús. Me dijeron sus hermanos que había quedado con unas amigas y se había ido directamente con ellas. Me dolió. Empezaba a entrar en la adolescencia, etapa en que son habituales ese tipo de desplantes con los progenitores, pero desde el principio sospeché que las manipulaciones de San Per habían tenido que ver. El resto nos fuimos a merendar. Me mostraron sus ganas de venirse a vivir conmigo ya, porque aunque San Per no les pegaba, sino todo lo contrario (de pronto todo estaba permitido en esa casa), no les gustaba que entre él y Machu no pararan de hablarles mal de mí. Me interesé por lo que les decían y no sé cómo pude mantener la calma. Ahora San Per y la misma Machu con dinero suyo les compraban juguetes y golosinas continuamente, y cada vez que lo hacían decían que yo no podía comprarlo. «Mami, San Per dice que tú no puedes pagarnos nada porque todo tu dinero se lo das a tu chulo», me decía Alba con su inocente vocecita mientras yo me aterrorizaba. «Sí, dice que te has ido de casa con un estudiante de la Uni de veintidós años», confirmaba Miguel. «Y también dice que va a pagar a un detective como los de las pelis para que te siga y no nos dejen vivir contigo porque trabajas en un bar de borrachos», añadía Ignacio. ¿Debía agradecer a San Per que hubiera tenido la delicadeza de decirles que trabajaba en un bar de borrachos en lugar de un puticlub? Después de haberme hecho la vida imposible durante dieciséis años y de haber retirado la denuncia que habría podido hundirle, todavía intentaba predisponer a mis hijos en mi contra, arruinarme lo que más me importaba, lo único que me importaba. Afortunadamente él les había hecho sufrir a ellos también y, aunque niños, no eran tan fácilmente manipulables. Carolina lo era un poco más. ¿Cómo debía actuar ante una adolescente que se encuentra de pronto con toda la libertad deseada para salir de noche y con un padre espléndido con el dinero. Consideré que no debía desmentir indignada las mentiras de San Per, ni contraatacar poniéndole verde, lo que, por cierto, no me habría obligado a mentir como hacía él, pues de esa forma le daría demasiada importancia y convertiría a los niños en los jarrones rotos de una pelea matrimonial, por mucho que la razón me asistiera. Me entraron ganas de llevármelos a Transición, pero aún faltaba mes y medio para el final de curso, y desde ahí y con mi incipiente trabajo, no tenía medios para llevarlos a diario al colegio. Zanjé el tema diciéndoles simplemente que no creyeran nada malo sobre mí y les pedí que me contaran qué fiestas estaban preparando para fin de curso.

Cuando, ya de noche y después de tres o cuatro horas de haberlos recogido, llevé a los niños a casa, Machu estaba asomada a la ventana. Empezó a reprenderme a gritos por mi tardanza. Eso ya era demasiado. Le recordé, también a gritos, que era la niñera, una simple empleada, y que no le consentía que se dirigiera a mí en ese tono. ¿De qué pasta estaba hecha esa mujer que me había chantajeado para mantener en silencio los malos tratos que había conocido y que ahora, cuando sabía que me había librado de ellos, aprovechaba para faltarme al respeto y colaboraba para hacerme amarga mi libertad? Probablemente de parecida pasta a la de San Per, aunque por ser mujer, por su posición y por su falta de inteligencia no había podido hacer tanto daño como él. Ignoro si en esos últimos días se hizo amante de San Per o simplemente éste quería hacérmelo creer. Si con ello pretendía darme celos, no podía haber errado más. Esa noche telefoneé a San Per desde la pensión donde me alojé. Tras negarme a cenar con él ni a decirle cuál era mi paradero en Alnorte, le comuniqué que sólo llamaba para acordar la hora en que yo recogería a los niños al día siguiente. San Per me dijo que tenía programado el plan de ir a comer por ahí con Machu y los niños, y que si yo quería apuntarme con ellos, no tenía ningún inconveniente, pero que si no era así, que me olvidara de ver ese sábado a mis hijos porque él no iba a variar lo más mínimo su plan. De nada me sirvió protestar al principio porque no me dejara el día para mí y los niños, y luego, cuando vi que la única posibilidad de estar con ellos era comer con él, porque tuviera que venir una niñera que me había faltado el respeto y que no sabía qué pintaba ahí. «La que menos pintas en esa comida eres tú –me respondió–, así que no protestes más porque si no, no vienes.» El deseo de ver a mis hijos me hizo acceder a esa ridícula situación. Después de una desagradable comida, Carolina se fue al cine con unas amigas. Se despidió cariñosamente de San Per y a mí me dio un beso de refilón. Se disponía a dejar el restaurante, cuando San Per le preguntó cómo andaba de dinero. Carolina hizo un impreciso movimiento de cabeza y su padre sacó de la cartera diez mil pesetas y se las dio. Yo intervine opinando que me parecía una cantidad elevadísima para ir al cine y para su edad. Carolina me miró con cara de asco y me dijo que no me metiera entre la vida de su padre y la de ella, que no era quién para decidir cuánto dinero le tenía que dar su padre. Se marchó mientras San Per mantenía una sonrisa victoriosa. Luego dio orden a Machu para que se llevara a los niños. Yo le di contraorden, pero la niñera no me hizo caso. La situación era tensa. Sólo el que San Per dijera que quería hablar conmigo a solas durante un rato y que luego podría estar con mis hijos durante toda la tarde evitó que montara un número en el restaurante. Quiso que fuéramos en su coche a un lugar lejos de ahí, pero yo me negué y sólo accedí a ir caminando a una cafetería cercana. Cuando estuvimos a solas, aproveché para pedirle que me permitiera llevarme algo de ropa de la que había dejado en casa, porque tenía varias entrevistas de trabajo y no disponía de vestuario adecuado. Me respondió con un ambiguo ya veremos y luego empezó a hablarme de lo mal que lo estaba pasando viviendo sin mí y de lo mucho que me quería. No quise sulfurarle imprecándole con agrias palabras porque realmente consideraba importante el acudir a las visitas de venta bien vestida y tenía esperanzas de que se ablandara y me permitiera sacar un par de conjuntos. Simplemente le argumenté, con todo el tacto que pude, que aún era pronto, que necesitábamos madurar más nuestra separación, lo cual daba la idea de que yo admitía que la separación podría ser temporal. No funcionó mi estratagema. Me respondió que no me permitiría sacar nada de su casa porque todo era suyo y que si yo quería recuperar mi preciado vestuario, que simplemente volviera a vivir con él. A continuación me propuso una de sus románticas cenas en un lujoso restaurante para esa misma noche. ¿Pretendía que aceptara? Por supuesto que no lo hice. Entonces él decidió que como castigo no vería más a mis hijos durante lo que quedaba del fin de semana. Protesté y grité que no tenía derecho a hacerme eso, pero de nada me sirvió. «Quien juega conmigo siempre pierde», me dijo mientras dejaba cinco mil pesetas en el platillo de la cuenta. «Es la propina para el camarero –me explicó–, a no ser que quieras quitársela para poder poner gasolina al coche o para poder cenar hoy.» «Gracias, San Per, pero se las dejo al camarero –le respondí–, aunque seguramente las necesite yo más que él, pero ya estoy decidida a no permitir que me humilles más, se han acabado los malos tratos, olvídate de mí para siempre, excepto para pagar la pensión de los niños y las cochinas cincuenta mil pesetas que te obliga durante dos meses el injusto convenio que has firmado y que yo firmé únicamente para librarme de alguien tan espantoso como tú, así que deja de hacerme la vida imposible y, por favor, explícales a los niños por qué no me dejas que esté con ellos, pero diles la verdad, aunque ya sé que esperar que digas una sola verdad es ser demasiado optimista, porque tú te crees perfecto, pero en realidad no eres más que una mierda.» Después de ese confortante desahogo, tantas veces imaginado y por fin hecho realidad, me levanté para marcharme. San Per me agarró fuertemente del brazo y me obligó a sentarme de nuevo. «¡Repíteme lo que has dicho, si te atreves! –me amenazó con ira en su tono pero sin elevar la voz–. ¡Vuelve a decirme algo así y te cruzo la cara!» No me intimidaron esta vez su ojos achinados. Me levanté de nuevo y yo sí elevé la voz para que pudieran oírlo los clientes que había en la cafetería. «¿Me vas a pegar más? ¿Me vas a pegar otra vez, cobarde? Porque eres un cobarde, ¿lo sabes?, sólo eres capaz de pegar a una mujer; estoy segura de que ante un hombre habría que ponerte Dodotis.» Me solté de su brazo, que todavía me agarraba ante la progresiva atención de los clientes de la cafetería, y me fui. Al salir oí a mi espalda a San Per llamándome: «¡Espera, Paula, espera, tenemos que hablar!»

En cuanto llegué a Transición, llamé por teléfono para hablar con los niños. Necesitaba explicarles que no me había ido por mi propia voluntad. No quería utilizarlos de munición, pero me daba espanto que llegaran a pensar que les había abandonado. Cogió el teléfono San Per y no me permitió hablar con ellos. Añadió que el mismo lunes iba a cambiar de número de teléfono. Colgó y no me dio tiempo a amenazarle con una nueva denuncia si me seguía impidiendo ver y comunicarme con mis hijos, que era una idea que había estado barajando en el viaje de vuelta en el autobús. Al poco tiempo, sonó el teléfono. Era San Per. Le dije que me pasara a los niños y él me respondió que teníamos que hablar. Le colgué y volvió a llamar al instante. Le repetí que me pasara a los niños y de nuevo me dijo que lo haría cuando hubiéramos hablado con calma. Ya no volví a coger más el teléfono, que estuvo sonando sin cesar hasta que lo dejé descolgado y me fui a dormir.

32

Quedaba poco tiempo, apenas un par de meses, para que los niños terminaran su curso y vinieran a vivir conmigo. Decidí que era preferible esperar a esa fecha y no denunciarle, para poder así centrarme en mi trabajo, en el que iba prosperando, aunque todavía no hubiera visto una sola peseta debido a la demora con que se pagaban las comisiones. Pero estaba tranquila sabiendo que cuando llegaran mis hijos empezaría a tener ingresos. Traté de olvidarme de San Per, de que no me hirviera la sangre porque no me dejara visitarles ni apenas hablar por teléfono con ellos, pero olvidarme de él no era tan fácil cuando me llamaba continuamente. Las más de las veces yo le colgaba en cuanto reconocía su voz, pero otras no me quedaba más remedio que hablar con él, aunque sólo fuera para comprobar que los niños estaban bien o para pedirle el pago de las cincuenta mil pesetas comprometidas, que nunca llegó a hacer. En esas ocasiones en las que le atendía, pasaba en segundos de encendidas declaraciones de amor y de rogarme que quedara con él a groseros y ácidos insultos, como era propio de su desquiciado estilo, y por supuesto, ninguno de los múltiples juramentos por la memoria de su madre de que su arrepentimiento era sincero iba acompañado del pago del dinero que tanta falta me hacía para subsistir. Mientras tanto, Luis María y algunos otros amigos me visitaron alguna vez, ayudándome con sus ánimos y con el calor de la amistad a sobrellevar mi situación.

Una mañana recibí una inesperada llamada telefónica. Era el padre Joaquín, un sacerdote de la organización religiosa del colegio de los niños del que casi ni me acordaba.

Tras saludarme escuetamente, comenzó a reprenderme por haber sido capaz de abandonar a mi marido y a mis hijos, y sin dejarme meter baza, continuó con el más rancio discurso clerical exhortándome a que recapacitara y volviera al hogar de los míos. Conteniendo la rabia por el respeto a los curas que mi educación me había inculcado, esperé a que hiciera una pausa para respirar e intervine explicándole que estaba mal informado, que en absoluto había abandonado a mis hijos, a los que San Per me ponía dificultades para ver, y que la separación se debía a que había sido sometida a malos tratos. Su respuesta fue recomendarme unas cuantas máximas del libro del fundador, en las que entendería que si Dios me había dado ese camino de espinas había sido pensando en mi salvación. No daba crédito a lo que oía, sólo podía ser que no entendiera bien qué significan malos tratos, concepto que por entonces no era tan conocido como ahora, pero no, no se trataba de eso. Le aclaré que mi marido me había pegado y me hizo ver que ya estaba informado de ello, que el propio San Per le había confesado que se había dejado llevar por un pronto y me había dado una bofetada, y añadió que en lugar de huir como había hecho, mi obligación de cristiana era poner la otra mejilla. Le aclaré que San Per había minimizado sus agresiones, que no consistían precisamente en una bofetada puntual, sino en cosas mucho más graves, pero no se interesó por la conducta de San Per, sino por la mía, insistiendo en que hay que saber perdonar. Terminó solicitándome que le dijera dónde vivía para que me pudieran visitar San Per y él y tener una charla los tres para arreglar la situación. Me negué a darle mi dirección, pero accedí a que nos viéramos en un restaurante de Transición. No sé por qué lo hice. En un principio me lamenté de ello y pensé que había cedido por ese respeto a los curas inculcado desde la infancia, pero no tardé en darme cuenta de las ventajas que tenía esa cita y quise creer que había accedido a ella porque me había guiado mi subconsciente. Era una forma magnífica de que San Per me dejara en paz; delante de él, le referiría al cura con detalle todos los episodios de malos tratos a los que me había sometido, comenzando por el intento de violación antes de la boda, para continuar con las palizas en la luna de miel, el que me intentara ahogar en un puré de lentejas, que me hiciera cortes con una lata de piña, palizas durante el embarazo de mi hija, y seguir así hasta contar que me tiró por una ventana y que, ya cerca de la separación, borracho perdido, me violó entre golpes, lo que me obligó a abortar, pecado del que le haría corresponsable porque no me dejó opción. Sólo por ver la cara de San Per y la del cura merecería la pena, pero es que además no habría penitencia para tanto pecado, y sin duda la fama de San Per como hombre en absoluto conveniente a la organización se extendería con el único límite de la velocidad del sonido, y del ámbito religioso con igual rapidez pasaría al consejo de administración de la empresa y a las amistades y conocidos. No le quedaría más remedio a San Per que emigrar al extranjero. Yo tenía ahora un arma muy potente: había perdido la vergüenza. La estratagema para conseguir verme, le iba a salir muy cara.

Pero no fue así. Cuando llegué al restaurante, el padre Joaquín no estaba y, aunque San Per me hiciera creer que iba a llegar, no tardé en darme cuenta de que no vendría. Sólo espero que exista el infierno para que ese cura se vea ahí con su amigo. Hice amago de marcharme, pero no sé por qué cedí ante la insistencia de San Per y me quedé a comer con él. Fue la última vez que le escuché uno de sus monólogos. De pronto se descolgó con la argumentación de que nuestro problema de pareja en realidad había sido sexual, que yo era un témpano en la cama, pero que él podía remediarlo. Durante esta separación estaba teniendo un montón de amiguitas, entre las que estaba aquella Lolifán de la universidad, que era una auténtica puta en la cama, y me empezó a narrar como si fuera un relato pornográfico lo que hacía con ella y con las otras. Era patético escucharle y, sin embargo, ahí estaba yo, sentada frente a él preguntándome cómo había sido capaz de caer en las garras de semejante ser, cómo era posible que hubiera sido mi marido, que todavía lo fuera legalmente. Él continuaba diciendo que podía hacerme la mujer más feliz de la tierra y que sólo tenía que convertirme en puta y disfrutar con él, que tenía sobrada experiencia. Me dijo que había reservado un hotel en Transición y que podíamos pasar la noche de sexo más salvaje que jamás pareja alguna hubiera vivido y luego volver a Alnorte reconciliados. Me levanté y le dije que iba al servicio. Salí del restaurante y me fui a mi casa. Ésa fue la última vez que le vi.

Por fin llegó el día de fin de curso. Le llamé por teléfono con la intención de quedar para ir a buscar a mis hijos. Me informó de que Carolina iba a pasar todo el verano en Irlanda y me dijo que él me traería al resto a Transición porque iba a visitar ahí a una de sus amigas. No me fié y le planteé que prefería ir a buscarlos yo a Alnorte. «Mira, chatina, estoy deseando que se marchen contigo –me argumentó–, lo que más deseo es que los aguantes tú, que para eso son tus hijos, ya que no se parecen a mí ni en lo blanco de los ojos, yo no los soporto, son unos mal educados y no quiero tenerlos conmigo. Ahora quiero vivir mi vida, tengo muchas amigas y quiero disfrutar con ellas, no con tus hijos. No te preocupes, ya te cansarás de ellos cuando tengas que aguantarlos sin dinero ni para una niñera, así que no dudes de que te los voy a llevar.» Le creí. Quedamos en el paseo marítimo. Efectivamente, apareció su coche a la hora convenida. Se detuvo a unos cincuenta o cien metros de donde yo estaba. Se abrieron las puertas y salieron corriendo los gemelos y Alba. El coche se fue haciendo chirriar las ruedas. Los niños llegaron hasta mí y nos abrazamos los cuatro muy sentidamente. Venían cada uno con una bolsa de plástico de un supermercado. En su interior había un poco de ropa y el cepillo de dientes. Era todo su equipaje, todas las pertenencias que San Per les había dejado coger. Ni una muñeca, ni un cochecito habían podido traerse, pero ya estábamos los cuatro juntos, que era lo importante. Sólo faltaba Carolina, que tantos sufrimientos me había dado el protegerla. Ya veríamos qué ocurría con ella.

33

La vida comenzó a transcurrir a partir de entonces con una desconocida felicidad. No es que los problemas fueran pocos, pero los sufrimientos y las preocupaciones importantes habían terminado. Tuve la suerte de que en la urbanización del edificio donde vivía había una monitora que se hacía cargo de los niños de varias familias, y por una cantidad razonable, pude incluir a los míos en el grupo. De esta forma pude seguir trabajando. San Per jamás me envió una sola peseta ni de la pensión de los niños, ni de las dos ridículas mensualidades a las que se había comprometido. Aun así, pude arreglarme porque el dinero de las comisiones comenzó a llegar. Mi negocio iba marchando. Por la mañana, mientras la monitora se ocupaba de los niños, yo hacía visitas a las tiendas y encargaba los pedidos a las casas comerciales. Por la tarde los repartía con los niños. Supongo que hacíamos un grupo curioso, tres niños y una señora en un coche de lujo cargando con cajas. En las tiendas y en los supermercados pronto nos hicimos conocidos y queridos. No había sitio donde a los niños no les obsequiaran con una chocolatina o con caramelos. Los días que no había reparto, lo cual era un descanso para mí, los niños protestaban. Durante los meses que habían estado solos con San Per, éste se había esmerado en malearlos lo máximo posible. En tan poco tiempo, sobre todo los gemelos, se habían vuelto unos consentidos, lo que me creó no pocas dificultades. Pero con el tiempo pude hacerme con ellos y, aunque los chicos siguieron, como siempre, siendo un tanto gamberros, en las cosas fundamentales y en el día a día obedecían. Cuando terminó el verano, nos trasladamos a vivir al País Vasco. Ya he contado que tenía especial querencia a esa tierra. Varias de las casas comerciales que representaba, en vista de los buenos resultados, me dieron la representación allí. Contraté a una persona para que continuara con el negocio abierto en Transición y estuve un poco a caballo entre los dos sitios. Carolina, a la vuelta de Irlanda, prefirió quedarse a vivir con San Per. Con la edad que tenía y las prebendas en cuanto a horarios y dinero que le otorgaba su padre, la decisión era fácil. Me dolía perder a Carolina y me preocupaba el tipo de vida que llevaría en esa edad tan difícil. Podía haber emprendido acciones legales para que viviera con nosotros, que era lo que determinaba el acuerdo de separación, pero no quería que viniera en contra de su voluntad. En el País Vasco mis amistades me dieron todo su apoyo, con alguna excepción, como la directora del colegio religioso al que había acudido Alba en la etapa anterior en la que vivimos allí, que se suponía que era mi amiga y vetó la entrada de la niña cuando se enteró de que me había separado. Muchos fines de semana íbamos todos a Alnorte a ver a Carolina. Solíamos quedar en algún parque, en alguna cafetería o en casa de mis padres, porque San Per no quería que pasáramos por su casa. Desde aquel día en que los soltó del coche con sus bolsas de plástico, no volvió a interesarse por sus tres hijos pequeños; aquella vez fue la última que los vio. Tampoco los niños estaban deseando verle a él; su única esperanza era que algún día pudieran recuperar sus juguetes de Alnorte. Nunca llegaba ese día y cada vez odiaban más a su padre. Cuando quedábamos con Carolina no la traía San Per; llegaba sola o acompañada por Machu, que pese a que ya no quedaban niños en esa casa, seguía contratada. Machu me contaba maliciosamente el ambiente de perdición que había allí. No sé si creía que, haciéndose la escandalizada por la cantidad de mujeres de mala vida que pasaban por la casa, conseguía crearme celos. Mi única preocupación era el ejemplo que supusiera para mi hija mayor.

Pasó un año. Era un día feliz: el cumpleaños de los gemelos. Durante toda la semana habían estado emocionados preparando su fiesta. Ahora iban a un colegio mixto y era la primera vez en que iban a invitar también a chicas. Se estaban haciendo mayores. Era domingo y lucía el sol. Yo me había levantado muy temprano; había muchas cosas que comprar y que organizar, pero realmente me había levantado mucho antes de lo que hubiera sido necesario, tal vez la emoción de la fiesta me había despertado, porque yo estaba casi tan emocionada como los chicos. Era la fiesta de su cumpleaños, pero para mí también era la celebración de un año de normalidad, del puro y auténtico lujo que para mí era la normalidad, a pesar de las estrecheces económicas. De pronto suena el teléfono. Es muy temprano para que suene. Oigo la voz de Machu por el auricular: San Per se ha matado. No siento pena; noto una sensación rara, pero no es pena. Si acaso me dan pena los gemelos, por su fiesta. Permanezco callada, asimilando la información y analizando por un momento esa sensación extraña. Luego me intereso por los detalles. Machu me cuenta que ha sido un accidente automovilístico, a las cinco de la mañana. Hay también una persona herida, una mujer, en estado grave. Me viene a la cabeza la predicción de la gitana de París, y me doy cuenta de que la sensación rara estaba relacionada con ello, con la curiosidad que mi subconsciente tenía en ese momento de saber si se ajustaba a ella. «La gitana ha acertado de plano», pienso. No sé si incluso llego a susurrarlo, pero mi mente ya está en otra parte: Carolina. Le pregunto a Machu si está informada. Me responde que sí. Me pregunto cómo se lo habrá tomado. Le pido a Machu que me la pase. Parece tranquila. Le digo que voy a llamar a mis padres para que se acerquen allí y le hagan compañía hasta que llegue yo. Me despido y cuelgo.

Me quedé de pie junto al teléfono durante un rato. Luego me acerqué a la ventana y miré a través de ella. No sabía bien lo que tenía que sentir. Traté de evocar momentos del pasado: me venían a la cabeza palizas y torturas. No quería alegrarme de su muerte, pero tampoco quería sentir pena. Quería sentir indiferencia y eso es lo que sentía. Me dije que tenía muchas cosas que hacer y me puse en marcha. Fui a la habitación de los gemelos y los desperté. Se levantaron de un salto, muy contentos de comenzar el día de su cumpleaños, bromeando entre ellos. Les di la noticia y no pareció afectarles. Tras un breve momento de silencio, comentaron que era un fastidio que de los trescientos sesenta y cinco días que tiene el año, ese tipo hubiera elegido para matarse el de su cumpleaños. Era un comentario duro, pero les comprendí perfectamente. Les dije que no se preocuparan, que celebraríamos la fiesta el próximo fin de semana. Les pedí que se dieran prisa en ducharse y vestirse porque antes de salir a Alnorte habría que avisar a todos los chicos invitados. Fui a la habitación de Alba y la desperté, pero tampoco ella se mostró afectada. Tras llamar a mis padres y a algunos amigos, fui a preparar los desayunos. En la cocina aparecieron Ignacio y Miguel, todavía en pijama. «Mamá, no cuentes con nosotros para ir a Alnorte –me dijeron muy convencidos–, vamos a continuar con nuestra fiesta como si nada hubiera ocurrido; él jamás se preocupó por nosotros, no sabemos por qué nos tenemos que preocupar ahora porque se haya muerto.» Les comprendí de corazón, aunque les dije que eso no era posible, que su obligación era la de acudir al entierro de su padre y que no tenía mayor importancia el retrasar la fiesta una semana. Me preguntaron por qué y traté de hacérselo entender con lógica, pero cada argumento que les daba me lo desmontaban de inmediato porque en realidad tenían toda la razón. Organicé las cosas de forma que los chicos pudieran tener su fiesta, encajándole a unos amigos de confianza el embolado de que se ocuparan de ella y se llevaran luego a su casa a dormir a los gemelos. Alba protestó entonces; ella tampoco quería ir a Alnorte. Le hice ver que Ignacio y Miguel se quedaban porque era su cumpleaños, pero ella no tenía excusa. No le valió el argumento y entonces le dije que lo hiciera por mí, que necesitaba su compañía, lo cual no dejaba de ser cierto. Se quedó pensando un momento en silencio, me miró con sus grandes ojos, se le iluminó el rostro con una idea y me preguntó: «¿Podré recoger todos mis juguetes?» Le respondí afirmativamente y accedió a acompañarme.

Cuando llegamos a Alnorte, Carolina me recibió con frialdad. Pasamos al interior de la casa: hacía un año que había salido humillada de ahí y se me despertaron de inmediato desagradables recuerdos. Había previsto que me sucedería y por ello había preferido alquilar una habitación de hotel. No quería tampoco tener que pedirles a mis padres que nos alojaran a mi hija y a mí, no fueran a negarnos el cobijo. La casa estaba sucia y desordenada. Me dio la sensación de que la había habitado en una época muy remota y que desde entonces había estado cerrada. Hasta creí percibir el olor a rancio, a humedad y a soledad. Alba corrió hacia su antiguo cuarto y volvió al poco cargada de juguetes. Machu dijo que el padre del señor había dado orden de que no se tocara nada en esa casa hasta que se supiera si San Per había hecho testamento. «No creo que San Per se haya referido a los juguetes de Alba en su testamento», le espeté mirándola con odio. Luego quise hablar con ella a solas. Le pregunté si el padre del señor había hecho alguna gestión para el entierro. Me respondió que no lo sabía, pero lo que sí sabía era que había venido a la casa en cuanto se enteró de la muerte de su hijo y que se había llevado la caja fuerte portátil porque mantenía que el dinero que había en ella era de Carolina y quería evitar que yo lo cogiera. Le pregunté cuánto dinero había en la caja y me respondió que no lo sabía con exactitud, pero creía que unos nueve millones de pesetas, que era el dinero que el señor había sacado de la caja fuerte del banco para pagar el flamante BMW que se había comprado y del que sólo había pagado una señal. También me refirió que San Per últimamente hacía una vida desordenada y disoluta, con continuas juergas y que la casa parecía un prostíbulo: frecuentemente venían mujeres con las que montaba fiestas con la música a tope hasta el amanecer y luego se acostaban, se levantaban por la tarde y muchas veces volvían a empezar, y esto podía ocurrir lo mismo un sábado que un martes cualquiera. «¿Y su trabajo?», le pregunté. Me contestó que últimamente raro era el día que acudía a la oficina y me enseñó una carta en la que el consejo de administración, ante sus reiteradas faltas de asistencia, le daba un plazo para que abandonara la empresa.

Me encargué de todos los trámites del entierro, en el que no quise escatimar gastos porque hubiera sido una venganza sin sentido. Procuré, en la medida de lo posible, evitar el trato con la gente que con morbosa curiosidad estaba deseosa de saber detalles de nuestras vidas, pues el accidente, en el que había muerto también el conductor de otro vehículo y en el que la mujer herida era una enfermera casada cuyo marido pensaba que se encontraba de guardia, se prestaba a murmuraciones y cotilleos, tan apetecidos en esa sociedad. El padre de San Per me devolvió la caja fuerte con la cerradura forzada y cincuenta mil pesetas en su interior. Carolina se vino al País Vasco a vivir con nosotros y nuestra vida siguió felizmente sin que ninguno echáramos de menos a San Per. No creo que nadie le haya echado de menos.